Si tu m'entends

Sharon Dogar

Si tu m'entends

Traduit de l'anglais par *Hélène Collon*

Sharon Dogar a été l'élève de Philip Pullman ; c'est lui qui l'a encouragée à écrire. Son premier roman, *Si tu m'entends*, a reçu un accueil critique mondial remarquable. Sharon Dogar vit à Oxford, en Angleterre.

Titre original :
WAVES
(Première publication : The Chicken House, Frome, 2007)
© Sharon Dogar, 2007

Pour la traduction française :
© Éditions Albin Michel, 2011

Pour : le frère que je n'ai jamais eu,
mais dont j'ai toujours rêvé.

Dédié à : Adder, pour tout, tous les jours, surtout Jem,
Xa et Ella, avec tout mon amour.

PREMIÈRE PARTIE

La Famille

Prologue

La maison où on passe nos vacances est entièrement blanche. On voit bien que c'est une villa de bord de mer qui date des années trente parce qu'elle a tout à fait l'air d'un bateau échoué. Elle est très près de la plage, mais en haut de la dune, si bien qu'en regardant en bas on a l'impression d'avoir le monde à ses pieds. On y vient chaque été. Une éternité, il me semble.

– Tu es venu ici dans un petit ventre arrondi, me répond maman quand je lui demande.

– Tu es venu ici comme un œil qui brille, dit papa avec un sourire.

J'espère que j'y viendrai encore avec les enfants de mes enfants si j'ai la chance de vivre assez longtemps.

Dans la cuisine, il y a des photos de tout le clan Ditton : la mère de maman, papa, Charley, moi et Sara – et ça, ce n'est que le bout de mur qui nous est réservé. Parce que les autres murs sont pleins de visages aussi – toutes les familles qui séjournent ici : les cousins et cousines, les tantes, les oncles. Il y en a que je ne connais – ou ne reconnais – même pas.

11

Ce qui est bizarre avec ce genre de maison, c'est qu'on croit tous qu'elle est à nous, alors qu'en fait elle n'appartient à personne – ou alors elle est à tout le monde, je ne sais pas.

Sur ces photos, on nous voit grandir d'une année sur l'autre.

– Les cheveux raccourcissent et les jambes s'allongent, dit maman avant de nous frôler doucement, d'une main légère, comme si elle touchait du bois pour se porter chance.

Parfois, je regrette qu'elles soient là, ces photos ; alors je regarde celles de ma sœur Charley. Il y en a beaucoup. La Charley que je n'ai pas connue, un an, grassouillette, avec un duvet roux sur la tête. Celle de trois ans qui regarde la caméra avec des yeux semblables aux miens. J'y suis aussi, sur cette photo-là, et je n'ai pas encore mes yeux de grand. Elle sourit mais je vois qu'elle serre très fort mon bras de bébé dodu dans son petit poing et j'imagine que ça a dû me faire mal. À mon avis, ça ne lui a pas tellement plu que je naisse. Sur cette photo, ses yeux sont verts. Et ils brillent. « C'est moi qu'il faut regarder », crient ces yeux-là. « Regardez-moi, et pas ce petit tas de rien du tout par terre, là. »

Juste à côté (surprise surprise), une autre photo de Charley, cette fois à quatre ans. Elle est debout les pieds dans l'eau dans un creux de rocher, et là, ses yeux ne sont plus verts, mais bleus, bleus comme le ciel vers lequel elle tourne son visage.

– Des yeux de caméléon, dit maman en souriant ; ils changent selon le temps qu'il fait.

Et c'est vrai : ses yeux changent vraiment de couleur. Et les miens aussi. Cela dit, je crois qu'au fond, nos yeux sont gris ; couleur de rien, quoi. Ou de n'importe quoi.

Changeants.

D'une photo à l'autre, les yeux de Charley sont de plus en plus grands, tandis qu'elle mincit et grandit. Jusqu'au dernier cliché.

D'ailleurs, je n'ai même pas besoin de le voir, parce que celui-ci je l'ai tout le temps en tête ; et là-dessus, nos yeux ne sont plus de la même couleur.

Là, Charley est très jolie, et ça, ça a été une véritable surprise. La vraie Charley était... juste Charley, quoi. Énervante (souvent), gentille (rarement), marrante (de temps en temps), mais en général, pénible.

Pourtant, la Charley de la photo est drôlement belle – belle comme le soleil qui décline derrière elle, sur la plage. C'est papa qui a pris cette dernière photo. Je m'en souviens très bien.

– Regardez-moi ça, comme c'est beau, ces cheveux, dans cette lumière, a dit maman.

Alors on a tous levé la tête – chacun espérant un peu que c'était de lui qu'elle parlait – mais il s'agissait de Charley. Et de fait, on dirait vraiment que le soleil s'accroche dans ses cheveux. Ils lui retombent sur le visage et brillent d'un éclat rouge et or. Elle regarde le contenu d'un seau : la pêche de la journée.

– Allez Charley, dit papa. Hop ! Au rocher !

Tous les étés depuis ses cinq ans, il la prenait en photo à côté du même gros rocher qui affleure à marée basse. Une année après l'autre on la voit grimper de plus en plus haut, jusqu'à l'an dernier où elle a enfin atteint le sommet. « Charley, quinze ans », dit la légende de la photo.

Moi je trouve qu'elle n'a pas l'air bien solide sur ses pieds ; c'est qu'il n'y a pas tellement de place pour se tenir en haut du rocher. Je sais de quoi je parle puisque j'y suis monté moi-même pas plus tard que le lendemain, comme si, de là-haut, j'allais pouvoir la repérer sur la plage vaste et vide au petit matin, comme maman n'a pratiquement plus cessé de le faire depuis.

Ce n'est pas facile d'escalader ce rocher, mais Charley se tient droite comme un I – c'est tout elle, ça – et on voit qu'elle rit. Son fameux rire, celui qui signifie : « J'y suis arrivée, vous avez vu ? J'ai réussi ! » Qu'est-ce que je le détestais, ce rire-là. Je me disais : « Puisque c'est comme ça, je regarde pas, na. » Et là-dessus elle m'appelait :

– Hal ! Tu m'as vue, Hal !

Je faisais semblant de ne pas avoir entendu, mais quand je finissais par regarder quand même, elle était toujours, *toujours* en haut, là où j'aurais voulu être, attendant que je me réjouisse pour elle. C'est moi qui t'attends maintenant, Charley ; on t'attend tous.

Ah oui, la photo.

Donc, elle a les cheveux rouges comme le soleil, rouges comme l'or. Alors qu'elle penche la tête sur le côté, ils s'envolent, se déploient dans l'air, ils n'ont jamais été aussi longs, ils lui descendent jusqu'au coude droit. On dirait qu'ils sont sur le point de se détacher, de prendre leur essor, vers le soleil qui s'enfonce dans la mer. Les pointes recourbées sont dorées, le reste d'un grenat très sombre. C'est une photo en feu.

J'ai mal rien qu'à la regarder.

Parfois, quand je suis seul à la cuisine avec la photo de Charley, je me tourne machinalement vers elle, comme si ma tête ne m'appartenait plus ; je ferme les yeux, je ne veux pas la voir, mais elle est là, derrière mes paupières closes. Elle me

14

crie : « Hal ! T'as vu ? Regarde-moi, Hal ! » ; elle danse et sa silhouette est comme un petit démon noir entouré de lumière rouge sur son rocher.

Et elle est vivante ; à tel point que même le soleil en réclame sa part, et c'est ça qui fait le plus mal. Qu'une personne aussi vivante doive aussi, finalement, mourir. Pire encore, qu'on soit tous en train de mourir avec elle, surtout maman.

Parfois je me dis que la mer qui a failli la tuer l'aimait au point de ne plus vouloir la rendre. Et à d'autres moments je déteste Charley rien que pour avoir existé.

North Oxford. Maintenant.

– On ne peut pas faire ça, si ?

Je suis dans ma chambre et la voix de maman me parvient par la fenêtre en même temps que la lumière dans le jardin. Ça finit toujours comme ça, chaque soir depuis des semaines : cette lamentation désespérée.

La voix grave de papa lui murmure des mots que je ne distingue pas. Il fait très chaud. Je m'imagine que j'ouvre la fenêtre et que tout à coup on est en Cornouailles ; j'entends la mer, je sens sur mon visage la fraîcheur de la brise marine venue des vagues. Ici, il fait trop chaud, trop moite. Des moucherons dansent autour de la flamme de la bougie sur la table de jardin. Soudain papa et maman se taisent et lèvent la tête.

– Il est tard, Hal, dit papa.

– Ah ouais ? je crie.

Ils reprennent leur conversation un ton plus bas. Au fond du jardin, les lumières clignotent, puis s'éteignent. Une lune blême se lève, vacillante, au-dessus des eaux noires de la rivière. Maman souffle la bougie et l'odeur de la cire, chargée de fumée, remonte jusqu'à ma fenêtre.

– Bonne nuit Hal, chuchote maman.

Le silence se fait dehors. Je regarde le ciel ; ici, il n'est jamais très sombre. En Cornouailles il est tellement noir, d'un noir profond, d'encre, que les étoiles y sont visibles par millions, à tourbillonner autour de la lune. Parfois elles sont si nombreuses que certaines paraissent plus proches que d'autres.

Des étoiles en 3D.

– Jon, on ne peut pas faire ça, si ?

Cette fois c'est à travers le plafond que sa voix me parvient. Je me demande pourquoi la lune ne descend pas d'un cran pour mieux entendre, elle aussi. Je me demande aussi si ça s'arrêtera un jour. Et si on va me demander ce que j'en pense. Je me demande où est réellement ma sœur et si elle se réveillera jamais. Mais avant tout je me demande bêtement si on va retourner en Cornouailles cet été.

– Il le faut, Milly.

La voix de papa est aussi claire que la sienne, cette fois, et tout aussi désespérée.

– Non, on ne peut pas... en tout cas moi, je ne peux pas...

Le long silence qui suit signifie qu'elle pleure à petits bruits en s'imaginant que je ne les entends pas, que je ne les vois pas dans ma tête, là où elle ne s'arrête jamais de pleurer, on dirait.

– Et Hal, et Sara ? demande papa. Ils ne peuvent quand même pas rester tout l'été à Oxford.

Maman répond quelque chose d'inintelligible où je crois seulement reconnaître mon prénom, et le silence retombe.

16

Mon cœur bat à grands coups. Puis papa reprend avec lassitude :

– D'accord, je les emmène et tu restes ici avec Charley.

Toujours le silence.

– Ça t'irait, ça, ma chérie ?

Il parle gentiment et sa voix est pleine de tristesse, de douceur, mais très claire. L'idée que Charley soit à moitié morte leur a donné plusieurs voix différentes ; comme ça ils disposent de plus de tons sur lesquels se parler, plus de manières de présenter les choses qui ne passent pas seulement par les mots.

Je tends l'oreille, j'essaie d'entendre ce qui s'exprime entre les blancs. Mais il y en a tellement. Des blancs, je veux dire.

– Non, répond maman après une éternité. Non, Jon, c'est toi qui as raison. On a besoin de... enfin, ils ont besoin... d'être... C'est que je me sens incapable de... C'est comme si...

–... on essayait d'être une famille quand même, sans Charley ? achève papa à sa place.

Sauf que ce n'est pas vraiment une question qu'il lui pose, évidemment. C'est exactement ce qu'elle veut dire, et il le sait très bien.

Je tends l'oreille encore plus et du coup je la vois presque hocher le visage – un visage rempli d'émotions inexprimables.

– Eux aussi ils ont besoin de toi, Milly. Hal et Sara. Il faut qu'ils s'éloignent un peu de... de toute cette... reprend papa dans un souffle, comme s'il avait peur que le bruit des mots eux-mêmes la fasse changer d'avis.

– Je sais, répond-elle enfin.

Mon cœur se remplit de joie et je donne des coups de poing dans mon oreiller. On ira bien en Cornouailles !

À mon réveil, le soleil illumine le plafond et les oiseaux ne chantent plus. Il doit être tard parce que j'entends Sara gazouiller toute seule dans sa chambre.

– Hé ! s'écrie-t-elle, c'est plus la nuit, c'est le matin ! C'est l'heure de se lever, flemmarde, et si dans cinq minutes tu n'es pas descendue je pars sans toi. QU'EST-CE QUE TU AS FAIT DE TES CHAUSSURES ?

Ça me fait sourire. C'est tout à fait maman les jours d'école quand on est en retard le matin. Je vais la voir dans sa chambre, où règne un bazar impossible ; pas un centimètre carré de libre par terre, des jouets et des vêtements balancés çà et là. Au milieu de la pagaille, elle lève la tête et me dit :

– C'est le matin, Hal. Le soleil est allumé.

– On dormait encore quand tu t'es réveillée ?

Elle fait signe que oui et retourne à ses poupées.

– C'est l'heure du petit déjeuner, les filles, dit-elle.

Elle installe deux poupées devant une petite table en plastique.

– Vous avez faim ? leur demande-t-elle.

– Et toi, tu as faim ?

Elle hoche la tête tout en faisant comme si je n'étais pas là.

– Zut ! Plus de lait ! reprend-elle. Papa et maman étaient trop fatigués à force de crier, ils ne sont pas allés en acheter.

Je n'en crois pas mes oreilles. Elle me lance un rapide regard par en-dessous ; un regard à faire peur. Puis elle se remet à faire ostensiblement comme si je n'étais pas là.

– Sara ? Qu'est-ce que tu viens de dire, là ?

– C'était À MOI QUE JE PARLAIS, Hal, me réplique-t-elle comme si je n'avais pas compris.

Je me gratte le crâne en bâillant. Qu'est-ce qui peut bien se passer dans sa petite tête ? Qu'est-ce qu'elle comprend réellement de la situation par rapport à Charley ? Est-ce qu'elle se souvient d'elle quand elle était vivante ? Ou bien est-ce que pour elle, Charley n'est qu'une personne dans le coma sur un lit d'hôpital, qui ne répond jamais quand on s'adresse à elle ?

– Maman et papa y sont partis maintenant, partis-partis.

Un changement dans sa voix retient mon attention.

– Ah ! Je sais ! On va jouer aux poupées-sœurs ! dit-elle encore.

J'en ai les poils de la nuque qui se hérissent. Elle lit dans mes pensées ou quoi ?

Sara se recule et observe les deux poupées, qui représentent des petites filles. Elles lui rendent son regard fixe. Puis elle tourne ses grands yeux vers moi et m'examine des pieds à la tête, avec lenteur, avant de désigner une affreuse poupée rouquine. Manifestement elle a décidé que c'était mon portrait.

– Hal, ça c'est la poupée-toi.

– Merci, Sar'. Sympa.

Pourtant, elle continue à ne pas tenir compte de ma présence. Elle remplace une des deux poupées attablées par la poupée-moi.

– Bon, voyons, Sara...

Elle examine les candidates qui jonchent le sol avant d'indiquer la plus jolie brune – la plus petite aussi – et de la serrer contre elle, comme si elle avait peur qu'on la lui prenne.

– Ça, c'est moi !

19

J'ai envie de rire. Qui pourrait bien vouloir la lui enlever, cette poupée ?

Charley ? suggère une petite voix dans ma tête. Mais non, j'efface, c'est idiot comme idée.

Un silence, le temps que Sara scrute à nouveau le plancher.

– Et maintenant, une poupée-Charley, annonce-t-elle tout bas, pour elle-même.

Elle tend la main vers une grande poupée aux cheveux roux foncé, la ramasse prestement, l'air de retenir son geste, comme si ça lui faisait un peu peur, puis la lâche sur le troisième siège – inoccupé – disposé devant la table-jouet. Il y a donc trois enfants attablés maintenant ; plus de trous.

C'est criant de vérité ; j'en ai les larmes aux yeux.

– Fini ! déclare brusquement Sara.

Elle balaie les poupées d'un geste et les renverse par terre comme si elle pouvait tout faire disparaître d'un coup. Pas seulement les poupées, mais aussi ce qu'on ressent.

– Dis, Hal...

– Quoi ?

– Je suis bien sage, lâche-t-elle d'un air émerveillé, comme si elle-même n'arrivait pas à y croire tout à fait.

J'aimerais savoir ce qu'elle veut dire par là mais il est trop tôt ce matin pour que je me pose la question.

– Mais oui, bien sûr. Et affamée aussi, non ? Allez hop, petit déj' !

Elle me regarde en biais, comme souvent, ce qui signifie qu'il y a un truc que je n'ai pas bien compris, et j'en ai un coup au cœur : c'est exactement ce que faisait Charley. Elle avait le chic pour m'énerver en m'observant comme ça, l'air de dire : « Moi je suis une FILLE, alors que toi t'es rien qu'un garçon – tu comprends rien ». Seulement Charley, elle, avait l'âge de ce genre de réflexion, tandis que Sara n'est qu'une gamine. D'où tient-elle ça ?

C'est dans les gènes, andouille, j'entends d'ici répliquer Charley. D'ailleurs, j'entends beaucoup Charley ces jours-ci. Un peu comme si une partie d'elle avait quitté en douce son lit d'hôpital pour venir se loger directement dans ma tête. Là aussi, j'efface.

La vie est déjà assez difficile comme ça.

– Ça fait longtemps que tu es réveillée, Sar'?

– C'est l'heure de se lever, quand le soleil s'allume.

On descend l'escalier tous les deux, et elle chantonne cette phrase en montrant la fenêtre illuminée de l'entrée.

– Tu sais, ce n'est pas comme une lampe, le soleil. C'est une grosse boule de feu, en fait. Ou un gros ballon.

Ça lui donne un sujet de méditation le temps de se servir en céréales ; puis elle les touille en éclatant de rire parce que ÇA, c'est une idée complètement cinglée, alors.

– Un ballon qui fait des bonds ! braille-t-elle avec ravissement.

Elle a la figure pleine de céréales et c'est bizarre, je ne sais pourquoi, mais je me rappelle tout à coup à quel point elle était petite quand elle est née. Maman n'avait plus de temps pour nous, Charley et moi. Alors que maintenant, c'est Sara et moi qui sommes à l'extérieur et maman qui est enfermée à l'hôpital avec Charley ; et quand elle n'est pas à l'hôpital, elle est enfermée dans sa tête à penser à Charley.

C'est un peu comme si je voyais Sara pour la première fois. Pendant qu'elle mange son petit déjeuner, elle me regarde à nouveau d'un air pensif, comme si elle s'apprêtait à prendre une décision.

21

– On va aller en Cor-nou-ailles, articule-t-elle comme elle peut. On ira se baigner dans la mer ?

– Toi oui, avec papa, je réponds avec fermeté.

– Nan ! Je veux aller nager avec Hal ! réplique-t-elle en faisant la moue.

– Hal ne va plus se baigner dans la mer.

C'est l'effet qu'elle a sur moi, ça : d'un coup, je m'exprime comme si j'étais une version de moi-même revue et corrigée par elle. Son Hal à elle, et non le mien.

– Je sais.

Elle persiste à river sur moi ses grands yeux bleus.

– Pourquoi ?

Bonne question, Sar'; le problème, c'est que je n'ai pas la réponse. Disons que la mer ne m'inspire plus confiance, que je ne peux plus en voir la surface sans imaginer à quel point ça doit être noir, profond et dangereux en dessous.

Je réponds à sa question par une autre :

– Est-ce que les yeux de Sara sont bleus comme la mer ?

Malheureusement, ça ne marche pas, pour une fois.

– Hal a les yeux bleus comme la mer, réplique-t-elle avant de pousser un gros soupir. Et Charley, elle est dans la mer.

J'en reste bouche bée.

Sara continue à enfourner tranquillement des cuillerées de céréales détrempées comme si elle venait de dire un truc tout à fait normal – et pour elle, ça doit être normal, je suppose.

– Qui ça, dans la mer ? j'insiste, juste pour m'assurer que j'ai bien entendu. Charley est à l'hôpital, pas dans la mer.

– Y a des poissons, des crabes, la Petite Sirène et la grosse dame, et papa, et Sara, mais pas les grandes filles ; les grandes filles, elles ont pas le droit d'aller dans la mer. Dedans, y a un méchant monsieur barbu avec une fourche... et du corail... qui attrape les gens !

Et la voilà partie dans son monde à elle, où je sais qu'il est inutile d'essayer de la suivre.

C'est à ce moment que maman débarque.

– Bonjour vous deux. Tasse de thé ?

Elle a l'air fatiguée comme jamais. Elle a perdu presque tout son bronzage, et sa jeunesse aussi, d'ailleurs. Elle est d'une drôle de couleur grise, comme si elle vivait en permanence dans une grotte. Ou dans un hôpital, tiens. Elle remonte les stores et le soleil entre à flots.

– J'ai une grande nouvelle, annonce-t-elle. Devinez !

– On va en Cor-nou-ailles ? avance Sara.

– Les nouvelles vont vite dans la famille, je vois...

Maman rit sans quitter son air triste.

– 'jour m'man.

– 'jour, mon fils. Alors, qu'est-ce qu'il y a de prévu aujourd'hui ?

– Sais pas... je vais peut-être faire une balade à vélo. Ou du bateau. Ou aller voir mes copains.

– En tout cas, tu ne vas pas sur la rivière sans papa, d'accord ?

– Mais non, je réponds avec une légèreté feinte. Et toi, tu fais quoi ?

– Comme d'habitude, je vais voir Charley, puis faire des courses, puis préparer le repas. Et puis...

Elle regarde Sara.

– Peut-être aussi quelques câlins, ce ne serait pas de refus.

Sara fait ce qu'on attend d'elle : elle se jette dans les bras de maman, qui enfouit sa tête dans son cou. Ses paupières se

23

ferment dans le soleil et c'est bizarre, mais on dirait que Sar' détient un secret que maman conserve au plus profond d'elle-même. Puis elle rouvre les yeux et voit que je les regarde. Elle m'adresse un clin d'œil pour m'inclure mais je sais bien que jamais je ne pourrais lui faire autant de bien que Sara.

– À plus, je leur lance.

– Hal ?

– Ouais ?

– Tu viendras dire au revoir à Charley ?

– Ben ouais.

– Et aussi...

– Quoi ?

– Pense à une chose que tu pourrais laisser près d'elle, une chose dont les infirmières pourraient lui parler, un petit souvenir de toi.

– OK.

– Et puis...

– Quoi encore ?

– Je t'adore, mon seul et unique fils.

– Ouais, moi aussi.

J'ouvre la porte de la cuisine. Le soleil est brûlant ; la rivière coule au fond du jardin. Je vais chercher mes cannes à pêche, mes lignes et mes hameçons, puis je m'assieds sous le saule avec un bouquin. La vérité, c'est que je n'ai pas envie de rendre visite à Charley. En fait, je voudrais même ne jamais la revoir. Parce qu'elle n'est pas vraiment là, il faut bien le dire ; elle s'est cogné la tête sur un rocher et maintenant, elle ne peut plus ni bouger ni parler, rien, même pas respirer sans faire un bruit de machine ! On peut appeler ça un coma, un

« état végétatif persistant » ou tout ce qu'on veut... pour moi, elle est déjà morte. Point. Et le pire de tout, c'est que papa et maman ne s'en rendent pas compte.

Je me demande ce que je pourrais bien lui laisser. Un nouveau cerveau, peut-être...

Je me traîne jusqu'à l'hôpital dans les rues poussiéreuses sous un soleil de plomb, mais en arrivant je trouve maman déjà assise au chevet de Charley, à lui parler comme si elle était juste endormie, et non pas dans le coma ; en tout cas, certainement pas comme si elle était morte. Elle lui parle comme si le monde entier tendait l'oreille, attentif, et retenait son souffle en attendant le moment où Charley va s'asseoir dans son lit et sourire en secouant sa longue chevelure rousse. Oui, parce que ses cheveux continuent à pousser.

Je trouve ça répugnant.

Moi je sais ce qu'elle ferait, Charley, si elle se réveillait. Elle s'étirerait en bâillant et elle dirait... J'essaie d'imaginer quoi. « Pardon. » Ça, ça serait pas mal, à mon avis. Pardon d'être une garce égocentrique. Pardon de m'être cassé la figure dans la flotte sans réussir à me tuer proprement. Mais voilà, « pardon », ce n'est pas trop le style de Charley. Le plus probable, c'est ça :

Une ravissante jeune fille bat des paupières et ouvre les yeux dans sa chambre d'hôpital.

– Oh ! J'étais dans un endroit absolument merveilleux, dirait-elle.

Puis elle sourirait à sa manière énigmatique. (« T'as vu, Hal ? Regarde-moi, Hal ! ») et riverait ses yeux sur moi ; alors je comprendrais qu'elle a vu des choses que je ne verrai jamais, visité des lieux dont je n'ai pas idée.

Cela dit, même ça serait mieux que de devoir la regarder. Je ne veux plus la voir comme ça. Plus jamais. Elle ne ressemble même plus à Charley. Elle ressemble à une morte. Sa bouche s'ouvre toute seule. Je m'assieds sur la chaise en plastique dans le couloir et je transpire en écoutant maman par la porte ouverte.

– Le soleil est sorti, ma chérie, dit-elle.

Ah bravo, maman ! Génial. C'est sûrement ça qui va la ramener à la vie.

– Et je t'ai apporté de magnifiques gueules-de-loup, elles sentent très bon, tu vas voir. Je me demande pourquoi le parfum des jaunes ne parait si clair et celui des orange si chaud ? Tiens, sens...

Je jette un œil. Oh, non... La voilà qui met ses fleurs sous le nez de Charley. J'attends de voir s'il va se passer quelque chose, mais elle continue à respirer exactement de la même façon.

Super, comme réaction.

Le truc monte, descend, remonte, redescend...

Sa respiration ne produit pas un son normal mais c'est sûrement parce qu'en fait, Charley n'est pas vraiment là, et que c'est une machine qui respire à sa place. Pas elle.

– Tu te rappelles, continue maman, tu pinçais les pétales comme pour les faire parler, tu disais que c'était la maison des abeilles ; elles sentent tellement bon ! Et leurs couleurs sont si vives ! Elles fleurissent toujours en juin. Juste avant ta naissance, elles ont fleuri. Je ne vois jamais de gueules-de-loup sans penser à toi. Mon Dieu qu'il faisait chaud l'année de ta naissance...

Elle tient la main de Charley et la caresse, bien qu'elle ait l'air morte, et murmure quelque chose – probablement son

26

prénom. Elle n'arrête pas de répéter son prénom, comme si ça pouvait la faire revenir. Moi, si j'étais à sa place, ça suffirait à me tuer d'entendre maman parler comme ça.

– Tu sais Charley, on va retourner en Cornouailles cette année, papa moi, Hal et Sara. Tu vas beaucoup nous manquer ma chérie, mais je reviendrai te voir une fois par semaine et puis Sally et Jenna ont promis de venir aussi ; tu comprends, Hal et Sara ont besoin de... il faut qu'ils...

Elle ne termine pas sa phrase. Quand elle reprend enfin la parole, c'est d'une voix raffermie – et même gaie, vive, mensongère.

– Tu es dans un hôpital spécial, Charley. Depuis longtemps longtemps. Tu t'es cogné la tête sur les rochers – enfin, c'est ce qu'on pense – on saura tout quand tu nous raconteras, hein ma chérie ? C'est Hal qui t'a trouvée au bord de l'eau, dans les rochers et...

– C'est faux ! je m'écrie brusquement. C'est faux !

Et l'espace d'un bref instant ça marche : les mots sont plus forts que les souvenirs, ils les effacent. Mais ça ne dure qu'une seconde. Je les prononce à nouveau, comme si le fait de le dire rendait la chose vraie. « Faux ! » Trop tard. Mon œil intérieur a déjà pris le relais pour me montrer l'immense plage dorée, à marée basse, pleine du vide matinal. J'entends mon souffle haletant, mon regard devient fou. « Faux ! Faux ! Faux ! » je psalmodie sans relâche, mais ça ne marche plus : en effet, c'est moi qui l'ai trouvée. Sur une pierre plate, dans les petites vagues du bord, là où son corps s'était échoué, désarticulé, comme une poupée rejetée dont elle n'aurait plus besoin, littéralement comme une... Assez !

Qu'est-ce que tu faisais là ? Pourquoi la cherchais-tu ?

Les questions me sautent à la figure, je n'ai pas le temps de les en empêcher.

Je prends une brusque inspiration. Rien ne m'oblige à faire ça. Je concentre mon attention sur les murs. Ils sont exactement couleur de vomi. Je prends conscience de la chaise où je suis assis, je me raccroche au monde qui m'entoure, solide, réel, présent. Et à la voix de maman.

– Ta chambre est très jolie, dit-elle, il y a du soleil tous les après-midi. C'est un peu trop blanc parce qu'on est à l'hôpital. On préférerait t'avoir à la maison.

Elle-même n'arrive pas à faire en sorte que ses paroles rendent un son nouveau, tellement elle les a répétées. Comme nous tous. Seulement, ma sœur ne nous entend pas.

– Oh, Charley ! s'écrie tout à coup maman.

Le son de sa voix redevient neuf et authentique – mais terriblement douloureux. On dirait qu'elle s'apprête à quitter sa fille pour toujours. C'est à ce moment que je finis par comprendre : maman croit sincèrement que Charley va mourir si elle ne vient pas la voir chaque jour.

Et après tout, c'est possible, je me dis. Voire souhaitable, je ne me dis pas. Je m'éloigne discrètement avant que maman me voie, je fuis le parfum des fleurs qui émane de cette chambre morte et immaculée comme des ossements blanchis. Je fuis la chose qu'on s'obstine à appeler Charley.

Ensuite, c'est au tour de papa. Mais moi je voudrais dire au revoir à Charley tout seul. S'il faut vraiment en passer par là, autant que ce ne soit pas devant mes parents.

Je vois le caillou gris qu'il a apporté pour que Charley puisse se « souvenir » de lui. Quelle blague. Il l'a posé à côté de sa main morte, sur le lit. C'est un galet-type de Brackinton, lisse et poli par le ressac ; quelques grains de sable y sont restés accrochés. Rien qu'en y jetant un coup d'œil, j'entends la mer qui déferle dessus. Une strie de quartz blanc, en relief, en fait le tour. Ça me rappelle plein de choses. Les petits galets brûlants de la plage sous la plante de mes pieds, ceux que je lance et que je regarde ricocher à la surface de l'eau... Mais à partir de maintenant, ce caillou ne me rappellera plus qu'une chose : les mains de papa qui le tiennent.

– Salut, Hal, me dit-il.

Je file avant qu'il m'oblige à parler à Charley, mais je le vois toujours par la vitre carrée de la chambre. Il glisse délicatement le galet dans la paume de ma sœur et replie ses doigts par-dessus en enserrant sa main. Elle a l'air toute petite, à côté de lui. Ça me rappelle quand c'était l'heure de se coucher et qu'on nous lisait des livres d'images. Les comptines, le monde vu par les tout-petits.

Il serre toujours la main de Charley, qui contient le galet.

– Puisque Charley ne peut pas venir à la plage, eh bien, c'est la plage qui vient à elle, tu vois ! Tu te souviens des galets ? Et du rocher où on te prend en photo tous les ans ?

Sa voix elle-même m'évoque les vagues : elle s'enfle et retombe, avec aussi des accalmies. Si j'étais Charley, ça ne me donnerait vraiment pas envie de me réveiller. Au contraire.

– On va y retourner, Charley, et tu seras avec nous. On regardera le soleil sombrer dans la mer, et je monterai en haut du rocher à ta place.

Il lui caresse doucement la main, puis s'arrête comme si, soudain, ça ne lui suffisait plus de lui tenir les doigts ; alors il la serre dans ses bras, où elle s'affale comme un gros bébé inerte ; je me demande comment ils font, papa et maman. Mais je sais bien ce qu'ils me répondraient si je leur posais la question.

« C'est parce qu'on l'aime, Hal, tout autant qu'on t'aime toi. »

Ouais, eh bien moi aussi je l'aime, Charley, mais c'est quand même dégoûtant, je trouve, ce qu'elle est devenue.

Carrément dégoûtant.

En écoutant parler papa, je sais soudain ce qu'il faut que j'apporte. C'est grotesque, mais tant pis.

Il coince la tête de ma sœur sous son menton et la berce. Les orteils de Charley dépassent de son jean ; ils sont tout bleus et ont l'air froids. On l'habille chaque matin – comme si elle en avait quelque chose à faire ! Comme si elle était là, bon Dieu.

– Mais surfer, ça, je ne peux pas le faire à ta place, ma chérie.

Papa émet un petit rire à l'idée de se retrouver sur une planche de surf. Du coup, je souris aussi.

– Il va falloir que tu reviennes le faire toi-même. Oh, Charley...

Enfin les mots lui manquent ; alors il reste là à la serrer contre lui. À la bercer sans s'arrêter. Et de temps en temps, il me semble l'entendre psalmodier son prénom d'une voix à peine perceptible, comme un envoûtement. Comme si c'était une chaîne qui le reliait à elle. Comme si c'était tout ce qui restait entre eux.

Je les laisse à leurs affaires.

Bon, mon tour est enfin venu. Et je me tiens devant les portes de l'enfer hospitalier, une planche de surf sous le bras.

Les gens m'observent d'un drôle d'air. Et alors ? Je leur rends leur regard. Qu'est-ce que ça peut me faire ? J'ai une sœur à moitié morte, moi. J'ai le droit de m'en moquer, de leurs regards. Je pousse la porte sans ménagement et cale la planche contre le lit.

– Alors, ça va, gros tas ?

À mon avis, Charley en a marre que tout le monde soit si gentil avec elle. Je les ai entendus lui répéter où elle est et lui seriner qu'ils l'aiment. Pour moi, s'il y a une chose – et une seule – qui puisse la faire revenir, c'est de savoir que je possède un truc qu'elle n'a pas.

Une vie, par exemple.

– Tiens, je t'ai apporté ça.

J'approche la planche du lit. Charley ne bouge pas. Son drap se soulève et redescend inlassablement. C'est à ça qu'on sait qu'elle respire.

– Et alors, tu la vois pas ?

Le drap monte, descend, monte, descend...

Pas de réponse.

– Comme tu voudras, idiote !

Toujours pas de réponse. Pas encore.

J'attrape sa main et la laisse retomber mollement sur la pointe de la planche. Je n'aime pas toucher Charley. Ça m'évoque des restes qu'on a fait réchauffer. Elle a l'air bête, dans cette petite chambre – la planche, je veux dire. Elle est trop grande, et on a vraiment du mal à croire que cette Charley-là, qui a l'air morte, ait pu surfer sur les vagues grâce à elle.

– Elle t'a pas servi à grand-chose, hein ?

Elle continue à respirer au même rythme, mais brusquement, j'ai la certitude qu'elle est là. Juste là, derrière ce souffle qui flanque la trouille et ces paupières closes. Elle écoute, et elle adore ça – qu'on vienne les uns après les autres lui dire au revoir et la supplier de rester en vie.

Sans même m'en rendre compte, je me surprends à lui brailler sous le nez, fou de rage :

– Sale garce !

Je m'entends moi-même et j'en suis horrifié, mais impossible de m'arrêter.

– Tu t'en fous complètement, hein ! Maman, papa, moi, Sara... Tu restes là à respirer, c'est tout, et t'en as rien à carrer !

Pendant que je lui hurle mes insanités, une infirmière passe dans le couloir ; elle jette un regard par la vitre puis s'éloigne.

Je me penche à nouveau vers Charley et grince entre mes dents serrées :

– Charley, tu vas te réveiller maintenant ; et si t'en es pas capable, alors aie au moins la décence de crever, bordel !

Cette fois, quand elle repasse, l'infirmière entre dans la chambre. Elle prend le pouls de Charley et me toise.

Vas-y doucement, je pense pour me calmer.

– Ça va ? me demande-t-elle.

Je hoche la tête en souriant.

– Tu as du mal à dire au revoir à ta sœur ?

– C'est que pour un mois, à peu près.

– En tout cas, ce n'est pas facile pour tes parents.

– Non. (Je me relève.) Faut que j'y aille maintenant. Bye-bye, Charley, j'ajoute ; dommage qu'on ne puisse pas te voir sur les vagues cette année.

L'infirmière m'observe d'un air bizarre, puis découvre la planche de surf et la main de Charley près d'elle, et se radoucit.

Je sais bien ce qu'elle voit – toute l'année je me suis regardé dans la glace en mettant d'un côté ce qui est moi et de l'autre ce qui est Charley.

Les cheveux : moi, complètement. Aussi blonds et sales que ceux de Charley sont propres, roux et dorés.

Le teint : hâlé. J'ai la peau plus foncée qu'elle. Charley a toujours été blême et frigorifiée en hiver, bronzée et pleine de taches de rousseur en été. Mais à présent elle est tout le temps pâle, comme si c'était en permanence l'hiver ; sa peau me fait penser à de la neige qui recouvrirait ses os en silence. Papa dit que j'ai le teint « basané » mais personnellement, je préfère « mat ».

La taille : eh bien maintenant, je suis plus grand qu'elle, me semble-t-il... enfin, difficile d'en être certain sans s'allonger à côté pour mesurer.

Et ça, non merci.

Les yeux : même forme, mêmes cils affreusement longs qui font vraiment fille. Quand on regardait ses yeux, on avait l'impression de voir les miens.

– Vous pourriez être jumeaux, disait maman. Nés l'un juste après l'autre !

Et parfois, c'est bien l'impression que j'ai, maintenant que Charley est ailleurs. Comme si j'avais dû refermer la porte sur une partie de mon âme.

– Hého ? m'interpelle l'infirmière.

Je tourne la tête et je me rends compte que je regardais fixement Charley. J'imaginais que je pouvais prendre l'image mentale que je garde d'elle et faire un glisser-déposer, comme sur un ordinateur, pour la lui plaquer dessus ; alors peut-être qu'elle se ranimerait, elle se réveillerait, elle serait à nouveau là.

– Allez, amusez-vous bien là-bas, reprend l'infirmière, et ne vous en faites pas pour Charley, on s'occupe d'elle.

Et toi, tu peux aller te faire voir, je me dis ; j'en ai ras le bol de la compassion, elle me sort par les yeux, la compassion. Tu sais quoi ? Eh bien ça marche pas, la compassion. Ça ne change rien à rien.

– Gros tas toi-même !

Je jurerais l'entendre me retourner mon insulte d'une voix claire. Il me semble voir broncher l'infirmière, mais non : Charley est toujours là à respirer comme avant. Le reste... eh bien, le reste n'est que le produit de mon imagination, et de mon espoir.

Charley. L'hôpital. Maintenant.

– Alors, ça va, gros tas ?

Qui a dit ça ?

Je suis dans un placard. Un placard sombre et trop petit pour moi. Les cloisons m'étouffent, m'emprisonnent, et quelque chose me maintient la tête immobile, avec une force telle que je suis incapable de la tourner pour voir sur le côté.

Le placard tout entier tangue. Aïe ! Je le sens autour de moi qui tombe, tombe... et moi qui ne peux pas bouger !

J'en ai une sensation de vide au creux de l'estomac.

– Alors, ça va, gros tas ?

Les mots résonnent, se dressent bien droits à travers le brouhaha de sons confus.

Le placard dans lequel je suis enfermée heurte violemment le sol ;
j'en suis ébranlée de la tête aux pieds, et par un rai de lumière, là où
les portes sont à peine entrebâillées, il me semble entendre des voix.
Un grand nombre de voix.
– Au secours !

Hal. Maintenant.

Je longe les couloirs de l'hôpital. Ma mission : m'enfuir
d'ici. Si j'arrive à la sortie sans m'arrêter, ce sera comme s'il
ne s'était rien passé. Hélas, au moment où je m'engage dans
les portes tournantes, je vois approcher maman et Sara. La
petite porte une plante verte avec une seule fleur – rouge
foncé, toute recroquevillée. Ça me rappelle quelque chose
mais je ne sais pas quoi.

– J'ai acheté une fleur pour Charley, m'annonce Sara en
souriant.

– Tu veux bien l'emmener jusqu'à la chambre, Hal ?
demande maman. Je voudrais parler aux infirmières avant
qu'on s'en aille.

– Écoute, maman, je viens déjà de lui dire au revoir et...

Mais il me suffit d'un coup d'œil pour laisser tomber.

– Allez viens, Sar', dépêche-toi !

Je veux qu'elle fasse vite, qu'on en finisse. J'entends l'appel
de la mer.

Pour raconter n'importe quoi à quelqu'un qui ne l'entend
même pas, Sara a un vrai don de la nature. Devant Charley,
elle se met à jacasser à n'en plus finir, ravie que, pour une
fois, on ne lui coupe pas la parole. Et maintenant, elle ne pose
plus les questions qui fâchent du style « Pourquoi elle se

réveille jamais Charley ? » ou « Maman, pourquoi elle est fatiguée Charley ? ».

Sans beaucoup de précautions, elle pose par terre la fleur qui, du coup, oscille au bout de sa tige en menaçant de se casser.

– C'est pour Charley, annonce-t-elle.

Elle s'assied et lui prend la main, comme on lui a dit de le faire.

– Tu vois Charley, commence-t-elle sur un ton d'institutrice de maternelle, j'ai apporté une fleur qui est plus belle que tous les rêves que tu fais. Maman m'a emmenée au magasin de fleurs et on a cherché, cherché... et on a trouvé ! Regarde ! Tu peux la toucher si tu veux ! Ouvre les yeux et tu la verras.

Je me mets à rêvasser. Sar' peut continuer comme ça des heures.

Malheureusement, la mission de Hal Ditton a échoué, il n'a pas réussi à s'enfuir à temps ; il a été définitivement rattrapé par le système. Maintenant, il va devoir sacrifier le reste de son existence à...

Je ne m'aperçois pas tout de suite qu'on n'entend plus rien. Sara contemple Charley avec intensité, sans un mot.

Au bout d'un moment, elle demande :

– Tu veux te réveiller et toucher ma fleur, Charley ?

Et elle me regarde en douce, comme si elle avait fait quelque chose de défendu. Elle a l'air effrayée.

– Hé, Sara, t'en fais pas... j'essaie de lui dire.

Sara ne *doit pas* s'en faire. C'est elle qui maintient une impression de normalité ici. Elle qui ignore ce que c'est que la vie sans sœur à moitié morte. Elle qui peut prononcer les mots qui nous sont interdits, avec sa petite voix fofolle et gaie, comme si rien de tout cela n'avait d'importance.

– Dis, Hal, elle est morte ? demande-t-elle au bout d'un moment, avant de se mettre à trembler – alors qu'il fait encore une chaleur étouffante.

– Je ne sais pas. Personne ne sait, Sara.

Elle considère la jolie fleur qu'elle a apportée pour Charley. *(Tu pourrais au moins dire merci, sale garce.)*

– Ça va pas lui faire de mal, hein, Hal ?

– Non, je te promets que non.

Une autre infirmière entre. Elle est gentille et aimable avec nous, mais elle parle à Charley comme à une poupée et ça me remplit de tristesse et de colère à la fois.

– C'est ma sœur, je déclare.

Quel crétin. Comme si elle ne le savait pas.

– Moi aussi c'est ma sœur, renchérit Sara. Et je lui ai acheté une fleur qui va bien s'occuper d'elle quand on sera partis en Cor-nou-ailles.

– Nous aussi on va s'occuper d'elle, ne t'en fais pas.

L'infirmière lui caresse le front comme maman quand on a de la fièvre.

Elle ramène une mèche de cheveux derrière l'oreille de Sara, d'une main que je devine douce et fraîche. Je me détourne vivement.

Mission annulée ! Je répète : Mission annulée ! On dégage en vitesse, Ditton !

– Passez tous de bonnes vacances, d'accord ? Et vous, occupez-vous bien de vos parents.

– OUI ! réplique Sara, désormais en pleine forme.

– Tu viens, Sara ? Il faut y aller, maintenant.

L'infirmière nous réprimande du regard, sans lâcher le poignet inerte de Charley.

– Mais vous ne lui avez pas dit au revoir !

Alors Sara attrape la main de Charley et y dépose un baiser. Ça me rend malade.

Votre temps est écoulé, vous avez trente secondes pour quitter la chambre. Je répète, quittez la chambre immédiatement...

– Salut Charley chérie ! lance-t-elle à tue-tête.

– Bye-bye, sister, l'appel des vagues n'attend pas.

– Ils vont revenir très bientôt, ajoute l'infirmière en se retournant vers le visage inexpressif de Charley.

Toujours la même respiration régulière.

– Ah ça non, alors ! je rétorque en riant.

Mais ça ne la fait pas sourire. Elle se contente de me dévisager avec cette tristesse que vous réservent les gens quand ils ont tellement pitié de vous qu'ils ne peuvent même pas vous en vouloir.

Charley. L'hôpital. Maintenant.

Toutes ces voix... derrière la porte... elles crient, elles se brisent... les mots ne vont pas ensemble, ils ne veulent rien dire.

Pourquoi il fait si noir ?

Parce que j'ai les yeux fermés ? Oui, c'est ça... mes paupières sont hermétiquement closes. J'essaie de les soulever.

Rien à faire.

Je pousse de toutes mes forces contre les côtés du placard, autour de moi ; je m'appuie de tout mon poids sur les parois, mais rien ne bouge.

Comme si la planète me retenait plaquée au sol par la pesanteur.

Les mots restent en suspens... juste hors de portée de ma mémoire.

– Bye-bye, sister, *disent les mots.*

– Va te faire voir, gros tas, dit une voix en moi.

J'ai la sensation d'un sourire.

Un sourire, c'est comme un rayon de soleil.

C'est tout chaud.

Quelque part derrière moi, quelqu'un pleure.

C'est maman ! J'entends sa voix ! Elle répète sans arrêt mon prénom.

– Charley !

– Charley ! *Je suis une petite fille qui respire des fleurs.*

– Charley ! *Je me cache. On ne peut pas me trouver.*

– Charley ! *Elle me berce, je dors.*

Il y a tellement de Charley...

– Charlotte Mary Ditton ! Où es-tu ?

Maman !

Ouvrez ! Je vous en prie, ouvrez ! Je pousse de plus belle contre les cloisons du placard, mais rien ne bouge, sauf en moi.

– Charley !

– Maman ! *je réponds, mais elle ne m'entend pas.*

– Oh Charley, *murmure-t-elle.*

Et mon cœur cesse de battre quand je perçois le ton de sa voix. Dans sa bouche mon prénom devient une plainte désespérée, interminable, que je visualise derrière mes paupières closes : mon prénom épelé sur toute la largeur du ciel vide.

– Charley !

Elle a une façon de m'appeler qui fait que mon nom fuse comme un trait dans la nuit, au-dessus de la mer. Une étoile filante, une ombre qui s'allonge à l'infini, jusqu'à être aussi fine qu'un fil de pêche... sur le point de se rompre.

Non !

– Maman ! *je crie à mon tour, mais aucun son ne retentit.*

– Maman !
Quelque part, dehors, une porte se ferme...
Il fait noir...
Mon nom est muet, sa lumière s'est éteinte.
Elle est partie.
– Au secours !

Hal. Maintenant.

– Au secours !

J'entends très distinctement ces mots. On est devant l'hôpital, on attend maman. L'air chatoie et paraît onduler à cause du soleil et de la poussière, et on dirait que le monde perd sa solidité, qu'il se soulève comme un voile devant mes yeux, comme si la masse imposante et grise de l'hôpital allait subitement se déplacer sur le côté et révéler je ne sais quoi. Ma gorge se serre très fort, j'ai du mal à respirer. La chaleur me semble soudaine et compacte, j'ai l'impression qu'elle cherche délibérément à aspirer mes forces ; mes poumons se vident avec un grand soupir sonore. Puis le sang se retire de ma tête et les choses deviennent minuscules autour de moi, comme si je les voyais à travers l'autre bout du télescope.

– Assez ! j'ordonne à l'impression qui m'envahit.

Mais elle n'a pas l'air du genre à se laisser arrêter.

– Charley !

Son prénom m'atteint comme un coup de poing au ventre, juste au moment où maman émerge des portes tournantes.

– Voilà, j'ai fini, dit-elle.

Sa voix a un son d'os qui se brisent. On se dirige vers la voiture. Tremblant, je me raccroche à la menotte de Sara. Maman ouvre la portière et se laisse tomber sur le siège. On dirait qu'elle vient d'être frappée par un poing invisible et je VOIS littéralement la vie s'échapper de son corps. Ça fait très peur – c'est comme si elle aussi avait du mal à rester en vie, brusquement.

D'ailleurs, c'est peut-être ce qui se passe. Si ça se trouve, quand leurs enfants meurent, les mères meurent aussi. Elle tente de revenir à la vie pour Sara et moi, mais elle n'y parvient pas.

– *Au secours !*

Pas de doute, c'est bien la voix de Charley. Je regarde alentour comme si j'allais la découvrir assise sur la banquette à côté de moi, l'air renfrogné.

– Ça va ? demande maman.

– Ça va.

Je consulte ma montre. J'écoute son tic-tac. Je me concentre à fond sur elle. Elle annonce qu'on est vendredi. Et qu'il est 16 h 15. Qu'on est en juillet. Le 15, c'est-à-dire le jour où on prend chaque année la route de Cornouailles.

Mais jamais sans Charley.

Charley. L'hôpital. Maintenant.

– *Au secours !*

Mais non, ils sont partis.

– Elle, elle n'est pas près de s'en aller.

La voix est toujours à l'extérieur du placard.

J'essaie de m'en éloigner mais impossible. Je suis coincée, à l'étroit. Ça fait mal. La voix a des arêtes coupantes, tranchantes. Elle me donne mal à la tête.

– Et la famille, ils sont partis où, déjà ? *dit-elle.*

41

Où suis-je ?

Prisonnière d'un placard.

Enfermée à double tour. Opprimée.

– *Au secours !*

– Au bord de la mer, je crois que ça s'appelle Brackinton Haven... et qu'ils y vont tous les ans. Moi, j'imagine mal retourner chaque année au même endroit...

Brackinton Haven... les mots s'accrochent, entrent en contact avec quelque chose en moi... et...

Brusquement je suis dans une cuisine toute blanche, pleine de soleil qui entre par les fenêtres... Je regarde les deux personnes qui parlent... est-ce que l'une des deux est moi ?

Charley. Avant.

– On verra, Charley, dit maman.

– Allez quoi, m'man ! Même Julie va en Grèce cette année !

– Non ! Je me moque bien de savoir si Jenna ou Sally vont en Grèce ou pas – ni Julie d'ailleurs. Toi, tu viens avec nous à Brackinton, jeune fille.

– Je t'en prie ! Je t'en supplie ! Je ferai la vaisselle toute l'année !

Maman rit. Elle élève dans la lumière le verre qu'elle fait briller et le soleil le traverse de part en part.

– Non, ma grande. La réponse est non. Tu n'iras pas en Italie avec Jenna ; tu nous accompagnes à Brackinton. On verra l'an prochain.

– Mais l'an prochain c'est loin ! C'est dans une éternité ! D'ici là je serai peut-être MORTE !

– Charley ! Ne parle pas comme ça.

Charley. L'hôpital. Maintenant.

Est-ce que je suis morte ?

Est-ce que c'est dans un placard que je suis enfermée ou bien...

– Maman !

Mais j'arrive trop tard, le soleil dissout ses traits. De nouveaux visages frémissent dans l'obscurité et se profilent peu à peu...

Jenna, Sally, et moi...

Les rayons du soleil tombent droit sur nous... on est assises sous un arbre, dans un immense champ verdoyant. Quelque part en contrebas, une rivière scintille.

Charley. Avant.

– Elle a dit « Peut-être l'an prochain ». L'AN PROCHAIN ! Vous vous rendez COMPTE ?

– Arrête de te plaindre, intervient Jenna. Pense un peu à tous ces beaux surfeurs !

Elle fait semblant de frissonner d'excitation ; ses yeux se révulsent et ses genoux s'entrechoquent.

– Pour toi peut-être !

Jenna est voluptueuse à la Marilyn Monroe, sans les cheveux blonds.

– Pas sûr ; il paraît qu'ils préfèrent les super minces, tu devrais remercier ta bonne étoile d'aller en Cornouailles. T'as déjà vu les mecs sur les plages, en Italie ?

– Comment veux-tu ? Et, grâce à ma mère, ce n'est pas près d'arriver. C'est pas une mère, c'est un dinosaure.

– Ah là là, mais Charley, les Italiens sont bien plus préoccupés par leurs propres fesses que par celles des femmes ! N'importe quelle femme !

– Et comment elles sont, leurs fesses ? s'enquiert Sally.

Jenna se met à pouffer, et du coup on éclate toutes de rire, pas moyen de faire autrement. C'est comme les bulles dans le mousseux italien qu'elle boit – du prosecco – irrésistible !

– Vous savez quoi ? propose-t-elle. Je prendrai des notes, et on comparera après. « Étude comparée des postérieurs dans trois pays : l'Angleterre, la France et l'Italie. » Vous croyez que ça plairait à la mère Shirley-Brown, comme sujet de rédac'?

– Du moment que ça s'appuie sur des recherches sérieuses, à mon avis ça la dérangerait pas plus que ça, je réponds.

Sally s'incline devant moi.

– Ah oui, pardon, j'avais oublié : c'est vrai que tu as un faible pour elle...

– Jure que tu nous enverras des SMS. Jure-le.

– Je le jure.

Charley. L'hôpital. Maintenant.

Et elles déclinent peu à peu, elles s'éloignent dans le noir et glissent entre mes doigts impuissants... non... non... je vous en prie... attendez...

Puis j'entends un bruit de moteur, une vitesse qu'on enclenche ; la voiture monte péniblement à flanc de colline. Je me raccroche à ce son et lentement, très lentement, l'image me vient... Brackinton.

Charley. Avant.

On a dépassé le sommet de la colline et maintenant je vois la mer, brillante et bleue. Les reflets du soleil dansent sur l'écume qui couronne les vagues, mon cœur bondit dans ma poitrine, et finalement, je suis bien contente d'être venue, je ne peux pas m'en empêcher. J'adore Brackinton, et cette année, je vais suivre les conseils de Sal et Jenna.

C'est vrai, elles ont raison, après tout. Mes parents sont peut-être ravis de ne voir personne pendant un mois, mais ça ne veut pas dire que je suis obligée de faire pareil ! Fini de contempler la vallée depuis la terrasse, et de rester danser avec Hal, coincée dans le jardin, à regarder de loin les feux de camp sur la plage. Maintenant, je sors !

J'ai peur, quand même.

– Je ne veux plus être tout le temps à la maison, dis-je à maman.

– Tu as raison, il faut que tu fasses plus de choses avec les autres.

Alors là, elle me la coupe !

– Je veux aller au camping, me faire des amis.

– D'accord, d'accord. On ne s'était pas rendu compte que tu avais grandi, c'est tout.

– Il était temps.

– Mais on ne veut pas non plus que tu disparaisses l'été entier.

– Je ne vois pas comment.

– Tout ce que je te demande, c'est de ne pas laisser complètement tomber Hal.

– Écoute, m'man... C'est pas super cool de se coltiner son frangin du matin au soir.

Elle me lance le regard auquel j'ai droit quand je m'exprime comme à l'école.

– Ne parle pas comme ça, ça me glace.

Et de fait, même son ton est glacial. Froid comme un sorbet à la menthe.

– Tu as tendance à oublier que Hal te vénère et qu'en fait, tu adores ça.

– Bon, bon, OK. Mais sérieux : cette année, j'en veux plus, moi, du château de Barbe-Bleue.

Je dis ça parce que tous les ans, dès qu'on met le pied dans la cuisine de Brackinton, maman prononce la même phrase :

– Le désert total ! Le bonheur !

Ce n'est pas que ma mère soit pénible. Seulement, quand on est chez nous elle n'arrête pas de travailler, alors Brackinton, pour elle, c'est le moment de se retrouver en couple, en famille.

Papa et maman.

Papa et maman S'AIMENT. Je veux dire VRAIMENT. Le soir ils restent à papoter et à se marrer jusqu'à des heures pas possibles, alors qu'ils sont archivieux. Mon plus ancien souvenir de Brackinton, c'est le son de leurs voix qui se mêle au bruit de la mer dans la nuit, avec les vagues qui déferlent sur les galets.

Charley. L'hôpital. Maintenant.

Papa... Papa.

J'entends sa voix qui chantonne mon prénom... il me berce dans mon sommeil. Il referme ma main sur une pierre aux contours froids... lisses... avec encore un peu de sable dessus. Dès que je la touche, j'entends les vagues qui se fracassent sur le sable.

Je tiens un galet dans ma paume.

Les vagues se soulèvent puis s'écrasent, il y a une odeur de sel et de poisson dans l'air, mais il manque quelque chose, dans l'air juste-

46

ment... il manque... je me tends tout entière vers le bruit que j'entends et petit à petit je comprends. Un cri lancé tout là-haut dans le ciel, un appel désolé, solitaire au-dessus de la mer, bientôt rejoint par un autre, puis un autre encore... Un battement d'ailes à mes oreilles. Alors deux mots tombent du ciel :

– Les mouettes.

Dès que je les attrape au vol, j'entends sa voix à lui.

– Papa ?

Sa barbe contre ma joue, c'est comme si je plaquais mon visage dans le sable tiède, si tiède, et que je l'enfonçais dans son coussin à la fois moelleux et piquant.

Est-ce que les larmes que je sens en moi coulent pour de vrai et le mouillent en tombant ?

Non, c'est la pierre qui tombe, tombe de ma main ; alors, à la vitesse du poisson qui donne un petit coup de nageoire, les mots et les souvenirs s'évanouissent.

Le noir.

– Où êtes-vous tous ?

– Je suis toute seule.

Hal. Brackinton. Maintenant.

– Je suis toute seule.

Ces mots me viennent au moment précis où on atteint le haut de la falaise et où, en redescendant de l'autre côté, je découvre la mer qui s'étale à nos pieds. Ce spectacle soudain me paralyse et me coupe le souffle. Je l'observe en me souvenant : Charley et moi, on voulait toujours être le premier ou la première à voir la mer. Et tout à coup, je suis frappé par le fait que tout est exactement comme avant : les falaises, la mer, la plage... il ne manque que Charley. Plus personne pour me doubler en courant et arriver la première sur place.

– *Je suis toute seule.*

Les mouettes s'envolent du jardin, comme d'habitude à notre approche.

– Moi je dis qu'on devrait leur tirer dessus, fait papa.

Il n'en a donc jamais marre de sortir toujours les mêmes vannes ?

La maison attend, vide et muette sur sa falaise ; on la contemple tous les quatre comme si on avait un peu de mal à croire qu'elle est toujours là.

– Allez, Hal, ne reste pas planté là ! Prends une valise, hop !

On escalade les trente-deux marches à flanc de falaise, plusieurs fois de suite, jusqu'à ce que le coffre de la voiture soit vide et que nos jambes tremblent de fatigue.

– On y va, lance papa.

Il prend la vieille clef dans une boîte de conserve posée près de la porte et l'introduit dans la serrure. Sara fait des bonds sur place en demandant si elle peut prendre la chambre bleue.

– Chut, Sara ! répond maman avec brusquerie.

Elle se retourne et regarde par-dessus mon épaule. L'espace d'un instant je me demande ce qu'elle voit parce que j'ai une drôle d'impression. Je sens quelque chose dans mon dos, comme si Charley était là, juste un pas en arrière, à me murmurer à l'oreille :

– *Allez papa, dépêche-toi un peu, quoi !*

– Charley ?

Je me retourne mais il n'y a rien, rien que du vide. Est-ce que j'ai parlé à voix haute ?

48

Papa tourne la clef et ouvre la grosse porte en chêne.

– Coucou, maison ! Coucou ! On est là, on est là ! braille Sara, qui s'engouffre aussitôt dans l'escalier.

Les rayons du soleil pénètrent jusque dans l'entrée lambrissée.

On est chez nous.

Je ne peux plus bouger.

Je suis sur la terrasse, la mer dans les oreilles et le soleil dans la figure. Quelque part au loin, sous le bruit de la mer et la chaleur du soleil, il me semble entendre respirer Charley – sa respiration d'hôpital déferle sur moi par vagues.

Qui s'avancent, puis se retirent. Vont et viennent. Montent et descendent.

Et ça efface le reste – la maison, la porte, la mer, le sable. Ça balaie tout ce qui m'entoure.

– Hal ? s'enquiert maman.

Je lui souris. Elle est debout dans l'entrée, toute nimbée de soleil, qui lui fait une auréole. Mais je suis incapable de lui répondre. Je n'entends plus que cette respiration mécanique, au sens littéral – une respiration de machine – et le léger bourdonnement, presque inaudible, qui l'accompagne. Mes jambes ne tremblent plus : elles ne fonctionnent carrément plus.

Je ne peux plus bouger.

Comme si le monde entier venait de faire un pas en arrière en me laissant planté là, seul.

Il continue à tourner, mais ailleurs, sans moi.

– *Je suis toute seule.*

La sensation m'emplit, se répercute dans l'entrée, et aussi à l'intérieur de moi.

– Hal ! s'énerve maman. Ne reste pas là comme un ballot.

Et ça me débloque d'un coup, comme si elle venait de tourner un verrou, ou quelque chose comme ça.

– Ouais, j'acquiesce en souriant – puisque le moteur remarche et que les jambes répondent.

– Vraiment, il y a des fois où tu es tellement... tellement ADO ! finit-elle par lâcher.

– T'énerve pas, m'man !

Je souris toujours, alors elle cède et me sourit aussi.

– Va ranger les affaires dans le frigo, puis monte défaire tes bagages.

– OK.

On fait tous les deux semblant de ne pas remarquer la crispation de douleur qui déforme fugitivement ses traits à la vue de toutes les photos de Charley, sur le mur de la cuisine.

Charley. L'hôpital. Maintenant.

– Je suis toute seule.

Je les vois, tous, mais moi je n'y suis pas.

Papa met la vieille clef rouillée dans la serrure.

– On y va ! dit-il.

– Allez papa, dépêche-toi un peu, quoi ! je lui lance, agacée.

Mais il ne répond pas ; il fait absolument comme si de rien n'était. Seul Hal se retourne vers moi et me regarde, ou regarde dans le vide comme s'il m'avait vue.

– Charley ? fait-il à voix basse.

Là-dessus il entre dans la maison et il n'y a de nouveau plus personne.

Il fait noir.

50

Tout à coup je suis couchee sur le dos dans le sable chaud. Le ciel est tellement, tellement bleu... Je m'enfonce de plus en plus dans le sable tiède, et je finis par sentir chaque grain me soutenir face au ciel.

Lève-toi, ordonne une voix rude en moi, lève-toi tout de suite !

– Je ne peux pas ! je crie.

Et dès que les mots sont là, je comprends que c'est vrai.

Je ne peux pas bouger. Je ne peux pas bouger. Je ne peux pas bouger.

– Je ne peux pas bouger.

Il n'y a pas de placard... Je ne suis pas coincée, prisonnière... il n'y a que moi, moi qui ne bouge pas.

Je crie à en perdre haleine mais aucun son ne sort et tout ce que je vois, c'est ce ciel sans fin au-dessus de moi, comme en chute libre, et sans la moindre mouette.

– Hal !

Il a les yeux rivés sur moi.

Nos yeux, qui changent selon le temps qu'il fait.

Je les fixe intensément, moi aussi.

– Hal ! Où je suis ? Aide-moi ! Au secours, Hal !

Hal. Brackinton. Maintenant.

Je n'arrive pas à dormir. La chambre n'a pas changé. Mêmes lits, mêmes couvertures, même fenêtre donnant sur la mer – mais pas de Charley. Dehors les étoiles sont en suspens et la mer haute, déchaînée ; derrière le rugissement des vagues il me semble entendre sa voix, mêlée au vent, à la houle et aux nuages noirs qui filent dans le ciel.

– Hal ! Où je suis ? Aide-moi ! Au secours, Hal !

Quand vient enfin le matin, j'ai du mal à croire que cette mer-là est la même que cette nuit, et que je suis là pour de vrai. J'ouvre la fenêtre et j'inspire à fond, comme si j'inspirais ce qui s'offre à mon regard, ce panorama vivant et frais au goût piquant, salin, si différent de l'air mort d'Oxford.

– *Par là-bas, Hal,* dit le murmure dans ma tête, *regarde par là-bas.*

– Non, je lui réponds fermement.

Je ne veux pas regarder en direction des rochers où j'ai retrouvé Charley. Je ne veux pas me souvenir. Je détourne la tête des rochers, du sable et des images dont, bizarrement, je n'avais pas pensé qu'elles seraient toujours là à m'attendre. Au lieu de ça je me tourne vers le village.

Les surfeurs vont se détendre au Cabin Café après avoir profité de la marée du matin, et y dévorent de copieux petits déjeuners. Je les observe et, l'espace de quelques secondes, j'ai la sensation que Charley se tient à mes côtés.

– *Hé, Hal, mate un peu ce qui se pointe,* je l'entends dire.

J'obéis et découvre... un dieu du surf.

– *Je vaux tous les petits déjeuners du monde !*

Ces paroles « atterrissent » dans ma tête, elles ne m'appartiennent pas, pas vraiment ; elles viennent de Charley. Elles résument bien le spectacle. Il y a là un type qui se croit plus comestible qu'un petit déjeuner complet.

Je détourne les yeux. Sur la terrasse, maman scrute la surface de la mer. Elle monte sur le muret, une main en visière pour se protéger du soleil matinal. Toute seule contre le ciel, elle fouille la mer du regard, telle une vigie en haut de son mât. Je la trouve soudain étonnamment fluette, avec tout ce bleu autour d'elle. Un coup de vent suffirait à l'emporter loin, très loin vers la mer. Sa tête pivote, ses bras se lèvent, s'agitent. Elle a trouvé ce qu'elle cherchait : Sara et papa qui se baignent. Elle sourit toute seule, soulagée. Elle est constamment sur le qui-vive, maintenant ; elle nous compte, elle nous rassemble en petit troupeau comme des moutons, dans l'illusion qu'elle peut nous mettre à l'abri du malheur.

– *Je te déteste, Charley. C'est à cause de toi, tout ça.*

Une idée qui me vient souvent en tête, ces temps-ci. C'est vrai, je lui en veux terriblement. Parce qu'à présent, on est bloqués en « semi-vie », ou dans une espèce de décharge nucléaire radioactive nécessitant des millions d'années d'attente avant d'être purifiée. Je sais, tout à coup, ce que j'aimerais m'entendre dire par ma mère :

– Elle est partie, Hal. Elle est morte.

Mais non. Ma mère me repère à ma fenêtre, me salue puis se détourne aussitôt ; comme si, maintenant qu'elle m'a iden-tifié, numéroté, elle pouvait m'oublier. Elle marmonne :

– Je me demande... Et si... Ah, je ne sais pas, tiens ! conclut-elle avec un soupir.

Ces bribes remontent jusqu'à moi et poursuivent leur course ; que veut-elle dire ? Je ne vois pas quelle décision on pourrait prendre pour changer quoi que ce soit. Et de toute façon, qu'est-ce qu'on fout là, finalement ?

Papa et Sara remontent en courant. Le froid et la mer leur font pousser des glapissements.

– Dehors, paresseux ! Finie, la grasse matinée ! crie papa.

Je descends au rez-de-chaussée. La température commence déjà à grimper ; il va faire très chaud. Sara saute sur mes genoux, cale sa tête froide et mouillée sous mon menton et me fait un câlin. Ses cheveux glissent impeccablement sur son crâne, lisses et trempés ; on dirait de la peau de phoque.

– On s'est baignés dans la mer, Hal !

– J'ai vu.

Papa nous contemple en souriant. On dirait que face à ce spectacle, son visage va se fissurer de joie.

– À mon avis, ça va cogner aujourd'hui, commente-t-il.

On lève la tête tous les trois et le soleil nous rend notre regard. C'est un moment très spécial ; aucun de nous ne bouge, tout semble parfait. Il y a le soleil bien chaud, le bruit de fond de la mer qui chaule le silence, la sensation concrète de l'air, le tout tombant juste comme il faut, merveilleusement immobile.

Puis le moment s'achève et on ne dit rien, ou plutôt, aucun de nous ne dit la vérité – c'est-à-dire que pour nous, rien ne sera plus jamais parfait, que maman ne poussera plus jamais son soupir de contentement, quand elle se sentait heureuse et repue rien que parce que le soleil brillait.

– Ça va pas ? s'inquiète Sara.

– Comment ça ? Tu sous-entends quoi ? « Ça va pas, la tête » ? répond papa, ce qui nous fait rire.

– Mais non... Vous vous sentez pas bien ? se reprend-elle avec effort.

L'instant magique s'envole pour de bon, mais maman a le temps de l'attraper au vol.

– Non ma petite chérie, on ne se sent pas bien, répond-elle brusquement.

On se tourne tous les trois vers elle. Sara va s'asseoir sur les genoux de maman et tente de la prendre dans ses bras fluets.

– Chut, chut, qu'est-ce qu'il y a ? dit-elle.

– Charley nous manque, répond maman en se relevant. Quelqu'un veut du thé ?

Alors les mêmes mots me retombent en travers de la tête comme un volet qui se ferme :

– *Hal, où je suis ?*

– *Je suis toute seule !*

– Nous aussi, Charley, je réponds à voix basse.

Et c'est la vérité. Sara regarde maman battre en retraite, papa contemple la mer en plissant les yeux à cause de la luminosité et moi, je trouve que soudain, mes mains sont bien vides et inutiles.

Je prends les jumelles et, l'espace d'un moment de folie, je me dis que grâce à elles je vais apercevoir Charley. Est-ce qu'elle me guide, en quelque sorte, tandis que je me tourne vers le camping, pour ne plus voir maman, papa et Sara ?

Depuis notre côté du vallon, les tentes ressemblent à des perles multicolores éparpillées à flanc de colline. Elles dessinent un motif qui change sans cesse : certaines ne sont là que pour la nuit, on a à peine le temps de se rendre compte de leur présence, d'autres forment de véritables petits empires de toile. Et puis il y a des vélos, des coupe-vent, des cuisines en plein air, des tentes pour enfants à côté de celles pour adultes, et même des cordes à linge. Ces gens vont manifestement rester tout l'été, comme nous.

Je m'arrête sur une tente plantée là depuis des années. Ou plutôt une yourte – une tente ronde avec un tuyau de poêle qui pointe au milieu du toit pentu. C'est d'ailleurs à cause de lui qu'on a repéré cette tente, un matin très tôt, il y a long-temps, en voyant de la fumée sortir par le conduit. Je me souviens.

– Cool ! a dit Charley,

– *Au secours, Hal ! Ne me laisse pas !*

Je secoue la tête et concentre mon attention sur la yourte, mais c'est bizarre, on dirait presque que Charley est là avec moi, qu'elle regarde aussi, mais comme un faucon planant très haut dans le ciel en attendant de fondre sur sa proie. Je secoue à nouveau la tête et règle les jumelles.

La famille qui habite là a deux enfants, un garçon plus âgé que moi et une fille... dont j'ai du mal à estimer l'âge. Juste à ce moment elle sort de la tente et regarde autour d'elle. Elle rit puis lance un coup d'œil en direction de chez nous, se retourne et appelle quelqu'un à l'intérieur. Grande et mince, elle porte un bracelet de cheville. Est-ce qu'elle se sent observée ? En tout cas elle me fait à nouveau face et me regarde « dans les yeux ». Je tourne un cran sur les jumelles et le visage de la fille emplit mon champ de vision.

Dis donc, ça c'est des taches de rousseur ! Son nez en est couvert. Elle scrute le vallon ; visiblement, elle cherche quelque chose. Ses yeux effleurent le ciel derrière moi et je la vois qui lâche un hoquet étranglé.

Je me retourne. Qu'a-t-elle vu ? Une buse, un aigle ? Charley ? Je lève les yeux, mais le ciel est vide. Je reprends les jumelles, en les pointant dans la direction de la fille, et je la vois qui rit, plein cadre.

– Je t'ai bien eu ! crie-t-elle.

Ou quelque chose de ce genre. Puis elle me fait un signe amical. Je le lui retourne, mais en sentant déjà le feu me monter aux joues. Quel idiot ! Une fois de plus j'entends Charley :

– *Combien de fois il faudra que je te le dise, nigaud ? Quand on regarde aux jumelles il faut toujours avoir le soleil derrière soi.*

– Alors, Hal, le spectacle est à ton goût ?

Maman m'apporte mon thé. Elle me sourit. Elle a l'air complètement folle.

– Eh ben, au moins ça te fait marrer, je marmonne tandis qu'elle me prend les jumelles, puis feint de scruter à son tour le camping.

– Arrête, m'man, je lui dis sur un ton plaintif.

Elle me les rend avec un rire moqueur.

– Tu n'as tout de même pas cru que j'allais regarder ? Enfin... J'espère qu'elle est assez bien pour toi...

– Et pourquoi tu crois tout de suite que je mate une fille ?

– Parce que je la vois qui te fait signe, tiens !

Elle rit toujours.

– Ravi que tu trouves ça si drôle, m'man.

Mais elle se borne à m'adresser un sourire exaspérant, comme si elle ne trouvait pas du tout ça drôle en soi, non, parce qu'elle ressent des choses que je ne peux même pas imaginer à mon âge.

Je revois la même fille un peu plus tard ; le soir tombe, les rochers dessinent de longues ombres opaques sur le sable, qui passe du doré au marron. Les gens venus pour la journée sont repartis, le vent tombe, silencieux, soulagé, comme s'il avait enfin réussi à tous les chasser.

Les jeunes du camp préparent un barbecue sur les rochers, au pied des falaises, et mettent de la musique. La fille descend vers la plage. Sa combinaison est retroussée autour de sa taille et le soleil couchant lui dore la peau. Je me demande si elle a aussi des taches de rousseur sur les épaules.

– Hé, Jackie ! crie quelqu'un.

La fille agite le bras.

– J'arrive ! répond-elle sur le même ton.

Sa voix porte au-delà du doux va-et-vient de la mer et remonte en flottant jusqu'à ma terrasse. Elle jette un regard vers chez nous, mais j'ai pris soin de me détourner, je ne l'observe que du coin de l'œil. Je la suis comme ça jusqu'à ce que, après avoir traversé la route puis descendu le plan incliné qui sert à lancer les bateaux, elle disparaisse en direction des odeurs de charbon de bois et de fumée, avalée par le bruit des vagues et de la musique.

Qu'est-ce que j'aimerais être avec elle. N'importe où plutôt qu'ici, en fait.

– Tu veux boire quelque chose, Milly ? propose papa avant de lancer Sara en l'air, entre les braises à remuer et les saucisses à retourner sur le gril.

Parfois, je me demande ce qu'il deviendrait si on disparaissait tous les trois et qu'il n'avait plus personne à prendre en charge.

Juste à ce moment-là il pique une fourchette dans une saucisse, et en l'imaginant planté là, une fourchette vide à la main, à chercher ses saucisses et sa famille, j'éclate de rire ; j'ai soudain l'impression qu'on a besoin de moi. Il me regarde en souriant.

– Qu'est-ce qu'il y a dans ta p'tite tête ? demande-t-il.

C'est sa formule habituelle.

– Pas si p'tite que ça, je réponds automatiquement, comme toujours.

– Vas-y, ma chérie, dit-il à maman. Je garde la boutique.

En le voyant triturer les saucisses du bout de sa fourchette, elle se met à rire aussi. Je dresse l'oreille : pour une fois c'est un vrai rire, un gloussement bien à elle. Pas très sonore ; plutôt comme si quelque chose souriait en elle à cause d'autre chose – en elle aussi mais que personne ne voit.

– Tu sais, Jon, ce soir je crois que je n'ai pas très envie d'aller me promener sur la plage ; j'aime autant rester ici.

Ça me donne envie de rester aussi, même si je rêve d'être là-bas avec la fille de la tente et les bouffées de musique à peine perceptibles. Mais je me dis que ce soir peut-être, un enfant qui manque, ça suffit.

À ce moment, un type traverse la route en contrebas. Il s'arrête et observe la maison avec insistance. Je me demande ce qu'il veut, parce qu'il a une drôle d'expression. Je m'apprête à lui demander : « Oui, c'est à quel sujet ? » mais je me ravise. Il est « beau comme un dieu à tomber par terre », même moi je m'en rends compte, et il me fixe d'un air qui me met mal à l'aise. J'ouvre la bouche mais elle ne contient pas de mots. Je ressens une brusque et surprenante impression de tension artérielle chutant d'un coup, un peu comme une vague qui saperait le sable sous mes pieds pour m'entraîner vers le large. J'ai la tête qui tourne, le monde se rétrécit – il n'est plus visible qu'à travers un minuscule point lumineux. J'entends la respiration de Charley, celle qui me donne la chair de poule.

Inspirer, expirer. Inspirer, expirer.

Le temps que je relève les yeux, le type n'est plus là.

– Hal ? Tu viens d'avoir une révélation ou quoi ?

Le fait est que je me suis brutalement assis dans l'herbe, bien que je n'en garde aucun souvenir.

– Ça va, je leur réponds.

– C'est la croissance !

Ils ont prononcé les mêmes paroles en même temps, ce qui, comme chacun sait, est l'occasion de faire un vœu. Et j'ai bien failli le leur rappeler. Mais on se borne à échanger des regards en souriant à Sara.

Tristement.

La petite arrache des brins d'herbe qu'elle examine attentivement avant de fourrer les plus jolis dans son pantalon. Puis elle prend conscience de nos regards.

– Moi aussi, lâche-t-elle.

Papa et maman s'esclaffent, et l'espace d'une demi-seconde on a de nouveau l'impression de former une famille complète.

Hal. Le lendemain.

La brise marine soulève les voilages et son odeur de poisson salé me rappelle que je suis là, en Cornouailles, dans le lit de Charley. Je me réveille en sueur, cherchant mon souffle, tandis que les dernières bribes de mon rêve se dissipent. Je poursuis... Charley... en courant de toutes mes forces, mais je ne parviens pas à la rattraper. On arrive à une rivière où elle plonge en décrivant un arc plein d'aisance et d'assurance, sans créer le moindre remous.

Sur la rive, je cherche à percer du regard la surface des eaux, mais rien n'indique la présence de Charley. J'ôte mes souliers mais je ne contrôle plus mes mains, elles ne vont pas assez vite.

Je plonge pile à l'endroit où j'estime qu'elle a disparu ; je n'y vois rien. La vase qui tourbillonne me cache Charley. Je m'affole – si je ne la trouve pas elle va se noyer et tout sera ma faute. Mais à ce moment je la repère, je vois sa natte serpenter dans l'eau juste au-dessus de moi, rousse, splendide. Je la saisis et je tire ; Charley est très facile à porter, dans l'eau

– légère, légère comme mon cœur maintenant que je l'ai enfin retrouvée. On jaillit à la surface ensemble, on aspire une grande goulée d'air et on rit.

Je crie son nom à pleins poumons au milieu d'une pluie de gouttelettes miroitantes.

– Charley !

Je me retourne pour la dévisager, prêt à voir ses yeux verts pleins de vie, grands ouverts, où danse une lueur de rire.

Elle va crier « Tu m'as eue ! » et on va recommencer, comme toujours. Charley et moi. Mais alors je me rends compte que ce que je tiens, c'est seulement sa longue natte ; il n'y a pas de Charley, rien que sa magnifique tresse rousse qui ondule dans ma main comme un poisson mort.

Elle n'est plus là.

– *Hal ! Au secours ! Viens me chercher !*

Ces mots résonnent dans ma tête avec sa voix à elle, mais je la repousse. « Moi aussi ! » ai-je envie de dire. « Moi aussi je suis seul. »

Je regarde par la fenêtre.

Au fond, d'une certaine manière, j'ai encore l'espoir de la surprendre courant vers les vagues sur la plage, sa planche de surf sous le bras, attachée à sa cheville par une cordelette noire. Quelque part, je me dis que c'est ma faute si elle est à l'hôpital avec de la bouillie à la place de la cervelle.

Je balaie du regard l'étendue de sable déserte : si je me concentre assez fort, si j'y vois assez clair, si je trouve le bon interrupteur, je pourrai peut-être la ramener à la vie, la réveiller je ne sais comment.

Et là une pensée m'effleure à peine, m'échappe de peu. La plage est déserte mais, curieusement, le tableau ne colle pas ;

61

comme quand on ne sait plus où on a posé ce qu'on tenait en main une seconde plus tôt – parfois, on ne sait même plus ce que c'était.

Je n'entends pas maman entrer et s'approcher de moi. Elle pose la main sur mon épaule et je fais un bond.

– Hé là ! Ce n'est que moi, dit-elle.

– Je... je...

Je bredouille, je n'arrive pas à m'exprimer parce que pendant une seconde d'absurdité totale j'ai cru, j'ai vraiment cru que c'était Charley, et tout à coup ça sort pêle-mêle, malgré moi, sans que je puisse rien faire pour protéger maman.

– J'ai rêvé d'elle, m'man, et quand je me suis réveillé, elle n'était toujours pas là.

Elle encaisse mes paroles. Les mots, c'est comme des balles de revolver, parfois. Pan ! Pan ! Pan ! Et soudain maman a les traits défaits. Vlan ! Ça se déchire à l'intérieur d'elle et, tout simplement, elle part ailleurs. C'est toujours comme ça que ça se passe. C'est pour cette raison que la plupart du temps je me tais. Mais cette fois ce n'est pas pareil. Cette fois, elle s'assied sur le lit et pousse un soupir.

– Excuse-moi, m'man, je ne voulais pas...

Elle me prend par les épaules, me force à lui faire face comme quand j'étais petit et me secoue gentiment. Il y a une telle tristesse dans ses yeux...

– Ce n'est pas à toi de t'excuser, Hal, mais à moi ! proteste-t-elle en me prenant dans ses bras. Tu viens petit-déjeuner ?

Mais je fais signe que non ; pour le moment je n'ai pas faim. Je veux rester seul, aller sur la falaise où, avec un peu de chance, le vent emportera le souvenir de Charley. Maman s'en

62

va très vite, en espérant que je ne remarque pas les larmes qui, déjà, lui montent aux yeux.

Je regarde à nouveau par la fenêtre. La marée commence à remonter ; les vagues déferlent à toute vitesse vers les rochers. La même pensée réapparaît dans ma tête, beaucoup plus présente, mais quand même hors de portée. Il manque quelque chose, mais quoi ?

– *Hal !*

Ce n'est pas ma voix, ça. Celle-ci contient de l'urgence, du désespoir. On dirait que pendant une fraction de seconde c'est MOI qui suis Charley, et que je m'appelle moi-même en essayant de me communiquer quelque chose.

– Il faut que je passe plus de temps dehors, je marmonne.

J'enfile mes Quiksilver et me dirige rapidement vers la falaise, au cas où il se passerait d'autres trucs bizarres.

Les surfeurs matinaux sont à l'eau. D'ici, en hauteur, ils ressemblent à des phoques flottant nonchalamment sur les vagues. Une fois de plus un quasi-souvenir surgit et s'efface aussitôt dans ma tête ; trop de surfeurs, je songe. Pourtant, ils ne sont que deux ou trois.

Je reporte mon regard sur le sommet des falaises, puis sur les villages semés çà et là comme des Lego. Je contemple les vaches, perchées si haut sur la colline que l'horizon les coupe en deux. J'observe la mer.

Je détaille tout et n'importe quoi plutôt que de faire face à la douleur et au sentiment de culpabilité nauséeux qui me prennent aux tripes chaque fois que je revois cet écheveau roux dans ma main, sans Charley à l'autre bout. Cette vision tourne en rond dans ma tête, comme un manège, mais avec des images et des souvenirs à la place de la musique et des chevaux de bois ; et quelque part au-dessous, comme si c'était lui qui animait l'ensemble, le souvenir de Charley. Je sens sa présence fantomatique derrière mon épaule, elle me suit depuis qu'on l'a laissée à Oxford pour revenir ici – une place vide qui, je ne sais comment, se remplit de sa voix.

– *Au secours !*

– *Qu'est-ce que tu veux ?*

Et si c'était elle qui avait guidé mes pas jusqu'ici ? Je frémis d'appréhension. Et si elle m'attendait, cachée au milieu des pierres tombales de St Juliot's ?

Je dévale la falaise et le vent descend en même temps que moi. De grands ifs sombres se penchent sur le portail du cimetière, surmonté d'une arche. Une allée conduit à une minuscule église. Le bruit de mes pas est assourdi par les mauvaises herbes. Tout est silencieux et désert. Je regarde autour de moi. Les stèles anciennes penchent les unes vers les autres, effilées et amincies par le temps ; les lichens s'emparent d'elles peu à peu, sournois comme le vieillissement lui-même. Si seulement il y avait quelqu'un avec moi, n'importe qui, n'importe quoi d'autre que le souvenir de Charley...

« Tu les entends, les voix ? » avait-elle l'habitude de dire tout bas en surgissant traîtreusement dans mon dos, grâce à l'herbe qui atténuait aussi le bruit de ses pas. Je l'entends en ce moment même et je me retourne, terrifié à l'idée de distinguer son ombre derrière moi. Mais là encore, ce n'est qu'un souvenir, un petit jeu à la Charley.

Je me perds dans mon souvenir d'elle, jusqu'à me retrouver devant sa tombe préférée, en me demandant comment je suis arrivé là.

La stèle est une plaque d'ardoise lisse enchâssée dans le mur de pierre sèche. Une image y est gravée – un serpent enroulé autour d'un bâton – ainsi que ces mots :

DOCTEUR TREGOTHIC
1876

Debout devant la tombe, je revois Charley y passer la main comme pour tenter de redresser le serpent, de le ramener à la vie pour qu'il puisse s'en aller dans l'herbe. Et puis j'entends sa voix.

– Écoute ce que raconte l'histoire... dit-elle de cette voix frémissante qui me fait si peur que je suis comme paralysé en attendant la suite, avide de connaître le dénouement.

– La voix, la voix... Elle me parvient à travers la pierre... poursuit-elle en s'immobilisant pour me regarder dans les yeux. Ah ! Ça y est presque, oui, voilà... Docteur Tregothic... Vous m'entendez, docteur ?

Elle hoche la tête d'un air absent, comme si elle écoutait de toutes ses forces, lève une main puis traduit à mon intention :

– Docteur Tregothic ! Mais... mais vous étiez... vous étiez... une FEMME ! s'exclame-t-elle d'une voix suraiguë.

Cette chute décevante me fait rire et bientôt Charley m'imite.

– C'était... enchaîne-t-elle, c'était une... GROSSE femme.

On est morts de rire, maintenant, sans savoir pourquoi, d'ailleurs ; on se roule par terre en s'agrippant l'un à l'autre, au point de ne plus entendre papa et maman nous intimer d'avoir un peu de respect, de faire moins de bruit.

65

À mon tour, je caresse la pierre. En effleurant la courbe tiède du serpent taillé dans l'ardoise, je trouve tellement cruel que Charley ne soit pas là, qu'on soit si seuls tous les deux, chacun de notre côté. Si seulement elle était là, à voir les mêmes choses que moi...

– Où tu es, Charley ? dis-je à voix haute.

Mais la seule chose que je perçois, c'est encore et toujours cette épouvantable respiration dans mon oreille.

Inspirer, expirer. Inspirer, expirer. Inspirer, expirer. Inspirer, expirer.

Ça me remplit la tête, au point qu'il n'y a plus de place pour quoi que ce soit d'autre, rien que Charley et moi et, au bout d'un long tunnel courbe auquel se réduit mon champ de vision, ma main effleurant un morceau d'ardoise grise et lisse ornée d'un serpent et d'un bâton gravés.

– Charley ! je m'entends appeler. Où tu es ? je m'entends demander.

Parce que ça, personne ne peut me le dire.

Charley. L'hôpital. Maintenant.

– *Charley !*

La voix de Hal me parvient à travers les ténèbres et la peur qui m'immobilisent.

– *Où tu es ?*

– *Prisonnière, Hal ! Dans le noir ! Personne ne sait où me trouver ! Je n'y vois rien.*

Seule... pourtant il y a quelqu'un tout près... quelqu'un que j'entends tout le temps respirer.

Qui est là ?

Ça inspire, expire, inspire, expire...

– Est-ce que tu vois qui c'est, Hal ? Tu es là ?

– Charley, où tu es ?

C'est tout ce que j'obtiens en écho.

Je ne sais pas ! Je ne sais pas. Je suis enfermée ici avec cette respiration qui ressemble au bruit des vagues, c'est tout ce que je sais.

Ça inspire, expire, afflue et reflue...

Dans le noir.

– Charley !

Sa voix transperce l'obscurité comme le faisceau d'une torche ; il m'appelle pour me ramener à la vie et ce son provoque l'apparition d'une image : une pierre tombale, un serpent, un mur de pierre sèche. Je garde le son qu'il m'envoie, je le recueille dans mes mains raides et froides, je souffle de l'espoir dessus pour qu'il grandisse... et bientôt... il est là... Hal... dans mon œil intérieur...

– Hal !

Il se redresse et son regard devient fixe. Je le vois très clairement. Il pose la main bien à plat sur la pierre tiède, planté là comme un piquet. On dirait qu'il a le même âge que moi maintenant ; ses cheveux ont foncé, ils sont couleur de sable doré et bouclent sur ses épaules. Je ne peux pas détacher mes yeux de son visage. Qu'est-ce qu'il a l'air triste, avec ses grands yeux gris, tristes et gris comme la stèle...

– Hal.

Je murmure son prénom et tends la main vers son épaule, mais je ne sens rien – mes doigts restent vides. Je voudrais suivre du bout de l'index les contours du serpent enroulé autour du bâton mais c'est comme si je dessinais dans l'air, comme si je ne faisais qu'imaginer les formes. Je ne sens rien du tout, à part peut-être... une envie très forte... qu'il se retourne... qu'il se retourne et me voie.

– Hal ! Regarde-moi, Hal !

C'est ce que je lui disais toujours.

Je t'en supplie, Hal...

Cette envie devient brûlante, ma solitude se déploie dans l'immense étendue de vide douloureux qui nous sépare. Même si mon corps est pris au piège, un spectre de moi-même, fait de ma solitude, de ma peur et de mon envie d'être vue se dresse et, je ne sais comment, se tend vers lui dans l'espoir de le toucher.

– *Hal ?*

Hal. Le cimetière. Maintenant.

– *Hal !*

– Charley ! je réponds à voix basse.

J'ai perdu la tête, ou quoi ? Voilà que je chuchote dans un cimetière à l'intention de ma sœur morte ; pourtant, bizarrement, le fait de prononcer son nom la fait revivre, la rend à nouveau réelle, d'une certaine manière. Si je reste parfaitement immobile, je l'entendrai parler, sans l'ombre d'un doute.

– *Hal !*

C'est sur ce ton-là qu'elle m'appelle – impatient, exigeant : « Écoute-moi, Hal. Écoute ! »

– *Hé, Hal !* répète-t-elle, sauf que cette fois le ton a changé.

On dirait qu'elle est contente de me voir.

Charley. L'hôpital. Maintenant.

– *Hé, Hal !*

Il se retourne lentement pour regarder dans le vide, par-dessus son épaule.

Il m'entend !

– C'est moi, Hal, hé, regarde-moi, Hal. Hé, Hal !

Mais non, il reste là, le regard fixe, sans y croire vraiment.

– Tu ne me vois donc pas ? Je voudrais que quelqu'un me voie, s'il vous plaît !

Hal. Le cimetière. Maintenant.

Je la sens derrière mon épaule. Je me retourne lentement. J'ai à la fois peur et envie que ce soit elle. Ce sont ses yeux que j'imagine flottant dans l'air derrière moi, attentifs – mais quand je me retourne il n'y a rien, rien qu'une place vide, là encore.

– Charleyyyyyyy !

Je crie son nom jusqu'à ce qu'il se répercute dans les champs puis me revienne en rebondissant sur les pierres tombales, et pour une fois, ça me paraît simple : tout ce que je veux c'est qu'elle me réponde, point final. Que sa réponse remplisse la place vide pour qu'il n'y ait plus d'espace là où elle était avant, mais c'est inutile. Je sais bien que cette place vide n'est pas seulement à côté de moi ; elle est *en* moi, et pour toujours.

Déjà les larmes ne se cachent plus derrière mes yeux comme elles le faisaient depuis des mois, menaçantes ; elles se mettent à couler, à tomber sur mes joues comme des gouttes de pluie qui éclaboussent l'herbe.

Charley. L'hôpital. Maintenant.

Il ne me voit pas !

– Hal ! Hal, je suis là. Regarde-moi, Hal. Regarde-moi !

69

Je t'en prie...

Il se retourne en ouvrant de grands yeux que je vois s'éteindre... et c'est comme si je me regardais mourir dans ses yeux ; ils deviennent d'un gris vide et froid, et puis il les ferme parce que ce n'est plus supportable.

Je me détourne. Je ne peux plus le contempler.

Je suis à nouveau seule.

Prise au piège.

Dans le noir.

– Non, Hal ! Ne me laisse pas ! Au secours ! Pourquoi tu ne m'as pas aidée ?

– Pourquoi quoi ? je m'entends demander.

Je n'ai pas le temps d'intervenir : déjà une image s'agite à la limite de mon champ de vision. J'essaie de la chasser en secouant la tête mais elle continue de plus belle, et comme ma tête est libre, elle se tourne, elle se tourne vers l'image, si bien que je vois...

Charley. Brackinton. Avant.
La nuit où c'est arrivé.

Je suis dans l'eau, les vagues sont hautes, grises et froides, la houle m'entoure.

Qu'est-ce que je fais là ?

Une vague me soulève à sa hauteur et je contemple l'immensité grise du monde qui précède le matin, juste avant que le soleil, en se levant, sépare le ciel de la mer.

Là-bas, au loin, sur le flottement gris, surgit un éclair lumineux. C'est la lumière de ma chambre ! Elle illumine les contours de la maison, un bloc blanc, indistinct, perché sur la falaise, luttant fièrement contre la grisaille. Ouf ! Je suis là, Hal ! Ici !

– Hal !

La lumière s'éteint.

– Hal, je suis là !

Mais la lumière ne revient pas.

La vague m'entraîne vers le bas, toujours plus bas, et quelque part au-dessus de moi une ombre opaque se dresse sur les flots.

Je me détourne de ce souvenir mais la sensation a le temps de m'étreindre tout entière.

– *Au secours.*

Hal. Le cimetière. Maintenant.

– *Au secours, Hal !*

Le son de sa voix emplit le vallon, si bien que même le ciel pur paraît trembler et frémir avant de laisser échapper ces mots. Et il me semble sentir ses mains molles et sans vie frôler mon visage avec une légèreté arachnéenne, pour s'attarder sur mes yeux, pleines de nostalgie.

– Lâche-moi !

Je ne peux pas m'en empêcher, l'idée de côtoyer ce corps immobile sous ces draps blancs, ça me répugne. Je ne veux pas qu'elle me touche, pourtant j'entends sa voix, très claire, charriée par la brise marine. La voix de Charley, mais lointaine, perdue, désespérée.

– *Souviens-toi, Hal !* lance-t-elle.

Alors je m'enfuis. Je rebrousse chemin comme si je pouvais lui échapper.

Et puis d'abord, de quoi je devrais me souvenir, moi ?

Je m'appuie contre un vieux pan de mur qui se dresse au bord de la falaise le temps de reprendre mon souffle ; les battements de mon cœur sont rapides comme les vagues couronnées d'écume blanche qui se succèdent à mes pieds.

Me souvenir de quoi ? Cette question plante ses griffes dans ma tête et refuse de s'en aller.

– *Regarde, Hal !* dit-elle.

Et là, au large, je vois bouger quelque chose. Un phoque danse dans l'eau, le nez pointé dans la lumière, se laisse porter par une vague, puis disparaît.

Et c'est comme si on venait enfin d'appuyer sur la détente, ou d'actionner l'interrupteur.

Le souvenir se présente, intégralement, comme s'il n'avait jamais fait qu'attendre ce moment.

– *Souviens-toi.*

Et en effet je me souviens. Je me souviens de la nuit où je me suis réveillé pour découvrir que Charley n'était pas là. Je me revois allumer la lumière et l'éteindre aussitôt. Je me souviens d'avoir pensé qu'elle risquait de se voir de loin, comme un fanal, et d'annoncer à tout le monde : il se passe quelque chose d'anormal. « Elle » n'est pas là. Je me souviens avoir regardé par la fenêtre. La mer était très grosse, et il y avait quelqu'un dans les vagues.

Je me remets à courir.

En rentrant, je surprends papa et maman en train de crier sur le palier.

– Combien de temps on va tenir comme ça ? dit papa.

– Aussi longtemps qu'il faudra, réplique maman.

– Mais à quoi bon ? Comment savoir ce qui se passe dans sa tête, Milly ? supplie-t-il. Comment savoir ce qu'elle ressent... ?

– Tais-toi ! Tais-toi ! crie maman.

Moi aussi je veux qu'il se taise. Sara pousse des cris, dans la cuisine :

– Ne fais pas ça, Papa Lapin, c'est très dangereux et si tu continues tu finiras en pâté !

– Maman ! Papa !

En m'entendant, ils descendent l'escalier à toute vitesse.

– Hal ! Qu'est-ce qu'il y a, Hal ?

C'est maman qui arrive la première à ma hauteur.

Ma course folle, et le souvenir, me donnent la nausée.

– Maman, je me souviens...

Je ne parviens pas à trouver les mots.

– De quoi ?

Ils affichent une expression tendue. Ils sont effrayés et en colère. Maman est blême. Elle me serre le bras à me faire mal.

– Papa ne pense pas vraiment ce qu'il dit, Hal, c'est juste une idée qu'on a eue. Ne t'en fais pas, ce n'est pas...

– Non, c'est moi, maman, tu ne comprends pas...

Elle ne m'entend même pas. Elle se détourne et entre dans le salon-véranda, le souffle court, les poings serrés.

– Hal, mon grand, qu'est-ce que tu as ?

Mon père me prend dans ses bras et m'entraîne à la suite de ma mère, qui se tient devant la baie vitrée. Elle se retourne. Derrière elle la mer est grise et vide ; c'est marée haute, la houle est forte. Je dois fermer les yeux afin de ne pas voir, de ne pas me souvenir.

– Tu vois ? dit maman à papa, les dents serrées.

73

– Attends, Milly, laisse-le reprendre son souffle, quelque chose lui a fait peur, il ne nous a pas entendus. Doucement, bonhomme... Inspire lentement, là... Maintenant souffle.

Il m'enlève mon sac à dos.

– Bon sang mais ça pèse une tonne ce truc ! Pas étonnant que tu sois hors d'haleine !

Voyant que ça ne me fait pas rire, il me force à m'asseoir sur le canapé. La voix de Sara nous parvient de la cuisine :

– Arrêtez de faire peur aux enfants, a dit Maman Lapin, sinon, c'est MOI qui vais vous hacher menu comme chair à pâté !

Ça ne nous fait pas rire non plus.

Papa a la main posée sur mon cœur, qui bat à tout rompre. Je vois des boules rouges et noires s'agiter dans le dos de maman et la monstrueuse respiration de Charley résonne dans ma tête.

Ça va, ça vient. Ça va, ça vient. Inspiration, expiration. Flux, reflux.

C'est un peu comme la perdre de vue dans les vagues.

Je me raccroche aux bras de papa, la tête enfouie contre sa poitrine ; pourtant la même image me revient sans cesse... Je ferme les yeux mais le souvenir se déroule tout seul, derrière eux. Alors que moi, je voudrais me tourner dans l'autre sens.

– *Souviens-toi.*

Je vois dans ma tête Charley soulevée par une vague, puis retomber, disparaître, et flotter dans le creux entre deux rouleaux.

– C'est fini maintenant, Hal, ça va aller, répète papa sur le ton chantant, rassurant, qu'il prend parfois.

Il redit mon nom – « Hal, Hal, Hal » –, inlassablement, et ça me donne des frissons parce que ça me rappelle sa façon de s'adresser à elle maintenant – Charley.

– Fais-lui mettre la tête entre les genoux, Jon, on dirait qu'il va tourner de l'œil.

C'est là que je vomis. Par jets qui éclaboussent le plancher. Maman me soutient en me posant la main sur le front.

– Ça va aller, mon chéri. Tu es mieux ici que dehors.

– Mais... c'est à propos de Charley ! Cette nuit-là, je l'ai vue !...

– Puisque je te dis qu'on n'a encore pris aucune décision !

Mais qu'est-ce qu'elle raconte ? Pourquoi ne m'écoute-t-elle pas ?

Ils font équipe : maman défait mes baskets répugnantes et papa me serre contre lui en m'enlevant ma polaire.

– Viens, on monte te mettre des vêtements propres.

– Mais maman ! C'était moi ! Je me suis réveillé, et je l'ai vue, cette nuit-là ; j'aurais pu vous le dire, j'aurais pu...

– Ça suffit Hal ! Une chose à la fois.

Papa m'aide à monter l'escalier pendant que maman va me chercher de quoi me changer. Je suis épuisé. Je dormirais une éternité. Maman revient ; elle sent le désinfectant et le vomi. Je m'assieds au bord de la baignoire et je ferme les yeux mais l'image revient quand même : une petite ombre sur la houle, un point noir entre jour et nuit.

Charley.

– Maman...

– Écoute, Hal...

Je la regarde. Son visage ressemble et ne ressemble pas à celui de Charley. Les deux à la fois. Je la trouve triste, vieillie.

Elle est triste à cause de moi, et ça, je ne le supporte pas. Ça me suffit de la savoir malheureuse à cause de Charley. Elle s'assied à côté de moi et me prend dans ses bras.

– Qu'est-ce qu'il y a, mon seul et unique fils ? Hein ?

– Maman, je...

– Qu'est-ce que je vois ?

Papa apparaît dans l'encadrement de la porte, qu'il remplit tout entier.

– Pas encore au lit ? Allez hop, repose-toi deux heures. On verra après si on a le temps d'aller à Tintagel.

Je me brosse les dents. J'ai hâte de m'écrouler dans mon lit, mais aussi de leur confier ce que je vois dans ma tête. Je fais une ultime tentative :

– Papa, ce matin-là, Charley...

Mais il ne m'entend pas non plus. Il regarde maman.

– Ça va ? lui demande-t-il tout bas, si doucement que l'air frémit à peine.

Elle lui répond d'un hochement de tête. Ses grands yeux verts sont pleins de larmes non versées, elle est incapable de parler. Je comprends alors qu'eux, ils sont ensemble, et que moi je suis seul. Seul dans un endroit où ils ne peuvent même pas me voir, et encore moins m'entendre.

– Oui, mais... Jon, je ne peux même pas l'IMAGINER, pour le moment. Et puis regarde Hal...

– Hal ?

– Ça va aller, papa.

Et il me croit, puisqu'il se retourne vers elle.

– Milly...

Il parle à voix basse mais j'entends quand même ce qu'il dit. C'est comme si la terre s'arrêtait de tourner une seconde pour obtenir le silence, de telle sorte que chaque mot se détache avec une clarté cristalline.

– Milly... Tout ce que je veux, c'est qu'on soit capables de l'*imaginer*, justement, pas forcément de le faire.

Elle porte sa main à ses lèvres pour lui intimer le silence et me regarde en souriant d'un air inquiet. Puis :

– Ce n'est pas le moment, conclut-elle.

Elle se tourne vers moi.

– Allez, jeune homme, on se repose un peu, maintenant.

J'aimerais avoir de nouveau cinq ans. J'aimerais qu'on me porte dans l'escalier, et avoir la certitude que demain, quand le soleil se lèvera, tout sera comme avant. Malheureusement, je n'ai pas cinq ans, et rien n'est comme avant.

Ils me cachent quelque chose. Qu'est-ce que papa demande à maman d'« imaginer » ? Je me lève et m'éloigne d'eux, l'oreille aux aguets, en espérant qu'ils vont dire autre chose ; mais ils me suivent en silence, attendent que je sois couché et s'en vont.

Je m'allonge à nouveau. Dès que j'ai les yeux fermés je la vois ; ce n'est pas l'image habituelle où elle est debout sur le rocher, hilare, heureuse. Seule en mer, elle chevauche la plus grosse vague que j'aie jamais vue ; elle forme à peine une tache d'ombre qui file de biais à travers un mur de noirceur, sur la lame blanche de sa planche de surf, tandis que le rouleau énorme fonce vers le rivage.

Je ne pourrais jamais faire ce qu'elle fait, je le sais ; je ne suis pas aussi courageux, aussi fou qu'elle. Je suis comme papa : j'aime mieux observer en buvant une tasse de thé.

Et tout à coup, je distingue quelque chose d'autre. Je scrute intensément mon image mentale, qui se déplace le long de la plage en direction du réverbère. Je retiens mon souffle, mes yeux ralentissent et se concentrent sur l'ombre que projette sa lampe orangée. Est-ce que je discerne quelqu'un, une silhouette au cœur de l'ombre ? L'obscurité semble bouger et l'image s'efface.

Alors comme ça Charley n'était pas seule ! Qui était-ce ? Savait-elle qu'il y avait quelqu'un d'autre ? Qui était là à la regarder surfer ?

– *Au secours !*

Peut-être qu'elle n'a pas été ramassée par une vague et projetée contre les rochers, alors...

– *Souviens-toi.*

– Eh bien, dit subitement maman, qui vient d'apparaître à mes côtés. Qu'est-ce que tu as, Hal ?

– Je... je ne sais pas, maman, je bredouille. Mais en tout cas, je me suis souvenu de quelque chose.

– De quoi, mon chéri ?

Sa façon de s'exprimer me paraît bizarre. On dirait qu'elle s'y attendait depuis le début, qu'elle est prête.

– J'ai vu Charley, ce matin-là de bonne heure. Dans l'eau.

– Oui ? dit-elle simplement, en attendant que je continue, comme si elle savait qu'il y a une suite.

– Mais maman, tu ne comprends pas ! J'aurais pu vous réveiller, j'aurais pu la sauver !

Elle me prend la main en souriant.

– On aurait tous pu faire les choses différemment, mon cœur ; tu ne vois pas qu'on en est tous là ? À nous accuser nous-mêmes ?

Je retire mes doigts.

78

– Non, pas du tout ! Elle était seule dans l'eau et je ne suis pas venu vous prévenir, je ne l'ai pas sauvée !

– Mais ce n'est pas toi qui l'as envoyée à l'eau, Hal.

Je ne comprends pas. Je voudrais qu'elle me hurle des reproches, qu'elle me prive de sorties pendant un an, qu'elle arrange tout d'un coup ; mais non, elle continue à être la gentillesse même.

– Écoute-moi, Hal. Ça ne sert à rien de penser que les choses auraient pu se passer autrement. Charley VOULAIT aller dans l'eau. Et si quelqu'un avait dû deviner qu'elle s'apprêtait à faire une bêtise pareille, c'est ton père ou moi, d'accord ?

– Mais j'aurais pu vous le dire !

Je hurle parce que je veux l'entendre me dire : « En effet, tu aurais pu, et je regrette que tu n'en aies rien fait. »

– Et puis, elle n'était peut-être pas seule ! je braille à pleins poumons.

Mais elle se contente de respirer à fond, et quand elle reprend la parole, c'est d'un ton ferme et résolu, qui ressemble bien plus à celui de ma mère d'avant.

– Hal, écoute-moi. Charley a eu un accident. C'est difficile à accepter, c'est vrai, mais elle est allée surfer de nuit et a heurté un rocher. Personne n'aurait pu faire quoi que ce soit. Personne n'a rien vu. Crois-moi, Hal – la police a interrogé tout le monde. Elle a pris l'affaire très, très au sérieux, et je ne parle pas à la légère. On n'a rien trouvé, ni sur elle ni aux alentours, qui puisse suggérer qu'elle n'était pas seule.

À part une ombre sous le réverbère !

– Et le petit ami dont elle parlait ?

– Il a été interrogé, ainsi que sa famille.

Sa voix est dure et froide, maintenant.

– Pourquoi tu ne me l'as pas dit ?

– Hal, tu ne te rappelles pas dans quel état tu étais quand tu l'as découverte, mon chéri.

Elle s'interrompt, les larmes lui montent aux yeux, une fois de plus, mais elle se mord la lèvre pour ne pas pleurer et enchaîne :

– Pendant quelque temps, c'était comme si on vous avait perdus tous les deux.

Elle fait une nouvelle pause. Visiblement ces souvenirs l'emportent loin, très loin de moi, là où je ne peux pas la suivre. Et c'est vraiment énervant parce que c'est à moi qu'elle pense, alors que je suis là, juste à côté d'elle – et pas à un milliard de kilomètres, je ne sais où dans sa tête. Elle pose à nouveau son regard sur moi.

– On nous avait dit de te laisser récupérer à ton rythme, de parler normalement de Charley, de ne pas nous montrer insistants ; alors on a obéi. Et puis tu te souviens maintenant, alors...

– Alors quoi ?

Je ne saisis pas très bien. Mes parents sont allés demander à des gens quoi faire pour MOI, comme si c'était MOI qui avais un problème ?

– Tu veux dire que... ? Pendant tout ce temps tu savais que j'étais peut-être au courant de quelque chose, et tu ne m'as rien dit ?

– Mais non ! Seulement, la police a en effet trouvé un peu curieux que tu ne puisses fournir aucune information sur les amis qu'elle s'était faits sur la plage, et puis tu étais traumatisé, bouleversé, ça se voyait. Tu... tu...

– QUOI, maman ? Quoi ?

80

– Tu n'arrêtais pas de répéter que tu aurais dû la retrouver plus tôt, que tu aurais pu la sauver si tu l'avais trouvée plus tôt.

– Eh bien c'est vrai.

– On ne le saura que si tu nous racontes ce dont tu te souviens.

Et voilà que tout à coup je n'ai plus envie. Que sait-elle d'autre sans vouloir m'en parler ?

– C'était quoi, ce que je n'étais pas censé entendre, tout à l'heure, quand vous vous disputiez papa et toi ?

– C'est de toi qu'on parle maintenant, Hal, de toi et de ce qui t'est revenu en mémoire, contre-t-elle doucement.

Alors je cède. Je lui raconte tout.

– Je me souviens d'avoir vu Charley, et on aurait dit qu'elle dansait sur les vagues.

Ça y est, les larmes lui montent aux yeux pour de bon. Mais elle réussit tout de même à sourire.

– Il y a autre chose. Je crois qu'elle n'était pas seule. Qu'il y avait quelqu'un qui la regardait depuis la plage.

Dis-moi, je songe, *dis-moi que tu sais déjà tout ça. Que cette personne qui regarde Charley, ce n'est pas moi-même.* Mais elle me dévisage un moment, les yeux pleins de larmes et de perplexité, puis s'en va d'un pas mal assuré.

Papa ne met pas longtemps à rappliquer. Il reste sur le seuil de ma chambre, à me regarder. Il fait souvent ça. Il attend sans rien dire jusqu'à ce qu'on craque et qu'on se mette à parler, mais je ne craquerai pas. Plus maintenant. Il vient se tenir au pied du lit ; de près, il semble avoir peur de s'asseoir.

– Il faut qu'on discute, Hal.

81

– Ouais, enfin, ce que tu veux dire, c'est que *moi* je dois t'écouter, c'est ça ?

– Non. On aurait peut-être dû te rappeler tout ça plus tôt, en fait. L'enquête, le souci qu'on s'est fait pour toi. Mais tu étais tellement sous le choc...

Je tourne la tête vers le mur.

– Puisque c'est comme ça, je ne vous dirai rien. Maman et toi vous êtes... vous êtes vraiment...

– Quoi ?

Ça aussi, c'est dans ses habitudes : il pose une question, et il attend qu'on s'enferre tout seul.

– Rien.

– Comment ça, « rien » ? Et ta mère en larmes en bas, là, en ce moment, c'est « rien » aussi ?

– Non.

– Hal, quand on lâche une bombe pareille, on doit s'attendre à faire des dégâts.

– Hein ?

Je ne comprends plus.

– Tu viens tout de même de laisser entendre à ta mère que quelqu'un a vu Charley dans l'eau. À ton avis, quel effet ça lui fait ? Qu'est-ce que ça signifie pour nous tous ?

Il prononce ces mots doucement, comme s'il parlait à un imbécile.

– Que quelqu'un l'a vue dans l'eau ? je suggère innocemment.

– Que quelqu'un ait pu la voir dans l'eau, Hal... essaie d'imaginer un instant, s'il te plaît. L'idée que ce quelqu'un soit peut-être un voisin, en tout cas quelqu'un qui n'a pas pris la peine de nous dire – ni de dire à la police – pourquoi notre

82

fille est... est dans son état actuel. Quel effet ça lui fait, à ta mère, hein ? À ton avis, Hal ?

Là encore, il marque une pause calculée.

Zut ! J'avais pas pensé à ça. Je la boucle.

– Maintenant, elle se demande qui ça peut être, forcément. Comment veux-tu qu'elle réagisse ? Tu t'imagines ce qu'elle...

– BON, BON, ÇA VA !

Je ne peux pas m'empêcher de crier.

– Alors comme ça, c'est MOI qui fais de la peine à maman, hein ? Pourtant, c'est pas MOI qui suis allé dans l'eau en pleine nuit ! C'est pas MOI qui ai fini à l'hôpital ! Alors pourquoi je serais le coupable, tout à coup ? Comme si c'était difficile de lui faire de la peine à maman, de toute façon !

– Espèce de petit...

L'espace d'une seconde de folie j'espère qu'il va me frapper. *Vas-y. Frappe-moi.*

– Hal, se contente-t-il de lâcher au bout d'un temps, tandis que sa main retombe le long de sa hanche. Hal, c'est très dur de savoir comment agir pour le mieux, tu sais.

– C'EST DUR ? AH OUAIS ? ET QU'ON SOIT REVENUS ICI, C'EST PAS « DUR » PEUT-ÊTRE ?? MAIS BORDEL ! C'EST CARRÉMENT DINGUE, OUAIS !!

– Hal, ne me parle pas sur ce ton, s'il te plaît !

– Dis plutôt « ne me parle pas » tout court ! Surtout ne pas parler, hein ? Ne pas faire de peine à maman. Ne pas causer de soucis à papa. Ne pas parler, ne pas exister, ne surtout pas parler de toute cette MERDE !

– Hal ! Je t'interdis de dire des gros mots !

– Arrête de dire tout le temps mon prénom.

– Hal...

Sa voix rend un son complètement désespéré maintenant.

– Arrête !

– On fait ce qu'on peut, mon grand. On n'a pas toujours fait ce qu'il fallait, je sais.

– Ça, c'est sûr ! Vous SAVIEZ que je savais peut-être quelque chose, et c'est VOUS qui ne m'avez rien dit ! Alors pour commencer, tu peux cesser de me faire la leçon à propos de maman, et me lâcher un peu.

– Si on descendait en parler avec elle ?

– Mais oui ! Comme ça vous serez à deux contre un ! Maman et toi d'un côté, et moi tout seul sans Charley en face ! C'est dégueulasse !

Un silence interminable et ignoble s'installe.

– Je ne sais pas comment réagir, répond-il enfin.

Visiblement, il est sincère. Pendant une fraction de seconde il a l'air vraiment vieux, vaincu.

– Tout le monde trouvait que tu réagissais bien. Que veux-tu que je te dise, Ha... euh, mon grand ? On a cru bien faire.

– Dans l'intérêt de qui ?

Moi aussi je parle sincèrement. C'est bien chouette qu'ils puissent s'occuper l'un de l'autre, maman et lui, et me laisser tomber, moi !

– De nous tous, mon grand.

– Ben voyons.

– On ne parle pas comme ça à son père.

– Et comment tu veux m'entendre, alors, si je ne te parle pas ?

Il secoue la tête.

– Tu as réponse à tout, hein, fiston ? Seulement, fais quand même attention à ce que ce soit la bonne réponse. Quant à ta maman, Hal... Elle fait de son mieux pour décider de la marche à suivre, maintenant ; alors il faut qu'on reste... soudés, dans cette épreuve. Qu'on se soutienne, qu'on soit une famille unie. Il faut...

Qu'est-ce qu'il sous-entend ?

– Quelle marche à suivre ?

Tout à coup j'ai l'impression qu'un poing glacé m'étreint le cœur et en chasse tout le sang, très lentement, un peu plus à chaque battement.

– Alors ? j'insiste.

Mais il se borne à me contempler en secouant la tête. Il ne voit ni ne sent la peur qui naît dans mon cœur et qui serre, serre...

Il ne m'aide pas.

Il veut qu'on échange une poignée de mains mais je me dégage.

– Encore une chose, Hal...

Parvenu à la porte, il se retourne.

– Je sais. « Sois gentil avec ta mère. »

Tout à coup, je me sens très fatigué.

– Non, ce n'est pas ça...

Son hésitation m'intrigue. Je lève la tête.

– Je t'aime, mon grand.

Je vois bien que c'est vrai, mais ça me fait encore plus enrager. Comme si c'était un jeu et qu'il avait tous les atouts en main.

Quand je descends, je trouve maman en train de s'affairer dans la cuisine comme si de rien n'était.

– Le thé est servi, dit-elle en m'ébouriffant les cheveux.

Mais je me dégage brusquement et m'assieds à table. Elle a sorti la plus grande théière. Bon sang, il y a assez de thé pour nous abreuver des heures, là-dedans.

– J'ai mis Sara devant une vidéo pour qu'on ait un peu la paix.

– Je croyais qu'on allait à Tintagel ? je demande, plein d'espoir.

– Ce qu'on a à se dire est plus important.

Maman s'assied à son tour et papa et elle me fixent.

– Vous avez oublié de prendre un billet.

– Hein ?

– Ben oui, vous me regardez tous les deux comme si on était au zoo et moi dans une cage. Vous pourriez au moins payer l'entrée.

– Arrête un peu de faire le malin, Hal, c'est déjà assez difficile comme ça, dit maman. On se fait du souci pour toi. Tu reviens de ta promenade persuadé que c'est ta faute si Charley a eu son accident, et maintenant, tu te souviens d'avoir vu quelqu'un d'autre cette nuit-là. Qu'est-ce qui se passe ?

– Pourquoi est-ce que ça t'intéresse, subitement ?

Elle accuse le coup, puis se reprend.

– Hal, on ne pourra pas t'aider si tu nous rejettes sans arrêt.

– Vous ne pouvez pas m'aider non plus rien qu'en décidant brusquement de vous souvenir.

– De quoi ? me demande-t-elle sans comprendre.

– De mon existence.

– Hal !

Ses paupières se froissent comme des mouchoirs en papier sous le coup de la douleur, et je le sais, je suis cruel, mais j'ai raison. Elle ne pense qu'à Charley ; elle ne fait que pleurer sur

Charley. Elle croit qu'elle ne nous en aime que davantage, Sar' et moi, je le sais bien, mais en fin de compte, ça signifie seulement qu'elle meurt en même temps que Charley, peu à peu, et ça nous rend – ou plutôt ça *me* rend – la vie impossible.

– Hal, comment peux-tu croire une chose pareille ?

– Je le crois parce que c'est vrai ! Tous les deux, vous ne faites QUE penser à Charley. Sar' et moi, on pourrait aussi bien mourir.

Ils me dévisagent, horrifiés. Puis échangent un regard. Papa a l'air de penser « Je te l'avais bien dit » et maman enfouit sa tête dans ses mains, comme si elle était tout à coup trop pesante et que son cou ne pouvait plus la soutenir.

– Charley te manque, elle nous manque à tous les quatre, mais tu ne te rends pas service en nous en voulant à ce point, finit par articuler maman.

– Ouais, bon, d'accord, je marmonne, tout honteux.

– Et peut-être qu'en effet, il faut qu'on t'écoute, intervient papa.

Je le regarde d'un air incrédule.

– Et aussi qu'on te dise... qu'on sait à quel point ça a été dur pour toi.

Sa façon de dire « a été » me fait frissonner, comme si c'était fini, comme si elle était morte pour de vrai.

– Seulement, ce n'est la faute de personne. C'est comme ça, c'est tout. Un accident.

Elle répète ces mots avec une extrême lenteur, comme si elle se raccrochait à une petite lumière dans le noir, de toutes ses forces, parce que sinon, elle serait perdue, aveuglée.

– Non ! C'est pas vrai ! je m'entends crier. Non, il y a une raison !

Et la voix de Charley résonne en moi, sonore et pleine d'assurance.

Je suis sûr de ne pas me tromper.

– *Souviens-toi, Hal !*

Il faut que je sache – que je sache *exactement* – ce qui lui est arrivé. Et tout à coup j'y suis ; je suis absolument certain d'avoir raison.

Ce n'était pas un accident.

Maman continue à parler.

– Je sais que c'est difficile à accepter, Hal, mais la vie peut être cruelle et injuste... le fait que Charley soit dans le coma... est injuste, cruel, affreux, mais c'est vrai : elle a eu un terrible accident, et c'est tout.

Elle se tait un instant, puis reprend sans s'adresser à personne en particulier :

– Et je suppose que parfois...

Elle regarde papa dans les yeux, qui ne se détourne pas, comme pour l'inciter à poursuivre.

–... parfois la cruauté de la vie nous met face à des choix cruels, eux aussi.

– *Au secours, Hal !*

Je les dévisage tour à tour mais ils ne s'en aperçoivent pas. Mon frisson intérieur devient immobile et glacé. Il y a là une ironie qui me donnerait presque envie de rire. Pourquoi est-ce qu'ils envisagent *ça* maintenant, juste au moment où Charley recommence à vivre pour moi ? Pourquoi à ce moment précis, alors que les souvenirs reviennent ? Ou alors est-ce *justement* pour ça ?

Et la voix de Charley résonne, plus sonore que jamais :

– *Souviens-toi.*

– Qu'est-ce que vous voulez dire ?

Je m'affole parce que je veux des explications, et tout à coup j'ai peur qu'ils m'en privent.

– Si le corps de Charley est dans ce lit d'hôpital mais qu'elle, elle n'est pas morte, alors où est-elle ? Et qu'est-ce qu'elle faisait dans l'eau cette nuit-là ? Pourquoi elle est partie surfer ?

D'un seul coup, toutes les questions refoulées rendent les armes en même temps et sortent pêle-mêle.

Papa et maman semblent se réveiller, revenir d'un endroit très éloigné, un endroit pour adultes qui crée un lien entre eux, et me regardent comme si je débarquais sur la planète.

– Si seulement on le savait, Hal... répond enfin papa. Si seulement elle se réveillait pour nous le raconter... Mais c'est ça le plus dur : on ne sait pas.

Les larmes débordent une fois de plus des yeux de ma mère. Je voudrais tellement qu'elle arrête de pleurer une fois pour toutes !

– Ce n'était pas un accident, maman ! je lâche, non sans percevoir la panique dans ma voix.

Elle hoche la tête, mais elle n'entend pas ; elle est aveuglée par les larmes.

– Qu'est-ce que vous allez faire ?

Ils échangent un regard, se retournent vers moi. Maman adresse un signe d'assentiment à papa.

– On se demande... Enfin, on se pose des questions sur... sur ce qu'elle vit dans l'état où elle est, tu comprends ?

Il laisse les mots se former lentement, clairement, comme pour s'assurer qu'ils atteignent bien leur cible. Et ça marche. Je les encaisse comme une volée de cailloux en plein plexus.

– Elle veut qu'on enquête sur ce qui s'est passé ! je leur crie. Elle veut savoir pourquoi !

Mais papa continue comme un train qui avance lentement, inexorablement, sans marquer d'arrêt – pas de quartiers, pas de prisonniers.

– On n'oubliera jamais ta sœur, évidemment, quelle que soit la décision finale...

Il regarde maman.

–... qu'on sera amenés à prendre. Cependant tu nous as demandé comment on voyait les choses, alors voilà : on se demande si elle serait contente qu'on la laisse dans cet état alors que justement, elle était... enfin elle est... tellement pleine de...

Le mot lui reste en travers de la gorge. Je voudrais le prononcer à sa place mais moi non plus je n'y arrive pas. Je n'y arrive pas.

J'en suis réduit à le regarder déglutir avec peine avant d'articuler enfin :

–... de vie. Elle était tellement pleine de... vie.

On ne peut plus émettre un son, ni les uns ni les autres, et pendant un bref instant c'est comme si Charley était de nouveau là avec nous – pas la Charley à moitié morte, mais la vraie, celle qui riait, dansait et nous rendait fous. Papa écarte les mains. Il aimerait nous envelopper à jamais dans ses bras, ça se voit ; il voudrait que tout recommence comme avant, mais voilà, il ne peut rien faire pour ça, il le sait, et il n'y a rien de plus triste au monde.

DEUXIÈME PARTIE

Le récit de Hal

Hal. Maintenant.

La fille aux taches de rousseur, celle de la yourte, jacasse dans la cabine téléphonique. Apparemment, elle en a pour des heures. Elle me jette à peine un regard puis me tourne le dos. Comme si j'en avais quelque chose à faire de ce qu'elle raconte !

Je m'assieds sur le muret et j'attends qu'il y ait un souffle de vent, mais l'air est aussi immobile que la mer, aujourd'hui. Alors que le soleil brille, je n'arrive pas à me réchauffer. Les paroles de papa se sont solidifiées en un nœud de peur et de solitude bloqué dans mon ventre, et pas moyen d'y échapper. Le soleil et la mer eux-mêmes sont incapables de le carboniser ; il y a une douleur incessante à l'endroit où devrait se trouver Charley. Qu'est-ce que papa et maman vont faire ? Cesser de l'alimenter ? La débrancher ? Comment vont-ils s'y prendre pour la laisser mourir ? Je repense à elle, à la vie d'avant. J'avais toujours l'impression de connaître ses pensées ; parfois, je finissais ses phrases. Elle nous a vraiment pris par surprise en se détachant de nous comme ça ; quel choc. Du jour au lendemain, tout a changé : elle n'était plus jamais là, elle ne nous disait plus rien. Et là-dessus je la retrouve dans les vagues, et elle n'est plus en état de répondre à nos questions.

Où tu étais, Charley ? Qu'est-ce que tu faisais sur la plage ? Et avec qui ?

Autant de questions qui tournent sans répit dans ma tête et auxquelles je veux des réponses.

Le dos de cette fille est superbe, tout en longueur. Elle a les épaules qui pèlent, et les pétales de peau rouge, écailleuse, révèlent au-dessous une teinte brune et lisse, toute neuve. Elle a les cheveux craquants de sel, presque de la même couleur que ceux de Charley ; dorés, mais en plus orangé.

Je sens qu'elle va rester des heures là-dedans.

Mais moi, il FAUT que je parle à Jenna, la meilleure amie de Charley. Les réponses, c'est elle qui les a. Il y a des jours où, comme aujourd'hui, les portables ne passent pas, ici, dans le vallon ; or, je ne peux plus attendre.

Alors je frappe à la porte de la cabine. La fille se retourne. Ah, ses yeux ! Ils sont d'un vert... Le vert des vagues tropicales juste avant qu'elles se brisent, au moment où on voit à travers. Et ils brillent drôlement, bien qu'elle affiche un air du genre « j'suis crevée, j'ai pas dormi de la nuit et j'ai plein de sable dans le maillot », un air qu'ils prennent tous au bout de quelques semaines au camping.

– On se calme, articule-t-elle en silence.

Elle a vraiment des yeux à tomber. Je fais semblant de m'écrouler à genoux en joignant les mains pour la supplier en lui montrant ma pièce de cinquante pence, dans l'espoir que ces yeux-là se poseront sur moi, et rien que sur moi.

Elle sourit, se remet à parler dans le combiné puis rouvre la porte en riant ; le bitume a beau me brûler les genoux, je suis incapable de me relever.

– Je suis bloqué ! je lance, comme si ça ne se voyait pas.

Elle me tend une main secourable en riant toujours. Sa paume est moite d'avoir tenu l'écouteur et nos mains glissent, mais finalement elle tient bon.

– Merci, c'est sympa, lui dis-je.

– Tu habites là-haut, dans la grande baraque, non ?

– Ouais.

Je la dévore des yeux, j'en ai bien conscience, mais je ne peux pas m'en empêcher. Je n'arrive pas non plus à aligner trois mots.

– Vous êtes des estivants, comme nous, non ? Écoute, je voulais juste te dire que je suis désolée, pour ta sœur. Je veux dire, Charley.

– Hein ?

Tout à coup, c'est comme si on venait d'éteindre le soleil. J'ai froid. Je suis en même temps en sueur et glacé jusqu'aux os, et les questions que je me pose sont deux fois plus nombreuses. Qui est cette fille ? Comment est-elle au courant pour Charley ?

– Ah, tu ne savais pas que...

Elle s'interrompt et me dévisage, comme si elle voyait enfin à quel point j'ai froid.

– OK, pardon, laisse tomber. Enfin, je veux dire... Et merde !

Elle finit par se taire, mais je ne fais rien pour la sortir de son pétrin ; je reste là à la regarder fixement.

– Tu t'appelles Hal, c'est ça ?

– Ouais.

– Hal, comment ça se fait que ta famille et toi vous ne descendez jamais sur la plage pour le barbecue ?

– On n'a pas été invités.

En tout cas, pas moi. Mais Charley y allait tout le temps, l'été dernier. Elle ne faisait même que ça. Moi, je restais assis sur le mur à regarder les feux de camp sur la plage en me sentant drôlement seul. Tout à coup, j'ai une révélation. Je ne suis peut-être pas au courant de *tout* ce qu'elle faisait. D'ailleurs, comment connaît-elle mon prénom, cette fille ?

– Eh ben maintenant c'est fait.

– Quoi ? Qu'est-ce qui est fait ?

– Tu es invité, maintenant. Au barbec'.

– Ah, super ! je murmure.

Elle rit à nouveau. Apparemment, elle rit beaucoup.

– Moi c'est Jackie, puisque tu tiens tant à le savoir.

Cette fois, je parviens à hocher la tête, quand même.

– Alors à un de ces quatre, OK ?

J'acquiesce à nouveau. Elle se détourne, non sans me lancer un coup d'œil inquisiteur. Est-ce qu'elle devine que ça m'arrive de prononcer une phrase entière, parfois ? Je m'imagine que je détache les pelures sur ses épaules et que j'embrasse la peau toute neuve et douce en dessous.

Bizarre.

Pense à autre chose. Efface. Réveille-toi, là.

Je m'écroule à moitié dans la cabine, soulagé, et compose le numéro de Jenna. Je visualise le téléphone qui sonne chez elle, la petite table cirée de l'entrée, j'entends le son caverneux que ça fait, comme si on était dans un château. J'imagine aussi Jenna dévalant l'escalier coudé, comme si je pouvais l'y faire apparaître par la seule puissance de ma pensée.

– Allez, allez, décroche, je chantonne.

Et tout à coup ça y est.

– Allô, Jenna ?

Je suis super content d'entendre sa voix.

– Salut.

– Hé, Jenna !

– C'est Hal ?

– Ouais.

Silence. Bon, apparemment elle ne saute pas de joie.

– Je suis allée voir Charley, annonce-t-elle très vite.

Comme si j'appelais pour vérifier !

– Ouais, ma mère m'a dit que tu irais. J'aime autant que ce soit toi que moi !

– Ha ha. Très drôle, Hal.

Elle a l'air indignée. Je la déteste depuis l'âge de cinq ans, mais elle est marrante. Sal, Charley et elle sont copines depuis toujours. Je sais qu'elles ont de la peine : ce sont les seules qui continuent d'aller la voir.

– Jenna, il y a des trucs que j'ai besoin de savoir sur Charley.

– Quels trucs ?

Elle me semble méfiante tout à coup, et mon cœur se met à battre plus vite. Ça signifie qu'il y a bien quelque chose, et qu'elle est peut-être au courant.

– Jenna, qu'est-ce qui s'est passé l'été dernier ? Qu'est-ce qu'elle fabriquait, Charley ? Avec qui elle passait son temps sur la plage ?

– Écoute, je ne peux pas... et pourquoi il se serait passé quelque chose, d'abord ?

– Déjà, il n'y a qu'à voir ta réaction.

– C'est des histoires de filles, Hal. Rien de nouveau, et t'as pas besoin de savoir.

– Hé ! Il va falloir redescendre sur terre, là ! Mes parents commencent sérieusement à penser que ce serait mieux si elle était morte ! J'ai besoin d'aide, moi. Et c'est l'enfer ici, sans Charley, si tu veux savoir. En plus... Enfin... Il me semble que... que je me souviens de quelque chose, tout à coup. Il y avait peut-être quelqu'un sur la plage avec elle, qui la regardait... quand ça s'est passé. Alors tu comprends... Je t'en prie...

– Mais qui ? demande-t-elle sur un ton brusque, agressif.

– Justement, je ne sais pas, Jen. Je crois juste qu'elle n'était pas seule, c'est tout.

Un long silence. J'attends. Je me demande si elle pleure.

– Jen ?

– Elle était... raide dingue d'un type avec qui elle sortait. Mais c'est que des histoires de filles tout ça, Hal ; elle était heureuse, elle en était folle, tu vois.

Le souffle me manque. Et moi qui ne savais rien. Je me demande... si moi, j'aurais pu parler à Charley de mon envie de peler l'épaule de cette fille. Peut-être qu'il y a des choses qu'on ne peut partager avec personne. Si Charley ne bavardait plus comme avant, il y avait peut-être une raison.

– Je ne savais pas. Mais si c'était ce type, qu'est-ce qu'il faisait là et pourquoi il ne l'a pas secourue ?

Elle se contente de répondre :

– Laisse tomber, Hal. Oublie tout ça, OK ? À mon avis, Charley n'aimerait pas que tu te mêles de ses affaires.

– Ah oui ? Quelle Charley ? Celle à qui tu parles tous les jours à l'hôpital ?

Encore un long silence. J'écoute sa respiration dans le combiné.

– Écoute, Hal, je suis...

– JENNA ! je hurle. Si tu ne me le dis pas, tu le regretteras ! Je n'hésiterai pas à... à...

Mais finalement, je ne vois pas ce que je pourrais lui faire de si terrible. Parce que je l'aime bien, moi, Jenna.

– Je t'en prie, Jenna. Je t'en SUPPLIE. Écoute, j'ai l'impression qu'elle cherche à me faire comprendre quelque chose, ou qu'elle veut que je me souvienne d'un truc, je ne sais pas – alors dis-moi juste pourquoi elle avait l'air si malheureuse puisqu'elle était si dingue de ce type ? Dans quoi elle a mis les pieds, l'été dernier ?

– Non, Hal, il faut que tu laisses tomber.

On dirait qu'elle a peur, et ça, ça ne lui ressemble pas du tout. C'est nouveau. Je n'ai pas l'habitude.

– Qu'est-ce qu'il y a ? Tu as la trouille ?

– Un peu.

– Pourquoi ? Qu'est-ce qui s'est passé ?

– Non, non, c'est pas Charley... Elle, elle ne faisait que des trucs normaux. C'est... Écoute... je ne sais pas ce qui s'est passé... ni même s'il s'est passé quelque chose. Elle n'avait pas tellement le temps de nous en parler.

Mais je n'en crois pas un mot, et entre-temps, Charley est revenue dans ma tête ; elle me pousse à insister, comme si elle voulait convaincre Jenna à ma place.

– *Souviens-toi ! Aide-moi !*

– Je vois bien que tu as peur, Jen. Pourquoi ? Qu'est-ce qu'il y a eu ? De qui tu as peur ? Il y avait quelqu'un avec elle sur la plage ? Qui ?

– Hal, elle m'a demandé de garder le secret et c'est la seule chose que je peux faire pour elle, maintenant.

– Mais tu sais bien qu'elle est presque morte, c'est un peu tard pour ce genre de promesses !

– Hal !

– T'es payée pour espérer ou quoi ? je crie dans le combiné. C'est moi qui essaie de faire quelque chose pour elle, ici, et...

– Fais attention, Hal. Je ne plaisante pas ; fais gaffe à toi. Et laisse ton portable allumé, j'essaierai de te rappeler.

Sur quoi elle coupe la communication.

Je regarde le téléphone, incrédule, comme s'il pouvait parler, comme si Charley allait se mettre à chuchoter dedans ; je n'ai plus qu'à attendre, elle va m'expliquer... Mais tout ce que j'entends, c'est le bruit mort que ça fait, un téléphone, quand il n'y a personne au bout du fil, personne pour écouter.

– Et merde !

Je le cogne contre la paroi en verre.

– Hého ! me crie un type de l'autre côté.

Je passe près de lui sans m'arrêter.

– Voyou ! On s'en sert toute l'année, nous, de cette cabine ! Mais ça, ça ne t'a pas effleuré !

– Non !

Je le regarde fixement. Jusqu'à ce qu'il rentre dans la cabine et referme la porte. Maintenant que j'ai intimidé un pauvre habitant de Cornouailles qui ne m'a rien demandé, je me sens mieux. C'est dire à quel point je suis malheureux.

Papa me fait de grands signes depuis la terrasse. Il secoue la tête, me désigne, puis me montre la porte de la maison.

– Rentre !

Je me traîne jusque là-haut.

– J'ai bien besoin d'aller me baigner un peu. Tu peux garder Sara ?

Il a l'air à bout, sur le point de craquer. J'acquiesce. De toute façon je ne veux pas lui parler. Ni à lui ni aux autres. J'ai juste envie de comprendre quelque chose à cette histoire. Mais c'est lui qui se coltine tout le temps Sara quand elle veut jouer sur la plage maintenant, je le sais, et lorsqu'il en a vraiment marre, ça le calme d'aller nager seul.

Dans la cuisine, maman cogne les casseroles partout – on dirait qu'elle essaie de tuer des serpents avec. Debout dans l'entrée, devant la porte de la cuisine, Sara se retourne vers nous en silence. Papa sort les jouets de plage du placard à chaussures.

Soudain, la petite rugit à tue-tête :

– Rhaaaaaa !

On fait un bond tous les deux, puis on éclate de rire.

– C'est exactement ça, commente papa.

Pas la peine de demander à quel sujet ils se sont encore disputés aujourd'hui.

« Qu'est-ce qu'on fait, pour Charley ? »

On embarque un tas de seaux, pelles, épuisettes et serviettes et on quitte la maison vite fait. Il fait chaud. Le sable vire presque au blanc en réfléchissant le soleil et le ressac est comme un vague murmure blanc aussi, flottant dans l'air immobile. Sara trottine derrière nous. Pour une fois, elle ne dit rien.

101

– C'est la première fois de l'année que je vais nager pour de bon !

Ça lui remonte un peu le moral. Moi aussi j'irai me baigner. La mer sera délicieusement froide sur ma peau brûlante. Et après, j'aurai la tête qui tourne un peu, comme toujours quand on sort de l'eau. Un régal. Mais... ça sera pour une autre fois.

Papa entre dans l'eau. Sara et moi, on l'observe s'éloigner.

– Au revoir ! s'écrie tout à coup Sara. Au revoir, papa !

Elle agite frénétiquement la main, inquiète ; on attend qu'il ressorte des vagues et nous fasse coucou en retour. Juste histoire d'être sûrs qu'il est toujours là.

On se met à marcher sur la plage, en s'éloignant du rivage.

– Est-ce qu'elle va lui faire du mal, Hal ? me demande la petite.

– Qui ça ?

– La mer.

– Mais non. C'est un grand garçon !

– Pas aussi grand que la mer, réplique-t-elle en m'entraînant. Où on va ?

C'est bien ce que je me demande, parce qu'on est au pire endroit de la plage, avec une multitude de falaises miniatures pleines d'arêtes qui émergent du sable. Sar' avance tant bien que mal en se raccrochant d'une main à sa pelle et son seau, et de l'autre à moi.

– À toi de me le dire ! je réponds en riant. C'est toi qui m'emmènes Dieu sait où ! Où ça, d'ailleurs ?

– Sais pas. C'est par là, mais je sais pas où.

– Qu'est-ce que tu veux dire ?

Comment ça, « par là » ?

102

– Quand je me trompe de chemin j'ai une mauvaise impression, répond-elle simplement. C'est pas TRÈS difficile, reprend-elle en regardant les rochers.

J'assure mon équilibre grâce au manche de l'épuisette, mais j'ai du mal à tout tenir – la main de Sara et le reste.

– Moi je trouve que si.

– On arrive bientôt ?

Elle lève la tête vers moi ; elle est toute rouge et en sueur sous son chapeau de plage et je crois qu'elle ne sait pas vraiment où on est. En revanche, moi, je sais exactement où on va, tout à coup.

– Il me semble qu'on est arrivés. Comment tu as su venir jusqu'ici, Sar'?

– J'ai pas fait exprès, Hal ! s'exclame-t-elle en prenant peur, comme ça lui arrive parfois. Je sais pas ! C'est mon ventre qui m'a dit : par là-bas !

Je passe un bras autour d'elle.

– T'inquiète, tout va bien. C'est un super endroit.

J'essaie de ne pas me rappeler le jour où Charley m'a amené ici, elle aussi, en me demandant de fermer les yeux et de jurer le secret. Elle m'avait guidé et je m'étais fait mal aux pieds en avançant par petits bonds sur les rochers pointus.

– Ne regarde pas, Hal, m'avait-elle dit. Et après, tu ne devras en parler à personne.

Je chasse ce souvenir.

Comment la petite a-t-elle pu nous conduire jusqu'ici ? Est-ce seulement un hasard ?

On se plaque contre la paroi rocheuse et on progresse le long d'une saillie jusqu'à ce que le chemin fasse demi-tour. On y est.

C'est une mini-crique pleine d'eau de mer. Elle n'a pas changé. Une sorte de mare frémissante entourée de hauts rochers sur trois côtés, avec au milieu une grosse pierre plate. Des algues et des fougères glissent à la surface et, en-dessous, des lichens aquatiques colorent les rochers en rose et orange. Des poissons argentés filent de-ci, de-là par bancs entiers en lançant des éclairs bleu électrique. C'est un endroit où on trouve toujours des crabes.

Sara contemple le décor en ouvrant de grands yeux.

– C'est magique, ici ?

– Ouais.

Et c'est exact. De la vraie bonne magie.

On rejoint la pierre plate à la nage, on se juche dessus et, au soleil, on joue à attraper de petits poissons. Quand il commence à faire trop chaud je saute dans l'eau, mais Sara refuse.

– J'aime pas ces fleurs, là, dit-elle en désignant les anémones de mer rouge sang.

Je l'éclabousse.

– Venez, les araignées de mer ! lance-t-elle aux crabes.

Cela dit, quand je finis par en attraper un elle file à l'autre bout du rocher en poussant de grands cris. Je m'assieds, je parle au crabe, et évidemment, au bout d'un moment la curiosité l'emporte ; Sara vient regarder par-dessus mon épaule, puis lui caresse le ventre du bout du doigt.

– C'est un coquillage ! déclare-t-elle.

Sous nos yeux, le crabe détale, passe sous l'eau et se cache dans un trou. On détache des berniques, qu'on lance dans l'épuisette ; elles nous serviront d'appât pour attraper les gros poissons. À plat ventre, la figure à quelques centimètres de la surface, Sara regarde dans l'eau.

– Hal, où elle est, Charley ? demande-t-elle abruptement.

Déconcerté, je réponds tout de suite :

– À l'hôpital, à Oxford.

– Pourquoi elle est arrêtée, Hal ? C'est la mer qui a fait ça ?

Je mens :

– Je ne sais pas, Sar', la mer lui a cogné la tête et maintenant elle est cassée, elle ne marche plus comme avant.

Je m'en étrangle à moitié, mais j'essaie de me maîtriser, de répondre à ses questions comme j'aimerais qu'on réponde aux miennes.

– Charley aimait bien venir ici, non ?

– Oui, beaucoup.

J'ai une boule dans la gorge de la taille d'un rocher mais soudain la petite m'adresse son grand sourire rayonnant, les yeux écarquillés, et s'exclame :

– Ça m'étonne pas !

L'espace d'une seconde, je crois comprendre de quoi maman fait le plein quand elle serre Sara contre elle.

– Elle est là-dessous, Charley, maintenant ? poursuit-elle en regardant dans l'eau. Le bout qui s'est arrêté, je veux dire ?

– Mais non. Charley est à l'hôpital et tu le sais très bien.

– Ah oui.

Et elle me lance le même regard bizarre, comme si je n'avais pas réellement compris.

On contemple l'eau en silence. Elle peut faire ça beaucoup plus longtemps que moi. Ce n'est pas du tout la même chose que de venir ici avec Charley. Avec elle je me couchais sur la pierre, je fermais les yeux et savourais la chaleur du soleil, dont j'avais l'impression qu'elle faisait fondre mes os et s'infiltrait dans tous les plis de mon visage ; j'attendais qu'elle commence... Et je l'entends encore aujourd'hui...

– Devine ? disait-elle.

– Quoi ?

J'entends presque ma propre voix. Ensommeillée, patiente, elle attend l'histoire que va me raconter Charley.

– Je suis née ici, commence-t-elle.

– Je te rappelle que tu es née à Oxford, au John Radcliffe Hospital.

Je ne suis pas encore tout à fait prêt à me laisser embarquer dans sa fable.

– Pas du tout, Hal, tu te trompes. Je suis bel et bien née ici, sauf que ce n'était pas l'été mais l'hiver, et les vagues étaient déchaînées ; elles étaient toutes grises et s'écrasaient à grand bruit sur le rivage. La maison n'était pas encore construite à l'époque, ni les autres non plus d'ailleurs, parce que je te parle de ma première vie, la toute première, quand on est tout neuf, tout fragile, un peu comme toi...

Alors je m'abandonne, je ferme les yeux et j'écoute ; le monde qu'elle bâtit prend forme derrière mes paupières closes, plus réel encore que le soleil sur mon visage ou le rocher sous mon corps ; un monde peuplé de phoques, d'humains et d'enfants enlevés par les fées... où se trouve aussi Charley. Parfois, c'était à se demander si elle vivait réellement parmi nous. Impossible, avec toutes les histoires où elle pouvait s'échapper, à tout moment, quand ça lui chantait.

– Et moi, je suis né où ? je lui demande.

– Oh, toi, sur Terre, c'est sûr. Pour toi c'était la première fois, et tu as été humain du premier coup.

– Hal ! Hal ! Dans le sable, là ! Vite, Hal !

La voix de Sara me ramène à l'instant présent.

– Qu'est-ce qu'il y a ? Où ça ?

Elle pointe l'index vers le bas. Je ne vois rien.

– Attrape-le, Hal ! Ce truc, là, attrape-le.

Elle est tout excitée mais ne bouge pas d'un pouce ; je ne sais pas de quoi il s'agit, mais elle tient vraiment à ce qu'on l'attrape. Je saisis l'épuisette, l'enfonce promptement dans les ondulations du sable et remonte le tout. Le sable passe à travers les mailles.

– Désolé, Sar', je crois que je l'ai raté.

Pourtant, elle ne quitte pas des yeux le sable qui s'écoule. Elle attend qu'il n'y en ait presque plus, puis désigne quelque chose.

– L'est là, déclare-t-elle sereinement.

Et c'est vrai : un poisson plat gigote dans la petite quantité de sable, au fond ; il est minuscule – c'est tout juste si on ne voit pas à travers – et magnifique, délicat comme les objets qu'on sculpte dans un os de seiche.

– Il me plaît beaucoup, annonce Sara. Je peux le garder ?

On le fait lentement glisser dans le seau, dont il se met à faire le tour pour explorer son nouveau territoire en faisant des vaguelettes avec ses nageoires. Ce mouvement circulaire et les deux points noirs qui lui servent d'yeux sont les seules indications qu'il s'agit d'un être vivant. Fascinant.

Comment sait-on si telle ou telle chose est vraiment vivante ? Comme si elle lisait dans mes pensées, Sar' s'enquiert justement :

– Où il est ?

– Eh bien là, dans le seau, caché sous les algues, tu vois ?

Mais ce n'est pas ce qu'elle voulait dire.

– Mais non, Hal ! Pas lui – le bout de Charley qui est cassé.

Je regarde le poisson plat. Est-ce qu'il est vivant ou est-ce qu'il flotte, tout bêtement ? Quelle histoire inventerait Charley pour expliquer à Sara où elle est et pourquoi ? En tout cas elle en trouverait une, c'est sûr, et ça ferait du bien à la petite. Moi, je n'ai que des questions.

– Je l'ignore, Sara.

– Tu sais, Hal, énonce-t-elle lentement, des fois, eh ben, des fois... j'ai l'impression qu'elle est dans mon ventre.

Elle me regarde d'un air pas tranquille et tout à coup, une histoire me vient – ou du moins un fragment.

Je souris.

– Écoute, peut-être qu'elle est à l'intérieur de toi, quand tu poses des questions sur elle et que ça te fait une drôle d'impression ; et peut-être aussi qu'elle est à l'intérieur de moi quand je pense à elle. C'est peut-être là qu'ils sont, les bouts cassés ?

Elle me regarde sans répondre, en plissant les yeux sous le soleil ; elle réfléchit. Puis elle soulève le seau – ou plutôt elle essaie.

– Si on allait montrer mon poisson à papa ?

On remballe le tout et on regagne la plage à la recherche de papa. Sara finit par l'apercevoir. Elle s'élance vers lui ; l'eau clapote dans le seau.

– Regarde, papa ! On a trouvé un poisson plat et Hal a fait couler le sable tout autour.

– Super !

– Oui, et c'est Sar' qui l'a trouvé, hein Sar'?

– Il est à moi et je l'ai appelé Flétan.

108

– On rentre le montrer à maman ?

Elle hoche la tête. La seule mention de maman a l'air de l'accabler de fatigue, et elle avance d'un pas mal assuré dans les rochers en tenant la main de papa tandis que je porte le seau plein et les épuisettes. Elle marmonne tout bas, sans s'adresser à nous :

– Flétan dit : Sara était la *seule* à pouvoir me trouver dans le sable où je me cachais. Elle a regardé partout, mais dans le sable, elle n'a pas trouvé Charley, elle m'a trouvé, *moi*, et Flétan était très content, il a dit : « Je suis le poisson de Sara pour l'éternité, amen. »

Elle inspire à fond – et moi aussi. Est-ce que papa a entendu ? Non, pour lui, Sara attend juste qu'on lui dise que Flétan doit être remis à l'eau, comme tout ce qu'on pêche. Mais on ne dit rien. On est encore loin de chez nous. Papa me sourit, moi aussi. Je suis fatigué et, ajoutée à la chaleur, ma fatigue adoucit ma solitude intérieure ; un peu. Sara continue à marmonner en attendant qu'on la contredise.

Elle a l'air tout à fait normale et en un sens, c'est rassurant.

L'après-midi touche à sa fin, les gens quittent peu à peu la plage comme chaque jour à cette heure – à part les surfeurs, qui ne décollent jamais et passent leur temps à espérer.

Elle doit être par là, je me dis ; tout à coup quelqu'un se met debout, près des rochers et des vagues, et agite le bras. Mon cœur fait un bond. C'est elle, c'est Jackie. Pourvu qu'elle ne se pointe pas alors que je suis avec mon père ! Mon cœur bat à tout rompre.

Malheureusement, mon vœu n'est pas entendu. La voilà qui rapplique en courant.

– Coucou ! lance-t-elle à Sara. Je peux voir ce que tu as pêché ?

Sara empoigne le seau et le lui montre.

– Il s'appelle Flétan, et il est à moi.

– Il est magnifique ! C'est un bébé-poisson plat, n'est-ce pas ?

– C'est moi qui l'ai trouvé ! précise Sara en la regardant.

Tout le monde est un peu gêné, puis Jackie tend la main à Sara et se présente :

– Moi c'est Jackie, et toi ?

Sara lui serre la main en souriant.

– Sara. J'ai cinq ans. Ça c'est mon frère, Hal, il a quinze ans, et ça c'est mon papa, et il a quarante-trois ans !

Elle lui donne toutes ces informations avec un tel sérieux qu'on éclate de rire, papa et moi, mais Jackie se contente de répondre :

– Tiens, moi aussi j'ai quinze ans ! Merci de m'avoir montré ton poisson, Sara.

– Ravis d'avoir fait ta connaissance, Jackie, déclare papa avant de m'adresser un de ses sourires exaspérants qui sous-entendent : « Alors comme ça on fréquente des filles, hein ? »

Elle sourit en retour, mais pas à lui – à *moi* ; et son sourire pénètre en moi, là où, au fond, se trouve le paradis.

– On va tous se baigner, tu veux venir, Hal ?

Elle n'a pas froid aux yeux.

– Non merci, il faut que j'aide mon père avec tout ça.

Je secoue mon chargement.

– Mais non, vas-y, Hal, intervient mon père avant de me prendre les épuisettes et les jouets et de les laisser tomber dans le sable.

110

Jackie me fait une petite grimace en articulant sans bruit « Pardon », puis sourit à nouveau. Si j'en crois les signaux que m'envoie mon visage, je souris aussi.

– Je vais vous donner un coup de main, dit-elle à papa. De toute façon j'ai toujours voulu admirer la vue depuis votre terrasse.

Papa ne peut plus se retenir de rire.

– Tu n'y vas pas par quatre chemins, jeune fille, hein ?

Je jurerais que mes orteils se recroquevillent de honte mais Jackie cale tout naturellement les épuisettes sous son bras et secoue la tête pour chasser ses mèches.

Elle est vraiment éblouissante.

– Ça ne vous embête pas ? demande-t-elle à papa en rivant sur lui ses yeux stupéfiants.

– Pas du tout, tu es la bienvenue.

On traverse la dernière portion de plage, papa et Sara ouvrant la marche. Jackie et moi les suivons à quelque distance.

– Salut, dis-je enfin.

– Salut toi-même, se moque-t-elle gentiment.

– Pourquoi tu m'as invité au barbecue ? je lâche malgré moi.

– Parce que j'en avais envie.

Elle l'affirme de telle manière que ça paraît simple et direct.

– Bref, de toute façon, vous avez une histoire, ta famille et toi, et tout le monde veut savoir.

– Ça, c'est vrai.

Je réfléchis à toute allure. *D'accord, ce n'est pas moi qui t'intéresse mais l'histoire de ma famille.* Son sourire a perdu toute sa chaleur. Sara se retourne pour nous regarder. Papa l'entraîne toujours par la main. Quelque chose vient de se casser. Comme ce que j'ai dit à Sara en parlant de Charley. Pas besoin de mourir ou d'être dans le coma pour ça. Il suffit que quelqu'un vous détruise vos sentiments, d'un coup, comme on actionne un interrupteur.

On continue à avancer par petits bonds parmi les rochers, les yeux rivés au sol pour éviter les cailloux pointus. On est côte à côte, et j'aperçois un duvet doré sur ses chevilles. Ses pieds sont fins, très bronzés, ses ongles abîmés. Elle porte une délicate chaîne en or à la cheville gauche. Je lui en veux, je crois. Comment peut-elle *en* parler avec autant d'aisance ? Comme si c'était de l'histoire ancienne, au point que ça ne compte plus pour personne ? Seulement ça, je ne peux pas le dire. Alors je déclare à la place :

– C'est la marque des putains égyptiennes, ça.

Elle se fige et me regarde.

– Quoi ? Qu'est-ce que t'as dit ?

Elle ne comprend pas, elle est en colère, mais gênée, aussi. Ses joues sont cramoisies, on ne voit plus ses taches de rousseur.

Eh bien...

– Ça, j'explique en montrant sa cheville. Tu ne savais pas ? Si tu portes ce genre de bijou en Égypte, ça signifie que tu es une prostituée.

– Ouais, eh bien on est en Cornouailles ici. Et je suis pas une pute.

– Ce n'est pas ce que j'ai voulu dire ! je réplique en haussant les épaules, ce qui ne m'empêche pas de sourire intérieurement. C'est un fait, c'est tout.

Mais je sais très bien que c'est faux. Au contraire. C'est une pique que je lui ai lancée. Parce qu'elle n'a pas caché qu'elle était plus intéressée par mon passé que par moi.

Alors, lequel des deux en veut à l'autre maintenant, hein Jackie ?

J'imagine le sourire de Charley et le coup de coude qu'elle me donnerait dans les côtes.

On arrive au portail du jardin, par lequel on accède à la maison côté plage ; la pelouse en pente est humide et fraîche sous mes pieds, et cela fait un bien fou après le sable et les rochers brûlants. Jackie accélère pour rattraper papa. Moi je reste un moment à sourire face au soleil.

– Alors, dit mon père quand ils arrivent sur la terrasse. Qu'en dis-tu ?

Elle regarde en direction du camping.

– C'est beaucoup plus joli vu d'ici.

– Hm-hm.

Papa veille à rester neutre. Le camping, il le déteste. Il y a des années qu'il affirme que c'est la seule horreur de toute la région.

– Cela dit, c'est quand même nous qui avons la plus belle vue, reprend-elle. On peut admirer la falaise qui s'abîme dans la mer.

– La falaise et... nous, remarque papa en souriant.

Jackie ne se donne même pas la peine de rougir.

– Ma mère dit que parfois, elle a l'impression de vous connaître sans vous avoir jamais rencontrés.

– Ça ne m'étonne pas.

Papa entreprend de ranger les épuisettes dans l'entrée. Pas de bruit en provenance de la cuisine. Où est maman ?

– Tu bois quelque chose, Jackie ? propose-t-il.

– On a de la vraie limonade, affirme Sara.

– Euh, merci mais... non, on a nos boissons à nous sur la plage.

– Bon, eh bien au revoir, merci pour ton aide.

Papa disparaît dans la maison et Sara reste là à nous regarder fixement, Jackie et moi. Celle-ci se détourne pour prendre congé et je me trouve sur son chemin, sans savoir si je suis le bienvenu.

– Oh, allez, viens, elle me lance sans aménité.

On reprend le chemin de la plage. Une fois qu'on a parcouru une certaine distance, elle s'arrête et s'assied sur un rocher.

– Bon, je te pardonne, lâche-t-elle. Après tout, tu as un passé tragique.

– Me pardonner quoi, au juste ? Tu sais, au fond tu es bien une sorte de prostituée.

– Ah oui ? Et toi, alors, t'es quoi ?

Immédiatement, ses joues s'enflamment comme tout à l'heure ; elles sont d'un rouge instantané, furibond et fascinant.

– Pas une pute, en tout cas.

Je souris. Je m'amuse énormément. Non mais, pour qui se prend-elle à me draguer ainsi juste pour connaître mon histoire ? Elle n'en a rien à faire de moi, en réalité.

– Retire ce que tu viens de dire.

– Pas question. Tu te « prostitues » pour obtenir des renseignements. Tu m'as dragué parce que tes amis et toi, vous voulez savoir ce qui est arrivé à Charley. Il y a des filles comme toi au collège ; une fois qu'elles ont ce qu'elles veulent, les

114

détails croustillants... brusquement, on ne les intéresse plus. C'est bien ça, hein ? Sinon, je ne vois pas ce que tu fais là, franchement.

Sur ses traits, l'incrédulité se mêle à la colère. Elle ouvre la bouche pour riposter mais aucun son n'en sort ; elle en reste coite.

Elle va me dire d'aller me faire voir. Elle cache son visage dans ses mains.

– OK, ça fait pas mal de trucs à digérer, tout ça, marmonne-t-elle entre ses doigts.

Je m'assieds à côté d'elle. J'ai du mal à croire qu'elle ne m'ait pas envoyé paître.

– Tu as vraiment quinze ans ? me demande-t-elle au bout d'un moment.

– Eh oui. Et toi ?

– Aussi.

On échange un regard. Elle en paraît seize, presque dix-sept. Moi, quinze.

– C'est dingue ! s'exclame-t-on exactement en même temps, ce qui nous fait rire. Elle bredouille :

– Écoute, je... te jure que je n'ai pas voulu... C'est vrai que ça m'intéresse, comme tout le monde, et le plus bizarre c'est que... Oh, et puis ça n'a pas d'importance. En tout cas, tu devrais faire la connaissance de ma mère. Elle apprécie les gens, ça lui vient naturellement ; je dois tenir d'elle ou je ne sais quoi, parce que ce n'est pas de la curiosité malsaine, chez moi. Plutôt...

Elle continue comme ça et je trouve craquante sa façon de s'exprimer, en accentuant un mot de temps à autre.

– En tout cas, je m'excuse SINCÈREMENT, ce n'est pas du tout ce que je sous-entendais. Je comprends maintenant que ça pouvait être mal interprété et... je m'en VEUX ! Qu'est-ce que je suis... Cela dit, me traiter de prostituée, c'était quand même un peu...

Au bout d'un moment je la coupe :

– Merci de ne pas m'avoir dit d'aller me faire voir, en tout cas.

– Ah !

Le flot finit par s'interrompre.

– Pas de quoi !

On recommence à rire. Ça va peut-être devenir une habitude.

– Tu viens te baigner ? propose-t-elle.

Je hausse les épaules en faisant signe que non et elle saisit tout de suite. Elle effleure mon bras.

– Excuse-moi, Hal... Quelle idiote ! Je suis VRAIMENT désolée. Tu n'y vas plus depuis... depuis que Charley... ?

Je secoue la tête.

On se laisse cuire un instant par le soleil.

– Pourquoi ? me demande-t-elle enfin.

– C'est juste que... En fait, je ne sais pas vraiment.

Sauf que bien sûr, je sais très bien. Mais ce n'est pas très cool de dire à une fille qu'on vient à peine de rencontrer (et avec qui on a déjà envie de passer le restant de ses jours) : « Je ne peux pas aller me baigner parce que j'ai passé un marché avec Dieu – en qui je ne crois plus, d'ailleurs : si je renonce pour toujours à la mer, Il finira par nous rendre Charley. » Or, pour la première fois depuis longtemps, j'ai envie d'aller me baigner. De sentir l'eau sur ma peau et de la regarder goutter sur les cils de Jackie.

– On y va, dis-je soudain en me relevant.

– Non, TANT PIS, Hal, c'est pas GRAVE !

– Ha ha ! Je t'ai bien eue !

Et je m'élance vers les vagues, pour m'interdire toute tentation de retour en arrière.

– Quel salaud !

Elle est juste derrière moi, j'entends ses pieds marteler le sable.

– C'est pas drôle, Hal ! Et c'est pas juste, t'es parti avant moi ! Hal !

L'eau est froide. Je lâche un hoquet en y entrant. Les vagues me bousculent, je les repousse ; je plonge en plein dedans pour ressortir derrière les brisants, dans le courant dérivant. Je me laisse emporter ; l'eau me hisse et me laisse retomber, encore et encore. Je garde les yeux fermés et c'est un peu comme si je rentrais chez moi... Mais brusquement je pense à Charley et ça m'électrise de la tête aux pieds. C'est comme si elle était à l'intérieur des vagues et qu'elle s'accrochait à moi. De nouveau je l'entends qui m'appelle.

– *Hal !*

Je perçois sa respiration qui se soulève et retombe.

Se soulève et retombe. Se soulève et retombe. Comme les vagues.

– *Au secours, Hal ! Souviens-toi.*

Ce n'est vraiment pas le moment. Jackie jaillit de l'eau à côté de moi ; l'eau ruisselle sur ses épaules pelées et j'oublie Charley.

Les vagues se dressent et se brisent sur notre dos en nous masquant le ciel. Elles me font penser à des muscles qui se contractent et se détendent tour à tour ; alors je lève un bras, comme si je lançais un défi à la mer. Jackie rit et ses yeux

117

étincellent au soleil ; on se prépare pour la prochaine grosse vague. Elle est lourde. Elle se ramasse sur elle-même, au-dessus de la mer, elle nous domine, de plus en plus haute, de plus en plus recourbée. On saute en l'air juste avant que la crête d'écume ne retombe, et la vague nous ramène pêle-mêle au bord. On s'échoue en poussant de grands cris et en riant pour rien, sinon que c'était formidable.

– Crache ton sel ! je crie à la vague qui bat en retraite.

– Encore ? hurle Jackie, qui du coup me rappelle Sara.

Alors on s'amuse dans les vagues, comme je l'ai toujours fait, jusqu'à ce que je sois épuisé à ne plus tenir debout. Puis Jackie a l'idée d'aller manger des glaces. On trouve tout naturel de se tenir par la main pour s'aider mutuellement à lutter contre la mer, qui tente de nous entraîner. Les falaises nous toisent de toute leur hauteur et les mouettes survolent les rouleaux en riant.

Je me tourne vers la maison suspendue. Je m'imagine qu'il fait noir et que tout à coup, là-haut, une lumière s'allume puis s'éteint, comme un œil qui cligne dans la nuit. Là-dessus maman sort sur la terrasse et, me faisant signe, chasse cette vision.

La cafétéria du port grouille de touristes venus pour la journée qui s'offrent une dernière crème glacée avant de repartir.

– Quel parfum ?

Jackie s'est déjà faufilée jusqu'au comptoir en ignorant la file d'attente.

– Chocolat, s'il vous plaît.

– Deux !

Je m'effondre sur le banc devant la cafèt' mais elle, à peine essoufflée, a une autre idée en tête.

– Tu viens, on va les manger sur la falaise !

– Je ne peux plus bouger !

Je ne plaisante pas ; j'ai des mollusques en guise de jambes et la mer m'a vidé les poumons. Il n'y reste pas un souffle d'air.

– Mais si, allez.

Elle se met en route. Je me traîne sur ses talons en jurant tout bas et en suivant des yeux les gouttes de ma glace, qui fond à toute allure.

– Au secours ! Elle a pris ma glace en otage ! je crie aux passants.

Les plus vieux sourient.

– À l'aide, libérez ma crème glacée ! je tente encore.

Mais elle avance de plus belle en se contentant de l'agiter impitoyablement en l'air. Elle ne s'arrête que tout là-haut. Puis elle quitte le sentier, passe sous un bouquet de chênes et – enfin ! – s'assied au bord de la falaise.

– Et voilà. Tu apprécieras la vue. Ça valait le coup, non ?

– Mmm... je grogne.

Incapable de répondre, je lèche ce qui reste de ma glace. Délicieuse. Les rayons obliques du soleil déclinant traversent le bosquet. J'ai envie de fermer les yeux et de dormir une éternité. Je m'allonge. Légères, mes paupières papillonnent.

Avec cette lumière et cette chaleur, je me sens bizarre. J'ai l'impression qu'une pulsation émane des arbres autour de moi. Je suis mort de fatigue, mais dès que mes yeux se ferment, les arbres se rapprochent, menaçants, pour battre en retraite quand je les rouvre. Alors je les examine attentivement, comme pour les figer sur place. L'écorce est creusée de sillons très profonds qui s'enroulent autour du tronc ; ça me rappelle un serpent autour d'un bâton.

119

– Souviens-toi, Hal !

Alors que ce murmure résonne dans ma tête, je sens la migraine venir et le souffle me manque, sapé par le bruit de cette horrible respiration, une fois de plus, au point que mon cerveau lui-même semble se soulever et retomber à un rythme similaire.

Se soulève. Et retombe. Se soulève. Et retombe.

Les arbres se referment sur moi...

– Où es-tu, Charley ?

Quels souvenirs renferment les profonds sillons de l'écorce ? Qu'auraient-ils à me dire s'ils pouvaient parler ?

Et tout à coup je *la* vois, aussi clairement que si elle était là pour de vrai, une ombre planant au-dessus d'elle. Une brise soudaine remonte le long de la falaise. Je frissonne.

– Hal, il faut que je te dise un truc, déclare soudain Jackie.

Mais je ne l'entends pas.

Charley. L'hôpital. Maintenant.

– Où tu es ? demande-t-il, et sa voix me tire des profondes ténèbres

– Est-ce qu'il peut me voir ?

Mon œil mental s'ouvre tout grand dans le noir.

Les yeux verts de mon frère sont écarquillés.

Une lumière verte... sous les arbres...

Les arbres... Je les vois qui se déploient, se déroulent ; leurs souvenirs murmurés s'étirent entre nous et je finis par l'apercevoir, allongé sous les feuillages. La lumière mordorée de l'après-midi découpe sa silhouette et son ombre. Il contemple les arbres... comme s'il savait qu'ils se souviennent de moi ; leurs rainures enroulées se déplient lentement et répandent les souvenirs entre lui et moi, chaque souvenir clair et distinct comme une goutte d'eau.

Je suis dans le bosquet... avec... je me souviens...

Je laisse courir le bout de mes doigts sur les sillons creusés par le temps dans les troncs séculaires.

Ils sont tellement profonds, tellement anciens... Des mots se succèdent dans ma tête.

Vieux sage, vieux mage. Assagi... magie... Je sens que se dessinent les contours d'une histoire, à moins que ce ne soit un poème...

Oui, voilà ce que m'évoquent ces arbres : de vieux sorciers rabougris transformés en chênes massifs.

– Tu crois qu'autrefois c'étaient des sorciers ?

Je m'entends parler ! Oh, c'est ma voix... Elle fonctionne, elle parle à quelqu'un !

– Hein ? répond paresseusement l'autre voix.

Oh, il a une voix grave, chaleureuse, merveilleuse. On dirait... on dirait le soleil. Ça me donne envie de m'allonger bras et jambes écartés pour me faire sécher. Je sens le soleil sur ma peau, et l'autre voix est à côté de moi ; elle respire.

Qui est là ? Je ne me souviens pas. Je ne me souviens pas. À qui suis-je en train de parler ?

– Les arbres, là... Tu crois que c'étaient des sorciers, avant ?

Il émet un rire alangui, nonchalant, empreint de la chaleur solaire. Il est tout près ; son visage se rapproche. Il est si près maintenant que je sens le souffle tiède et suave qui s'échappe de ses lèvres à mesure qu'elles forment les mots.

Des mots qui dansent à l'intérieur de moi.

Été. Brise. Doux. Agréable. Attente.

– De quelle planète tu débarques, Charley ?

Le souffle de ses mots effleure ma peau.

Chatouillis. Délice. On en mangerait.

Euh... manger quoi ?

Approche encore, s'il te plaît... plus près... encore... encore...

Ah, il est si proche à présent que je sens son odeur, comme la mienne. Comme si on était restés couchés une éternité dans la terre. Un parfum de feuilles mortes, je sens comme lui et il sent comme moi.

– Qu'est-ce qui te fait sourire ? demande-t-il.

– Délicieux, on en mangerait, je m'entends chuchoter.

– *Qui est là ?*

Pas de réponse. Rien que le murmure de la brise dans les arbres et le mouvement de l'air entre nous à mesure que son visage s'approche, s'approche... mon cœur bat si vite que j'ai peur qu'il se brise tant est grand le besoin de voir son visage, mais j'ai les yeux fermés, le visage levé, et j'attends le contact de ses lèvres. Plus près... plus près, toujours plus près...

– *Qui est là ?*

Mais toujours pas de réponse, rien que le soleil qui se cache soudain derrière une ombre ; la chaleur s'en est allée, les arbres virent au noir... se recroquevillent... tout bascule dans l'océan... où les vagues se soulèvent et retombent, se soulèvent et me déposent dans l'obscurité...

– *Au secours, Hal !*

Les arbres se rapprochent, se referment en se recroquevillant, en l'emportant loin de moi, lui, ainsi que les souvenirs.

Non !

– *Hal !*

Je tombe, tombe dans la mer verte, si verte, et qui ressemble à du verre.

– *Au secours, Hal !*

Il ne me voit plus, il est sous les arbres, dans le bosquet verdoyant, avec une fille dont les yeux sont aussi verts que les feuillages.

– *Regarde-moi, Hal ! Regarde-moi !*

Mais qui est là ?

– *Au secours ! Souviens-toi !*

Hal. Maintenant.

– *Au secours !*

Sa voix est un cri qui s'échappe des chênes eux-mêmes, comme si *elle* y était enfermée, attendant qu'on la libère. Les feuillages bruissent. Pourtant, il n'y a pas un souffle de vent.

Oh non... Pas ici. Pas maintenant.

– Non, Charley, dis-je tout bas.

Mais son souvenir fait vibrer l'air et les arbres se rapprochent, encore, encore en m'adressant des murmures... en me parlant... comme s'ils lisaient dans mes pensées, comme s'ils sentaient à quel point j'espère le baiser de Jackie, à quel point j'ai envie de lui tendre la main... Je me relève d'un bond.

– Il faut que j'y aille, Jackie.

Elle lève les yeux.

– Je croyais que tu étais crevé ?

– *Au secours ! Aide-moi !*

– *Mais comment veux-tu que je t'aide, Charley ? J'arrive à peine à m'en sortir moi-même !*

– Ne jamais sous-estimer les effets de la crème glacée ! dis-je tout haut.

– Qu'est-ce que tu as de si urgent à faire ?

– Rien, je viens juste de me rappeler un truc.

Il y a tellement de voix et d'émotions en moi que j'en ai du mal à parler. Un véritable hall de gare pour médiums.

– *Hal ! Regarde-moi !*

– Ben voyons... Il y a une minute tu étais mort de fatigue et tout à coup tu ne tiens plus en place ! Non, il se passe quelque chose.

– Il faut que j'y aille, je te dis.

– C'est ça. Monsieur est trop occupé, hein ? demande-t-elle, incrédule.

Elle est à nouveau en colère, et le sarcasme la rend encore plus belle.

– Dans ce cas, excuse-moi de t'avoir mis en retard, Hal. Vas-y, puisque tu ne veux plus jouer.

– *Hal ! Regarde-moi, Hal !*

– *Non, Charley ! C'est Jackie que je veux regarder !*

Et c'est la vérité.

En la voyant assise là au soleil, les cheveux salés par la mer, les joues cramoisies, les yeux plissés dans la vive lumière, je ne peux pas m'en aller. Pire, je ne *veux* pas m'en aller. Je me rassieds, indécis.

– Excuse-moi.

– Pas grave. Écoute, je voulais juste te dire un truc ; il faut que tu saches... AH ZUT, je ne sais pas comment DIRE...

Sa voix enfle et reflue, le vertige demeure et j'ai peur – si je me laisse aller ne serait-ce qu'une demi-seconde, d'entendre à nouveau cette affreuse respiration et de sentir les arbres s'approcher, m'emplir de souvenirs.

Ses souvenirs à elle ?

Ou mon imagination à moi ?

– Ça va, Hal ?

Jackie approche son visage tout près du mien. Elle ouvre de grands yeux aux pupilles sombres dans lesquelles je vois mon reflet, avec autour un iris d'un magnifique vert foncé.

Ouah.

– Ça va, juste la tête qui tourne un peu.

– Qu'est-ce qui se passe ? Tu as l'air bizarre.

– Je me SENS vachement bizarre.

– Ce n'est pas grave, je t'expliquerai une autre fois.

Je sens la tiédeur de son visage s'approcher subrepticement, de plus en plus près. Nos yeux sont écarquillés, autant de fenêtres qui se font face, puis les miens se ferment en prévision de la suite. Mais soudain, derrière le ballet de points lumineux rouges, bleus et noirs sous mes paupières, le bruit des vagues remonte de la plage, et ça ne rate pas : la respiration reprend.

Qui va. Et vient. Va. Et vient.

Et j'entends Charley qui me chuchote, comme si elle savait ce que je pense :

– *Chatouillis. Délicieux. On en mangerait.*

Puis un rire, quelque part sous les arbres, une espèce de grondement sourd.

– *Qui est là ?*

– Laisse-moi !

C'est ma propre voix qui vient de crier, mais elle rend un son étrange, trop aigu, comme une voix de fille.

– Hal ! Hal !

La voix de Jackie cette fois, un chuchotement pressant qui m'appelle de très loin, pour me faire revenir. Elle est là-bas derrière le soleil, derrière la mer et la silhouette obscurcie des vieux chênes.

Mais la voix de Charley, elle, est toute proche.

– *Hal !* crie-t-elle. *Au secours !*

Tout à coup je suis debout, je traverse le bosquet en courant en direction du bord du monde, là où la falaise tombe droit dans la mer, où les vagues se soulèvent, hissées par l'haleine de l'océan, avant de retomber enfin, à nos pieds.

C'est là-bas qu'elle est !

Le temps d'une folle seconde j'ai l'impression de la voir tomber en chute libre et atterrir, telle une silhouette qui s'efface, sur un rocher, tout en bas. Dans la position où je l'ai trouvée, avec autour d'elle les vagues qui l'effleuraient puis se retiraient très vite, comme si elles ne pouvaient supporter de s'approcher trop près. Avant de revenir quand même, ne pouvant pas non plus la laisser là.

– Charley ! je hurle, comme si je pouvais modifier le cours du temps, faire en sorte qu'elle m'entende et se relève.

– Lève-toi ! je crie à nouveau de toutes mes forces, car je sens une ombre s'étendre sur elle, froide et noire.

Et là je me souviens de l'ombre sous le réverbère. Est-ce la même qui s'approche, maintenant ?

– Charley !

Je lance mon appel sans relâche par-dessus la surface scintillante de la mer, mais je ne reçois comme réponse qu'un très faible écho de ses paroles :

– *Qui est là ? Au secours, Hal !*

– Hal ! Hé, Hal !

Qui est là, maintenant ? Quelqu'un d'autre m'appelle et me tire par le bras. J'essaie de me dégager.

126

– Mais enfin, Hal, qu'est-ce qui t'arrive, merde ?

– *Des yeux verts, verts comme les feuillages...*

– Jackie ?

– Hal !

Je la dévisage, perplexe. Le monde repart dans l'autre sens pour se stabiliser sur son axe normal, habituel. Les arbres ne sont que des arbres. L'air est immobile et doré, et au loin, la mer lave à nouveau le rivage.

– Tu ne trouves pas qu'ils ont l'air de vieux sorciers ? je m'entends demander.

– Mais enfin, Hal ! me répond-elle d'une voix tremblante. J'ai juste voulu t'embrasser, et toi tu te mets à marmonner je ne sais quelle histoire d'arbres !

Elle s'efforce de rire. Elle se raccroche à mon bras. Sa peau est tiédie par le soleil.

– J'ai vraiment cru que tu allais sauter et je...

Pour une fois, les mots lui manquent. On reste assis là tous les deux, frissonnants, à contempler le soleil disparaître du ciel pour se perdre dans les vagues.

– Alors, qu'est-ce qui t'a pris ? demande-t-elle au bout d'un moment.

– Je ne sais pas.

– T'as intérêt à trouver mieux que ça, dit-elle, ce qui me fait sourire.

Je me lance. Je tente de lui expliquer que j'entends Charley, sa voix et sa respiration, mais autant essayer d'attraper de l'eau à poignées ; ce que je cherche à exprimer m'échappe invariablement pour se muer en autre chose. Alors je commence par raconter la vraie Charley, la souffrance de son absence. Comment elle et moi, on passait toujours l'été

127

ensemble sur la plage, dans les bois, ou à escalader les ruines du château de Tintagel. Qu'elle m'inventait des histoires, et que ça m'énervait qu'elle se donne toujours le premier rôle. Je lui parle de son vieux carnet rempli de poèmes, des pages entières de mots qui, lentement, devenaient des phrases, des vers. J'ajoute que j'ai arrêté de les lire parce qu'il y en a un qui parle de moi, qui m'a fait pleurer.

– C'était quoi ?

– Hein ?

– Le poème, il disait quoi ?

– Je ne me rappelle pas.

Pourtant, en un éclair des mots me reviennent à l'esprit, des mots qui sont dans le carnet, que j'ai entendus, ressentis.

– *Chatouillis. Délicieux. On en mangerait.*

– Hum. Et elle parlait de tout, dans ce carnet ?

Je raconte alors que l'année dernière Charley a commencé à changer, qu'elle n'était presque plus jamais là, qu'elle ne me confiait plus rien. J'avais l'impression qu'elle taisait le secret le plus sensationnel du monde, qu'elle le gardait pour elle seule. Que ça me rendait cinglé, que je lui en voulais à mort de me laisser seul avec papa, maman et Sara. Que je me sens affreusement mal, coupable, comme si je l'avais tuée à force de lui en vouloir. Ce que je ne dis pas, en revanche – j'en serais bien incapable – c'est que mes parents envisagent sérieusement de « mettre fin à ses souffrances ». C'est bien assez qu'une ombre plane au-dessus de sa tête, non ? D'ailleurs, c'est peut-être ça ? Est-il envisageable que Charley pressente ce qu'ils mijotent ?

Sur le moment, rien ne me paraît impossible.

On ne se regarde pas, Jackie et moi. On contemple le soleil de plus en plus étroit. Je lui parle du cimetière, je lui dis que j'ai l'impression que Charley m'appelle au secours, parfois comme une enfant perdue dans le noir, et à d'autres moments plutôt pour m'avertir, ou me forcer à me souvenir. En me posant de temps en temps la main sur le bras, ou en me serrant contre elle, Jackie me fait savoir que je m'en sors plus ou moins bien, jusqu'à ce que je n'aie plus rien à lui confier et que je m'arrête, vide et muet.

– Et tu crois qu'en sautant de la falaise tu vas arranger les choses ? commente-t-elle au bout d'un long moment.

– Quoi ?

– C'est bien ce que tu allais faire, non ?

– Mais non !

– Quoi, alors ?

– Non, tu ne comprends pas. J'entends sa voix. Je sais que ça a l'air dingue. Mais je l'entends qui m'appelle, elle veut que je l'aide, que je me souvienne, que je fasse quelque chose. Je ne sais pas. C'est de la folie. Peut-être que je suis fou.

– Je croyais qu'elle était morte, lâche-t-elle après un nouveau silence.

– C'est tout comme.

– Pas si elle agit comme ça sur toi. De quoi veut-elle que tu te souviennes, à ton avis ?

Je la dévisage. Ses yeux sont plus sombres, maintenant que le soleil décline.

– Est-ce que tu existes vraiment ?

– Pourquoi ?

– Parce que tu ne me prends pas pour un dingue. Comment est-ce possible ? Pourquoi tu ne te barres pas en courant ?

Elle me sourit. Encore un sourire de fille, exaspérant, qui a l'air de dire « pauvre garçon ».

– C'est que tu ne connais pas ma mère.

– Et alors ?

– Et alors, elle a fait chasser les esprits de TOUTE la maison. Elle prétend qu'il y avait un petit garçon qui pleurait dans le tuyau de la cheminée, et qu'il m'a empêchée de dormir pendant des années, sauf que moi je ne m'en souviens pas.

– Comment ça s'est passé ?

– Une femme est venue lui parler, le libérer, quelque chose de ce genre ; et depuis je dors comme un bébé. C'est ce qu'elle prétend en tout cas.

– Et tu y crois ?

– *Elle*, elle y croit.

Je frémis.

– Alors... pourquoi il t'arrive tout ça ? reprend-elle simplement. Et pourquoi tu as voulu sauter de la falaise ?

– Mais c'est faux, je viens de te le dire ! C'est juste que...

– Quoi ?

Alors je recommence à zéro.

– J'entends sa voix et... enfin, je vois des trucs, aussi. Tout à l'heure, c'était comme si elle était dans les arbres – sa voix, et ce qu'elle ressent. Après, j'ai cru qu'elle était dans la mer... mais ce sont des souvenirs, Jackie, juste des souvenirs.

– Bien. Et ?

– C'est tout.

– Sauf que tu étais vert de peur, Hal. Tu as détalé comme un renard devant les chiens.

Elle attend la suite.

Comme papa. Mais contrairement à lui, on sent que c'est par gentillesse, pour me donner le temps de reconstituer le puzzle, de donner un sens à tout ça, d'avoir moins peur.

Lentement, une idée se forme dans mon esprit. Je la teste sur elle. Péniblement.

– Jackie, j'ai aperçu une ombre... sur la plage, qui la regardait. Et je... ne crois pas qu'elle SACHE qui c'était. C'est la sensation que j'ai, alors peut-être... peut-être qu'elle veut que je découvre qui c'est ?

À ce moment, Jackie devient toute pâle et prend un air très inquiet.

– Quoi ? Qu'est-ce qu'il y a ?

Mais elle m'envoie promener. Puis :

– L'ombre de la mort ! déclare-t-elle d'une voix bizarre, une voix de film d'horreur.

C'est nul, je m'en rends compte, mais tout à coup on est pris d'un fou rire irrépressible.

– Arrête, Hal !

– Je ne peux pas !

On glousse jusqu'à ce qu'on n'ait plus de larmes. Au bout d'un moment on se prend dans les bras l'un de l'autre et, silencieux, on regarde vers le large.

Loin au-dessous de nous, sur la plage, les gens ne sont plus que des silhouettes noires dont le vent charrie la voix vacillante, à peine perceptible. Les rayons du soleil ne tracent plus qu'un étroit chemin flamboyant sur les vagues, un chemin de lumière qu'on pourrait suivre pour monter droit vers les nuages, si on en avait le courage.

Jackie s'appuie contre moi et prononce mon prénom. J'aime bien le son qu'il rend dans sa bouche.

– Jackie ?

Ça aussi, j'aime bien.

– Quoi ?

131

– Pour tout à l'heure, quand tu as voulu m'embrasser...

– Tu veux dire maintenant, là ?

Elle s'approche lentement et soudain, les paroles de Charley ne sont plus si incompréhensibles.

– *Chatouillis.*

Comme lorsqu'on attend quelque chose avec impatience.

– *Délicieux. On en mangerait.*

Comme une friandise ; arôme chocolat-sel de mer.

On s'embrasse, et on continue jusqu'à ce que le soleil disparaisse et qu'on se retrouve dissimulés par les vieux chênes dans le crépuscule. On s'embrasse jusqu'à ce que les vieux chênes deviennent noirs et muets dans la clairière. Quand je détache enfin mon regard d'elle, la lumière du jour a disparu ; peut-être le désir est-il lui aussi comme une ombre, qui recouvrirait le monde entier au point de l'escamoter complètement ?

Est-ce ce que Charley tente de me dire ?

Quand on finit par se détacher l'un de l'autre, il fait frais. Dans le bleu sombre du soir tombant, nous n'avons que les feux de camp sur la plage pour nous guider jusqu'au pied de la falaise ; tout au long de la descente, on glisse, on se rattrape l'un à l'autre, on s'embrasse encore.

– Viens sur la plage, me dit-elle.

Je ne veux partager Jackie avec personne, jamais. Je voudrais que ce soit éternellement comme ça, juste elle et moi dans la pénombre, à s'embrasser et discuter à voix basse, tandis que nos mains découvrent ce que nos yeux ne peuvent pas voir.

– D'accord, mais juste un petit moment. Et rien que nous deux, j'acquiesce.

– OK.

On échange des murmures, comme si on risquait de disparaître si on parlait plus fort.

Le sable a gardé la chaleur du soleil ; on s'y creuse chacun son trou et on s'allonge sur ce matelas moelleux.

– Je voudrais rester là jusqu'à ce que les étoiles sortent.

– Pourquoi pas ? répond-elle paresseusement.

Je souris, puis je me rappelle qu'elle ne peut pas me voir.

– À cause des parents ?

– Mais... commence-t-elle.

Puis elle se ravise.

– Mais quoi ?

– Rien.

Elle étreint ma main nichée au creux de ses reins dans le sable tiède, mais trop tard : mon radar a détecté quelque chose.

– Mais quoi ? j'insiste.

Je me redresse en position assise. Soudain je voudrais qu'il fasse jour pour pouvoir lire dans ses yeux.

– Laisse. Pas maintenant.

Sa voix ensommeillée me ramène vers la chaleur du sable, vers le creux où gît la trace de mon propre corps, qui attend tranquillement que je revienne me rouler en boule à côté d'elle.

– Laisser quoi ?

Il faut que je sache. Je suis cerné par les ténèbres et les secrets.

– *Souviens-toi !*

Elle s'assied à son tour et chasse le sable de ses cheveux d'un geste irrité.

– Je te répète de laisser tomber, réplique-t-elle sur le ton de la mise en garde.

Mais je ne l'écoute pas. Je ne peux pas. Il faut que je sache.

– Dis-moi ce qu'il y avait après ce « mais », Jackie. Dis-le-moi, c'est tout.

– OK. Après le « mais » il y avait : et ta sœur Charley, toutes les fois où elle venait les contempler, les étoiles... comment elle faisait, alors ?

– Toutes les fois où... ? Hein ? Comment ? Qu'est-ce que tu sais sur Charley ?

– Elle était avec nous l'année dernière.

– Tu la connaissais ?

Elle bat en retraite.

– Non, non, pas vraiment. Elle traînait dans le coin, c'est tout. Je sais seulement qu'elle passait parfois la nuit dehors avec... J'ai essayé de t'en parler, tout à l'heure... là-haut, sur la falaise... avant que tu pètes les plombs.

– Merci, Jackie. Je ne sais pas comment elle faisait pour passer la nuit dehors, ni où elle allait. Je ne sais pas ce qu'elle faisait mais merci de m'apprendre que tu la connaissais, merci beaucoup, vraiment, je te revaudrai ça.

Et pendant ce temps je ne cesse de réfléchir. Combien de nuits Charley a-t-elle passées ainsi, en nous laissant seuls chez nous ? Je me tourne vers la maison sur la falaise. Ses murs blancs luisent dans le faux jour.

– *Hé hé, ils sont tous là-haut, Sara profondément endormie, papa et maman occupés à je ne sais quoi, et moi je suis là, au-dehors. À l'extérieur.*

Est-ce qu'elle se disait ça ?

Mais pour moi l'excitation ne dure pas longtemps, la différence étant que je sais précisément ce que maman est en train de faire : les cent pas en se demandant où je suis.

D'ailleurs, comme en écho à mes pensées, je vois la porte s'ouvrir et la lumière se répandre sur la terrasse.

– Elle s'inquiète, dis-je.

– Ouais, c'est ça, commente Jackie.

– On se voit demain ? je demande, plein d'espoir.

– Si ta maman te donne la permission de sortir !

Elle file avant que j'aie le temps de réagir, d'encaisser le choc. Ça, c'était vraiment méchant. J'effleure le sable encore chaud dans le creux dessiné par son corps, puis je me lève, je sors de l'ombre, et me dirige vers la lumière.

Charley. L'hôpital. Maintenant.

– *Charley !*

Sa voix se répercute, s'évanouit dans la clarté du soleil, disparaît dans le néant... brusquement il n'est plus là et je ne vois plus que des vagues désertes... je n'entends plus que des mots...

On en mangerait. Chatouillis. Délicieux.

Des mots qui me donnent la chair de poule et me coupent le souffle...

– *Qui est là ? je demande.*

Quelque chose se renverse en moi. Je sens mes lèvres s'entrouvrir et murmurer un nom...

– *Pete !*

Je suis prise dans une vague atlantique qui m'entraîne... m'entraîne... Je ne contrôle plus rien.

L'eau emplit d'un coup mes narines, mes oreilles, ma bouche. Je ne peux plus respirer. Pas un endroit sur terre où je puisse me raccrocher... Je ne sais plus où est le bas, où est le haut...

– *Pete ! Pete !*

Qui est là ?

Un rouleau submerge mon corps. Je plonge en plein milieu de la vague.

Pete.

Un souvenir me prend dans ses bras et m'emporte... sur une vague si grosse, si bleue, que je n'en ai jamais vu de pareille.

Pete...

Charley. Avant.

Je suis dans les vagues...

Dis donc, qu'est-ce qu'il est beau.

Trop beau ! Trop beau ! Trop beau !

Pete.

– Et bien foutu, je marmonne toute seule.

Un chatouillis se répand dans toute ma combi dès qu'*il* est dans les parages.

Un dieu du surf ! J'en ai trouvé un, Jenna ! J'en ai trouvé un !

MAIS C'EST PAS VRAI, c'est à MOI qu'il parle, là, dans les vagues, et il se rapproche.

– Salut Charley. Regarde, essaie comme ça.

Il attrape le cordon, qui semble soudain petit et tout à fait contrôlable.

– Tiens ta planche de côté, dit-il.

Enfin, c'est ce que je crois comprendre, je n'en suis pas très sûre : j'observe ses lèvres remuer en ayant conscience qu'il prononce des mots. Finalement, c'est beaucoup mieux de le regarder que de l'entendre.

Je n'ai pas le temps de trouver quoi répondre ; déjà je sens ses mains sur ma taille ; elles me paraissent très grandes.

Elles en font presque le tour. Quand elles se posent sur ma peau, mon cœur défaille et tombe en chute libre.

C'est... comment dire ? Viscéral ? Explosif ? Volcanique ?

Qui sait ?

Les mots me manquent.

– N'essaie pas de te mettre debout avant que ça en vaille la peine, me dit-il. Attends dans l'eau.

Me mettre debout ? Comment ça, me mettre debout ? Mais c'est à peine si je peux RESPIRER tellement j'ai les genoux qui s'entrechoquent sous l'eau.

– Reste là à essayer de sentir les vagues. Prête ? demande-t-il comme si le monde, pour moi, ne venait pas de s'arrêter de tourner, comme si je ne transmettais pas chaque seconde de ce qui m'arrive à Jen et Sal par SMS mental !

On attend tous les deux dans l'eau.

Qui nous soulève. Retombe. Nous soulève. Retombe.

Le rythme des vagues m'apaise, comme une respiration régulière.

J'aimerais que la bonne vague se hâte d'arriver ; je suis mortellement mal à l'aise. Et en même temps je voudrais qu'elle n'arrive jamais.

– Tu la vois, celle-là ? Attention... attention... un, deux, allez vas-y Charley !

Il me pousse en avant. La planche fonce droit vers le bord et ne s'arrête qu'en raclant le sable, tout près du rivage. Le temps que je me retourne vers lui, il a déjà pris une autre vague ; il zigzague dessus et en chevauche la crête, avant de retomber dans son creux bleu marine. Ses bras pendent le long de ses flancs et lorsqu'il parvient au bord, on dirait qu'il descend de la vague tout naturellement, comme on descend une marche.

137

Rythme. Chant. Harmonie.

Il se pose à moins d'un mètre de moi.

Il lâche sa planche, s'empare de mon cordon et m'entraîne à nouveau dans les vagues : on dirait qu'il repousse de côté l'océan entier rien que pour moi.

– Tu as déjà essayé de le faire à deux sur la même ?

Mon cœur s'arrête. Je le sens littéralement sauter un battement à l'idée que je puisse me coucher sur son dos et me laisser porter avec lui.

– C'est la meilleure façon de saisir le rythme, ajoute-t-il.

Je ne peux retenir un sourire ironique. Pas très cool, je sais, mais je ne peux pas m'en empêcher. « Le faire » ? « À deux » ? « Le rythme » ? Je sais, je ne suis qu'une gamine, au fond, tandis que lui est un dieu du surf, et il a dix-sept ans, mais il n'est quand même pas bête à ce point, si ?

Il m'observe et me rend mon sourire railleur :

– Ça fait longtemps que t'as plus cinq ans ?

– Ouais, depuis le jour où j'en ai eu six.

Je ne suis pas mécontente de ma repartie !

Ça doit lui plaire aussi puisqu'il rit. Incroyable ! Je l'ai fait rire !

Si on était dans un film ce serait le moment du ralenti, l'eau de mer formerait un nuage de gouttelettes irisées autour de sa chevelure dorée et on verrait mes yeux devenir grands comme le ciel pour mieux le dévorer de haut en bas ; mais on n'est pas dans un film, alors il se contente de faire face au large en lançant :

– Dis un chiffre.

– Sept.

Il sourit.

Sublime. Sexy. Sensuel.

J'ai failli devenir croyante, du coup, quand la septième vague est arrivée.

On se tient bien droits dans l'eau, perpendiculaires à la vague – enfin, lui. Moi je flotte à ses côtés, comme en apesanteur dans la houle. Tout ce qui me rattache encore à ce bas monde, à la réalité, c'est le contact de son corps contre mes mains, qui épousent la courbe de son épaule, à la naissance du cou. Il tourne la tête et je sens ses muscles rouler sous mes paumes. Le bout de mes doigts frôle l'arc étiré de sa clavicule. Je pose la joue sur son dos protégé par la combi en me demandant ce que ça doit faire de sentir sa peau nue.

Pas si vite, pas si vite. Savoure chaque seconde.

– Face à la vague, Charley ! C'est parti !

Il se tourne en souriant et je contemple son visage baigné de soleil trop vif, incapable d'en détacher mon regard. Il affronte le large et seule l'ombre de la vague qui assombrit soudain ses traits me décide à passer à l'action.

– On y va ! hurle-t-il.

Aussitôt on est soulevés. Il se dresse sur la planche à la force des bras et je suis le mouvement, collée à lui comme une ombre, en prenant le moins de place possible pour que les vagues se trompent et nous prennent pour une seule et même personne.

Elles nous propulsent vers le bord, hurlants, et les gens s'écartent devant nous. Quand on reste à demi couchés sur la planche, au ras de l'eau, on atteint une vitesse impressionnante. L'écume nous gicle au visage, je m'accroche comme je peux en poussant un interminable cri aigu – de pur ravissement –, en me pressant de toutes mes forces contre Pete ; pourvu que ce soit « la » vague, celle dont tout le monde

139

parle, celle qui restera dans la légende, qui va nous emporter tout droit vers l'éternité dans un perpétuel présent bleu marine où on pourra crier et rire en se raccrochant l'un à l'autre, en une chevauchée sans fin.

Mais il faut bien que ça s'arrête ; la vague vient mourir au bord, la planche s'immobilise en faisant crisser le sable. L'eau est plus tiède et calme ici, mais les rouleaux du rivage continuent à déferler et se retirer en nous entraînant vers le large. On cherche notre souffle sans cesser de rire, en essuyant le sel qui nous pique les yeux.

– Elle était bonne, celle-là !

Il me sort de l'eau, écarte les mèches de cheveux plaquées sur mon visage et m'examine un moment, comme s'il me voyait pour la première fois. Tout à coup la mer n'est plus là ; je ne sens plus ni le cordon à ma cheville, ni le sel dans mes cils. Il a des yeux très, très bleus. Ils ne prennent pas la couleur de ce qui les entoure, eux ; ils sont eux-mêmes, tout simplement, et pour le moment je ne vois rien d'autre.

– Hé, t'as les yeux de la même couleur que la mer.

– C'est juste parce qu'elle est là, je réponds.

Je n'en reviens pas d'être encore capable d'articuler un mot.

– Comment ça ? Tu veux dire qu'ils changent de couleur ?

– Eh oui.

Je bats des paupières, pour qu'il ait droit à l'effet maximal. Mais en même temps je réfléchis : « Où tu te crois, là ? Tu t'es vue, andouille ? » Je n'ai plus pied, je lutte pour me maintenir à flot.

– Cool ! commente-t-il.

On garde le silence un moment, mais on se sent vite mal à l'aise, debout dans l'eau, à se dévisager. Tout à coup, on se voit à travers les yeux des autres gens – *tous* les autres gens au lieu des nôtres.

Charley Ditton, ton bref passage au paradis vient de s'achever.

– Et donc, si tu es près d'un feu, ils deviennent orange ? finit-il par s'enquérir au bout d'une éternité.

– Sais pas.

Ça y est, cette fois j'ai perdu ma langue pour de bon. Je suis un ruminant pitoyable qui dévore des yeux, de l'autre côté de la clôture, la belle herbe grasse qu'il ne réussira jamais à atteindre, et encore moins à brouter.

– Alors viens avec moi au barbec' ce soir, et on verra bien !

C'est moi qu'il invite, là ? Je me retiens de justesse de regarder par-dessus mon épaule. Qui ça, moi ? Je le scrute des pieds à la tête, je cherche le canular, l'appât cachant l'hameçon qui me blessera cruellement si je mords.

– Peut-être, je lâche enfin, sachant très bien que maman dira non, puis que papa dira pourquoi pas ? Sur quoi ils exigeront que je rentre avant dix heures et demie et ce sera vraiment la honte, parce que les autres ont l'air de rentrer quand ils veulent, eux.

– Bon, allez, y a de la vague, là. À ce soir, alors !

Il plonge dans l'eau et retourne là où elles ondulent à peine, où le temps n'existe plus, où il n'y a plus que l'ici et maintenant, et l'attente de la prochaine vague.

Charley. L'hôpital. Maintenant.

Pete.
Pete.

Je murmure son prénom, je le retiens comme une poignée de rubans écarlates, et j'attends.

– Qui est là ?

Mais il n'y a plus rien ; rien que la pendule qui, dans la pièce en dehors de moi, émet son tic-tac sans fin.

Tic, tac, tic, tac.

Je vous en prie, arrêtez-la, elle me rend folle, je vous en supplie.

Mais ils ne m'entendent pas et elle continue de plus belle... tic, tac...

Pourquoi suis-je prisonnière, incapable de bouger ?

Coincée ici en compagnie de la pendule et d'une respiration qui n'en finit pas...

Ça monte, ça descend, ça monte, ça descend.

Ça se soulève, ça retombe. Ça se soulève, ça retombe.

Comme la mer.

Il fait noir.

– Maman !

Je voudrais qu'elle soit là. C'est une sensation soudaine et violente, comme si mon corps tenait en un seul morceau par des points de suture qu'on venait de faire sauter d'un coup de ciseaux, chacun se fendant lentement en deux à mesure que le fil cède.

– Ne m'abandonne pas !

Hal. Maintenant.

Le temps que je revienne de la plage, maman est rentrée ; mais elle a laissé la porte ouverte. Je les entends parler et je distingue leurs ombres noires derrière les rideaux ; ils sont dans la véranda, ils ne savent pas que je suis là, ils n'ont pas entendu mes pas, silencieux dans l'herbe trempée de nuit.

– Écoute, Milly, tout ce que je te demande, c'est d'y penser, c'est tout !

Papa semble très en colère, comme souvent ces temps-ci quand il en a après elle, mais la rage est enfermée à double tour derrière ses paroles, hors de portée, si bien que celles-ci rendent un drôle de son, à la fois dur et doux, avec un côté dangereux.

– Mais j'y pense ! lui crie maman. Je n'arrête pas d'y penser ! Je ne peux pas m'en empêcher !

La voix de papa, brusquement radoucie et sincèrement repentante :

– Je sais bien, Milly, je sais bien. Mais il faut que je comprenne CE QUE TU EN PENSES.

– Je... je ne peux pas le dire...

Le désespoir l'empêche de terminer sa phrase. L'ombre de mon père passe un bras autour de ses épaules agitées de secousses et lui murmure des mots à l'oreille.

J'ai froid et je me sens seul derrière la baie vitrée ; le frisson-coup de poing revient, et tout à coup j'entends la voix de Charley résonner dans le ciel étoilé.

– *Maman !*

C'est comme si on venait de m'arracher le cœur, mais c'est la voix de ma mère qui retentit haut et clair, chargée de sanglots :

– L'idée même de la laisser partir, Jon... Comment veux-tu que... ? Rien que d'y penser...

Alors mon cœur réintègre ma poitrine et envoie le sang battre furieusement dans mes veines, qui palpitent de peur et d'horreur.

– Charley !

Je n'ai pas le temps de retenir mon cri, et sa réponse me parvient tout aussi vite.

– *Ne m'abandonne pas !*

Et soudain je la vois flotter seule et désemparée dans l'espace – l'espace le plus profond, le plus sombre. Elle échappe à la gravité, elle va bientôt disparaître.

– *Charley !*

– Hal ?

Maman se tourne vers la baie vitrée. Je ne sais pas pourquoi, je m'enfuis sans demander mon reste. Je me tapis près du portail ; elle s'assied sur le muret pour m'attendre. Papa vient la rejoindre, une tasse à la main. Sara les appelle. Papa s'en va, mais maman reste. Je ne pourrai jamais rentrer sans qu'ils me voient, ils resteront là jusqu'à ce que je revienne. Alors je me relève, les jambes toutes raides, et je m'efforce de m'étirer en prenant un air dégagé.

Dans la pénombre, ma mère attend que je m'approche, pour être sûre que mon ombre n'est pas celle d'un passant égaré. Je ne dis rien, je ne fais rien pour l'aider. Je ne peux pas.

– Hal ? s'inquiète-t-elle.

– Ouais, c'est moi.

– Je te cherchais.

Elle s'excuse, elle ne peut pas s'en empêcher. Moi non plus.

– Je sais.

– On se demandait où tu étais p...

– Tout va bien, m'man.

– Je voulais te parler...

– Ça va, je te dis.

– Tu as mangé ?

– Pas faim.

– La journée a été longue, Hal, et il y a certaines choses dont nous devons discu...

– 'soir, m'man.

– Hal !

– À demain.

– HAL !

– QUOI ?

– Tu es sûr que ça va ?

Je m'immobilise brusquement dans l'escalier, alors que je suis si près de ma chambre, de la sécurité qu'elle représente... J'envisage une seconde de monter en courant, mais c'est impossible.

– Mais oui, ça va, m'man, t'en fais pas. Aujourd'hui j'ai rencontré une...

– On a appelé l'hôpital aujourd'hui, juste pour voir...

– Ouais, ouais. Et donc, j'ai rencontré...

– Et on a pris rendez-vous avec un conseiller. Une infirmière a cru détecter un changement, mais les médecins ne sont pas convaincus et...

Ses yeux brillent de larmes retenues et malgré moi, des mots sortent de ma bouche – sans demander la permission, comme ça ; trop tard pour les ravaler.

– Alors si je comprends bien, il ne s'est rien passé, c'est ça ? En fait, tu n'as absolument rien à me raconter, hein ? Aucun changement côté Charley. Mais en es-tu bien sûre ? Tu n'aurais pas par hasard une petite idée en tête que tu aurais oublié de mentionner ?

Je ne sais pas d'où cela me vient. La vérité, c'est que je suis en colère, fou de rage qu'elle me demande si je vais bien uniquement pour ne rien trouver à me dire sur Charley.

145

Papa surgit de nulle part, m'attrape par la nuque et me force à redescendre. Je n'ai pas le temps de lever les poings pour tenter de me dégager.

– Petit salopiaud pourri-gâté ! grince-t-il entre ses dents serrées, pour ne pas réveiller Sara.

– C'est de moi que tu parles, là ?

Pour toute réponse, il me secoue comme un prunier.

– Jon ! Lâche-le IMMÉDIATEMENT ! lance maman de sa voix la plus venimeuse.

Il s'exécute – mais comme si j'étais une saleté détachée de sa semelle.

– Va te coucher, Hal. Tu as eu une dure journée.

Maman me parle doucement mais on sent bien que sa voix se brise, comme si elle ne tenait plus que par la volonté et la pression de l'air, et je me traite moi-même de nullité parce que je ne suis pas capable de m'excuser comme je devrais. Ma mère s'efforce de renoncer au vœu – à l'espoir – que Charley guérisse.

À mon réveil, la chambre est toute grise ; il tombe une pluie fine qui forme une brume – grise aussi – recouvrant la mer et la falaise. Je laisse échapper un gémissement. J'ai vraiment dit à ma petite amie (Hé ! Ça me plaît bien, ça, comme expression !) que j'avais des visions, vraiment planté un poignard en plein cœur de ma mère, déjà accablée de chagrin ?

J'enfouis ma tête sous l'oreiller.

– Hal ! Y pleut ! glapit Sara dans la chambre voisine.

La voilà qui franchit la porte comme un boulet de canon et vient faire des bonds en tous sens sur mon lit – et sur moi par la même occasion. Ça me fait du bien de me faire rouer de coups. Je le mérite.

– Hal ! Hal ! Flétan est dans son seau sous la pluie ! Il va mourir !

– Je te rappelle que Flétan est un poisson, Sar'.

– Ça aime la pluie, les poissons ?

– Les poissons affectionnent toutes les formes d'eau.

– Tu veux dire qu'y z'aiment ça ?

– Voilà, c'est ça.

– Papa dit que tu t'es trouvé une nouvelle copine.

Elle a une façon de passer du coq à l'âne parfois, ça fait peur.

– Ah bon ?

– Oui, même qu'elle s'appelle Jackie.

– Eh oui, c'est vrai.

– Hal ?

– Quoi ?

– Et si le seau débordait et que Flétan passait PAR-DESSUS BORD ??

Je n'y vais pas par quatre chemins.

– Alors là, il mourrait, c'est sûr.

– Ah...

Elle réfléchit une demi-seconde, puis passe à autre chose.

– Jackie, c'est ta petite amie ? Pingu le Pingouin il en a une aussi, mais il est pas gentil parce qu'il mange les poissons.

– Ah bon ?

J'en ai les idées qui se brouillent, moi, à force – comme si la brume grise envahissait également ma tête et m'empêchait d'y voir clair.

– Tu en mangeras maintenant, toi, des poissons qui nagent ?

– Hein ?

147

Elle est drôlement difficile à suivre.

– Maintenant que tu as une petite amie, comme Pingu !

– Ah non ! Jamais de la vie ! Je n'en mangerai que s'ils sont morts et cuits !

– Et les poissons, est-ce que ça mange les gens, Hal ?

– Ouais, mais seulement les gros, comme les requins.

– Ah.

Elle médite un instant.

– Dans notre mer à nous ?

– Non, Sar'. Dans la nôtre on ne risque rien.

Elle secoue la tête avec lenteur, l'air sérieux, comme si elle avait longuement mûri son idée, comme si elle *savait*.

– C'est pas vrai, Hal.

– Mais si. Dans notre mer à nous, je te promets qu'il n'y a pas de poissons qui mangent les gens.

– Mais y a des trucs qui ressemblent à des fleurs et ça, ça nous mange !

Elle m'observe en hochant vigoureusement la tête et l'idée d'une armée de géraniums carnivores nous guettant sous la surface me fait rire comme un fou. Soudain, la journée s'annonce meilleure.

– Tu es la personne la plus rigolote de la planète.

Malheureusement, ça ne la fait pas rire comme je m'y attendais. À son regard, on dirait qu'à mon tour, je viens de la décevoir. Elle quitte ma chambre avec raideur, le nez en l'air, en annonçant :

– Je vais sauver Flétan.

Le ton est nettement accusateur, comme si c'était moi qui mettais en danger la survie de son poisson.

Je donne un coup de poing dans mon oreiller.

– Et moi, je vais manger des vers dans le jardin.

C'est ce qu'on déclare toujours dans la famille quand on en a assez de tout et qu'on ne se supporte plus soi-même. Et c'est ce que je répète encore quand je me résous à faire face aux miens, une fois descendu à la cuisine.

– Je vais manger des vers dans le jardin.

– Bonne idée, réplique papa, sans me regarder parce qu'il m'en veut encore beaucoup.

Je le comprends. Moi-même je m'en veux pas mal.

– Je peux venir ? demande Sara.

– Non. C'est un truc qu'on doit faire seul.

– S'il te plaît... insiste-t-elle avec de grands yeux implorants.

Je me tourne vers maman.

– En effet, c'est une activité solitaire, dit-elle.

Elle sourit, mais il n'y a plus la moindre étincelle de vie en elle, ce matin. Bien moins que d'habitude en tout cas. Son sourire n'atteint que ses lèvres. Ses yeux ne s'animent qu'en se posant sur Sara ; dans ces moments-là... ils s'emplissent de quelque chose que je peux voir, mais voir seulement – pas imaginer. Ce matin mon père et ma mère ne sont pas ensemble ; ils se situent même à des kilomètres l'un de l'autre. Maman semble grise et triste, papa seul et furieux. C'est le genre de situation qui ne m'échappe jamais.

– Allez viens, Sar'. C'est pas un endroit pour les mangeurs de vers, ici.

– Et Flétan ?

– Ni pour Flétan : les vers ça MANGE les poissons, je conclus avec fermeté.

Pas question que je me balade à travers la Cornouailles en traînant un seau d'eau.

149

– Sara, mets tes bottes ! Tu ne sors pas en sandales ! crie maman dans le dos de la petite. Et au fait, merci, Hal !

– De rien, m'man.

Elle me prend par la main et la serre.

– On t'aime, tu sais. Tu le sais, hein ?

– Mais ouais ! je réponds en essayant d'en rire. Écoute, je regrette, pour... enfin... Je ne voulais pas...

– C'était hier, Hal. C'est du passé maintenant.

Elle soupire comme si la fin de la semaine – donc sa prochaine visite à Charley – n'arrivait que dans une éternité ; comme si elle se demandait par quel miracle elle allait tenir ne serait-ce que jusqu'au déjeuner.

– Elle te manque, hein ?

Ce n'est pas vraiment une question, et, pour seule réponse, je n'obtiens qu'un bref hochement de tête. C'est tout ce que ça mérite.

– Je vais peut-être y retourner plus tôt que prévu. Il y a des éléments dont je dois discuter avec les médecins.

J'acquiesce à mon tour, incapable de prononcer un mot. Car je sais très bien de quoi ils vont discuter.

– Elle nous manque à TOUS, intervient papa.

Je m'efforce de refouler la colère – la rage, plutôt – que je sens monter face à cette réplique archinulle, typique de mon père. « Évidemment qu'elle nous manque à tous ! » j'ai envie de crier. « Mais c'est maman qui en souffre le plus et le plus souvent, et NON, ce n'est PAS pareil pour chacun d'entre nous, quoi que tu aies envie de croire. On ne peut PAS partager ce qu'elle vit. » Je me contente d'approuver en silence avant d'aller aider Sara. À moins que ce ne soit le contraire.

La petite traverse la route en serrant bien fort ma main, courbée en deux à cause de la pluie ; on passe devant la cafèt', déserte et sinistre par ce temps. Brooke et sa mère nous font signe derrière la vitrine en levant leur tasse de chocolat, mais Sar' m'entraîne et je me laisse faire. Qu'est-ce que les parents sont en train de se dire ? Y a-t-il moyen de les faire changer d'avis ? Si on était plus heureux, Sar' et moi, peut-être qu'ils se poseraient moins de questions sur Charley ?

– Elle ne veut pas mourir tout de suite, je marmonne tout bas, malgré moi.

– On va pas à la rivière, hein ? demande la petite en levant sur moi un regard chargé de spéculations derrière ses cils.

– C'est toi qui prends les décisions ici. Qu'est-ce qu'il dit, ton ventre, aujourd'hui ? Il est content qu'on aille par là ?

– Oui oui.

Pourtant, elle n'a pas l'air très sûre d'elle. comme si ce n'était pas vraiment elle qui choisissait.

– C'est de toi qu'elles viennent, les impressions ? j'insiste.

– De l'intérieur de moi, explique-t-elle lentement.

Je me dirige vers un sentier secondaire qui s'écarte du pont, de la rivière, pour s'enfoncer dans le bois ; mais elle me tire de toutes ses forces par la main.

– Non, Hal ! Par là !

Une fois de plus on va exactement où elle veut, et je ne suis pas sûr que ce soit une bonne idée. D'ailleurs, pour l'heure, je préférerais être n'importe où sauf dans un endroit qui me rappelle Charley, mais j'ignore pourquoi, c'est quand même vers le bois qu'on se dirige.

– Charley, elle aime bien la forêt, je crois, déclare Sara comme si elle *savait*, là encore.

151

– Oui, elle l'aimait bien, c'est vrai.

Je reporte mon regard sur la mer ; on dirait une couverture grise aux reflets d'acier qui s'avance, sournoise, inlassable, à travers la pluie. Elle a quelque chose d'implacable aujourd'hui ; d'implacable et de hideux ; elle me fait penser à une armée fermement décidée à débarquer.

– Tu sais, je suis pas une grande fille, affirme Sara sans préambule.

Ces mots me submergent de désespoir impuissant ; je sens que jamais je ne comprendrai vraiment ce qu'elle tente d'exprimer.

Je ne pourrai jamais « être », tout simplement, avec elle, comme je pouvais « être » avec Charley.

– Non, c'est vrai, tu n'es pas très grande, mais tu peux quand même aller jusqu'à la rivière.

Celle-ci coule tout au fond du vallon, cachée dans les bois. Après le pont, une fois qu'on est sur le sentier, les arbres forment une voûte verte. Les gouttes de pluie tombent des feuilles et atterrissent dans la boue. C'est toujours calme et désert, dans la forêt. Les gens viennent à Brackinton pour la plage ; le bois est un endroit oublié.

– Splotch, splotch, marmonne Sara à mesure qu'on avance en pataugeant dans la gadoue.

– Hum...

Je ne l'écoute pas vraiment. Je me rappelle quand je venais ici avec Charley.

– On part à la chasse à l'ours, chantonne Sara. On va en attraper un très gros, il fait beau aujourd'hui, et on n'a pas peur du tout.

Elle avance pendue à ma main, en regardant autour d'elle, les yeux écarquillés.

Je me souviens avoir suivi ce sentier avec Charley un jour où il pleuvait aussi. D'ailleurs, c'était toujours ici qu'on venait quand le temps était maussade. Ça fait tout drôle de se balader ici sans elle. Son absence paraît irréelle. Soudain, un coup de vent surprend les feuillages et on entend un bruit d'eau qui tombe ; derrière lui j'en distingue un autre, qui se cache à l'intérieur du vent et m'appelle par sa voix à elle :

– *Dépêche-toi, Hal !*

Puis le vent retombe, mais en laissant derrière lui un silence, un espace empli de souvenirs. Malgré moi le temps se brouille, le monde dérape et soudain je ne suis plus là avec Sara, mais avec Charley, et c'est la première fois qu'on explore ce bois...

Charley/Hal. Avant.

J'ai onze ans.

Charley et moi marchons sous les arbres dégouttant de pluie, très impressionnés par le silence qui règne et par la sensation que tout, absolument tout ce qui nous entoure est plus grand et plus vieux que nous. Enfin, c'est ce que je ressens, moi.

– Tant qu'on suit la rivière, on ne peut pas se perdre, dis-je à un moment, confiant.

– Tu crois ça !

Elle rit et dans ses yeux danse une lueur malicieuse ; on dirait de la mousse vert foncé cherchant à retenir un rayon de lumière mouchetée. Elle lève brusquement les bras, tel un chef d'orchestre doté de pouvoirs cosmiques, et lance un cri dans le silence :

– Ce bois a TOUT POUVOIR sur la rivière ! Il peut plier l'eau à sa volonté ! Nous ramener à la maison...

Elle se coule à mes côtés et, l'haleine encore sucrée de sorbet au citron, me glisse à l'oreille :

–... ou bien nous entraîner au cœur de la forêt, là où plus rien n'existe que le temps et le silence.

– Mais oui, bien sûr...

Pour être honnête, il arrive qu'elle me flanque la trouille pour de bon. Là, je lui fais le coup du mépris. Je ramasse des cailloux et je fais des ricochets. Ils rebondissent sur la surface, les rochers, et atterrissent sur la rive opposée.

– Sept ! T'as vu ça ! Je suis sûr que tu ne fais pas mieux !

Je me retourne, mais elle n'est plus là. Sans elle, le silence de la forêt s'accentue, prend des allures menaçantes.

Je poursuis ma route, en la cherchant de temps en temps du regard. Ça va barder pour elle quand elle va se pointer. Mais pas un buisson ne bouge ; on n'entend que les gouttes de pluie qui tombent des arbres ainsi que le murmure de la rivière, assourdi par ses rives moussues et la mortelle immobilité de l'air. Ne la voyant toujours pas revenir, je sens la panique naître dans mon ventre et appuyer sur ma cage thoracique comme pour me pousser à l'appeler. Seule l'idée de son rire méprisant me retient.

– Hal !

Sa voix vient de partout à la fois. En me retournant, je trébuche, les pierres cèdent sous mes pieds et je tombe à l'eau. Charley surgit sous les arbres, de l'autre côté de la rivière. Elle pointe le doigt derrière elle.

– Regarde ! Tu vois ? lance-t-elle.

– Arrête, Charley !

Mais elle me saisit par le bras pour m'attirer à elle.

– Tu vois là-haut ? Dans l'arbre, ce truc rouge ?

Elle a raison. J'entrevois je ne sais quoi, une couleur impro-bable.

– Ça doit être une vieille chaussette.

Elle pose sur moi de grands yeux tout excités.

– Si on allait voir ?

« Si on n'allait PAS voir », ai-je envie de répondre. « Si on rentrait plutôt à la maison boire une bonne tasse de thé ? » Mais déjà elle se fraie un passage dans les sous-bois, et comme je ne veux pas me retrouver seul, je lui emboîte le pas.

Les ronces et les broussailles s'éclaircissent et on débouche dans une clairière.

– On y est, commente Charley.

Au fond s'élève un arbre à l'écorce d'un blanc invraisem-blable et au feuillage mordoré. Il est couvert de fleurs rouges qui grimpent sur le tronc et les branches ; l'une d'entre elles s'est hissée jusqu'à la cime avant de s'élancer dans les airs comme par magie.

Charley lève la tête. Je l'imite. Comment cette fleur a-t-elle pu arriver là-haut ? La tige est invisible ; on dirait qu'elle est en suspens dans les airs.

– Comment faire pour l'attraper, Hal ?

Je secoue la tête.

– Impossible.

Je la vois qui observe intensément la fleur. Quelque chose passe dans ses yeux – un sentiment que je ne saurais nommer mais qui aujourd'hui me hante. Celui qu'elle éprouvait en contemplant ce paquet de pétales serré, rouge sombre, qui planait au-dessus de nous.

155

C'est très beau ici, mais c'est un peu effrayant après tout ce que Charley a raconté sur les forêts, les rivières et le reste. On dirait le cœur d'un lieu très ancien, oublié, et qui attend... Qui attend peut-être deux enfants imprudents arrivés là par hasard. Charley se détourne enfin pour regarder autour de nous.

– Tu sais quoi ? Je crois que c'est un ancien jardin. Et qu'autrefois, il y avait des gens qui vivaient ici.

– Dans ce cas, où est la maison ?

– Voyons voir...

L'habitation émerge peu à peu des bois. On s'attendait à ce qu'elle soit toute neuve ou au contraire en ruines, mais non. On dirait que la forêt a poussé jusque dans ses murs, comme pour la cacher, la protéger. Ce n'est qu'une maisonnette avec un petit portail en bois décoré de lierre qu'on escalade, trop excités pour parler. La vieille porte d'entrée semble fermée à clef mais les fenêtres ne sont que des trous noirs et vides. On entre en se tenant par la main, de plus en plus fort. Ensemble. Et si quelqu'un surgissait de nulle part en criant ? Pire, si une CHOSE épouvantable faisait brusquement son apparition ?

Mais il ne se produit rien de tout cela. La maison reste là, muette, à nous laisser approcher.

À l'intérieur il fait sombre, on n'y voit rien.

– Fais-moi la courte échelle.

– Tu n'y vas pas sans moi ! je proteste.

– OK, mais moi d'abord.

Je joins les mains en prenant appui contre le mur. Les bottes en caoutchouc de Charley sont toutes mouillées et pleines de terre granuleuse contre mes paumes. Elle s'introduit par l'encadrement de la fenêtre sans vitres et se laisse glisser jusqu'au sol. Le souffle me manque ; c'est comme si elle venait de tomber dans un trou noir. Je m'affole à l'idée qu'elle puisse ne jamais revenir, m'abandonner au pied du mur, condamné à l'attendre éternellement.

– Alors, tu vois quelque chose ?

– Pas encore, idiot !

Il ne reste d'elle que sa voix, qui rend un son caverneux en remontant par le trou sombre de la fenêtre.

– C'est dingue, il y a encore les meubles et tout !

Elle revient m'aider à passer à mon tour par l'encadrement.

On dirait que les occupants sont juste partis faire un tour, un matin, mais ne sont jamais revenus. Un journal est posé à côté de la cheminée et on voit encore un creux dans le fauteuil, comme si un fantôme y était assis à nous contempler.

– Viens, on s'en va, dis-je.

Mais Charley m'entraîne par le bras vers la porte de la cuisine. Une grande cheminée, des plats en étain couverts de poussière sèche. On se promène en touchant un peu à tout, et à force d'observer on parvient à la même conclusion, tous les deux. Dans l'escalier, nos pas se font hésitants.

– Tu crois qu'il y a un mort là-haut ?

Elle acquiesce, les yeux brillants.

– Possible ! répond-elle en riant. Réduit en poussière, en tas d'os couvert de toiles d'araignée !

– On va chercher papa ?

– Non, fait-elle en secouant la tête. Si papa était au courant, ça ne serait plus pareil.

Elle a raison, mais j'aimerais quand même qu'il soit là parce qu'en cas de danger il se battrait, après quoi je pourrais filer. Quant à Charley, elle court plus vite que moi.

157

– Prêt ?

Je fais signe que oui. Les marches en bois craquent et grincent, des moutons de poussière grise s'envolent sous nos pieds. Je ferme les yeux et m'accroche à la main de Charley.

– Quelle porte ?

Le son de sa voix me fait sursauter et on glousse tous les deux. Je rouvre les yeux. En face de moi, un mur et deux portes, l'une à gauche, l'autre à droite. Je désigne celle qui se trouve du côté de Charley ; comme ça, c'est elle qui entrera la première. Elle ouvre.

La pièce est presque vide. Un grand lit en métal, un matelas bosselé où les souris ont élu domicile. Il y a encore un verre sur la table, avec un anneau verdâtre là où son contenu a séché, et de la poussière et des insectes morts.

– Dingue ! chuchote Charley.

La poussière qu'on soulève la fait éternuer. Le bruit est tel qu'on se remet à pouffer.

– Allez, on y va !

Elle a beau tousser et éternuer entre deux gloussements, quand on ressort de la chambre, elle ne reprend pas l'escalier pour autant. Elle ouvre d'un coup l'autre porte... et pousse un grand cri. Elle s'assied par terre et continue à hurler. Comme elle me barre le passage, je me mets à brailler aussi.

– Quoi ? Qu'est-ce qu'il y a ?

– Là ! Là-dedans !

Je ne l'entends pas clairement, mais comme rien ne sort de la pièce et qu'elle me barre aussi le chemin de l'escalier, je décide d'entrer. Ce qui la fait aussitôt taire. Il n'y a rien qu'un berceau près de la fenêtre. Sans réfléchir, je m'approche. Puis je m'écrie :

– Arrête, Charley ! C'est une poupée !

Pourtant, tout en la saisissant, je ne peux m'empêcher d'avoir peur – peur de voir, en la retournant, des yeux qui clignent, une bouche qui forme des mots. Je la lance à Charley.

– Elle a failli me faire mourir de peur, cette idiote de poupée ! hurle-t-elle.

On est tellement soulagés qu'on se met à faire les fous dans toute la maison. On ouvre les placards, on déchire les vieux vêtements. On a la figure et les mains noircies par la poussière et la suie déposées là par les années, et on ne s'arrête qu'au moment où Charley consulte sa montre.

– Zut ! On est en retard pour déjeuner !

Sans rien remettre en place, on détale à travers bois en sautant par-dessus la rivière et en s'éclaboussant mutuellement pour se débarrasser de la poussière.

– Eh bien, on dirait que vous vous êtes bien amusés, tous les deux, constate maman à notre retour.

– On a construit des barrages !

On a répondu d'une seule et même voix, ce qui nous fait échanger un sourire.

– Excuse-nous, maman.

– Allez mettre vos vêtements dans le panier à linge sale. Il y a des sandwiches à la cuisine. Vous êtes vraiment impossibles !

Elle grommelle, mais en ce temps-là elle était heureuse – on ne se rendait pas compte à quel point. Heureuse qu'on se soit amusés, qu'on s'entende si bien tous les deux.

Hal. Maintenant.

Je m'assieds sur une grosse branche tombée en cherchant à maîtriser mon souffle. Je ne veux pas me rappeler le temps où on formait une vraie famille ! La douleur est déchirante, comme un coup de couteau qui frappe en silence, rapidement, en laissant espérer une absence de sensation – mais qui, en fait, blesse encore plus au moment où les souvenirs montent, montent, et finissent par déborder.

– *Je voudrais tellement, tellement, tellement que tu sois là... Oh, Charley, Charley, Charley...*

Quel est donc le pouvoir des noms ? Comment expliquer qu'en entendant sans cesse un nom dans sa tête, on ait presque l'impression de serrer la personne dans ses bras ?

– Hal, regarde !

Sara tire par à-coups sur ma main en pointant l'index vers le ciel, la tête renversée en arrière. Mais je n'ai pas besoin de suivre son regard. Je vois déjà la courbe exacte que décrit la rivière et les vestiges immuables de nos barrages ; déjà j'ai repéré le sentier inégal qui s'enfonce dans le sous-bois.

– C'est une fleur, j'explique. Une fleur dans un arbre.

Je lève enfin les yeux et je la repère, toujours accrochée à une hauteur impossible, à la cime d'un arbre improbable.

Je revois encore la lueur qui s'est allumée dans les prunelles de Charley.

– *Comment aller la cueillir, Hal ?*

Sa voix et son regard me hantent.

– *Impossible*, lui dis-je, cette fois. *On ne peut pas arriver jusqu'à elle, Charley, et c'est justement pour ça qu'elle est si belle !*

Rétrospectivement, je comprends mieux ce que j'ai aperçu ce jour-là dans ses yeux, tandis qu'elle contemplait fixement la fleur immobile et silencieuse par ce jour sans vent. Du désir ; le désir de ce qu'on ne pourra jamais posséder. Et c'est ce que je ressens, moi, aujourd'hui.

– *Je voudrais tellement, tellement, tellement que tu sois là...*

– Elle me plaît pas du tout, cette fleur, déclare Sara avant de se blottir étroitement contre mes jambes.

– Elle est triste, elle se sent seule.

Mais en fait c'est moi qui me sens seul, malgré la présence de Sara. Je sais que désormais, je ne serai plus jamais celui qui s'attarde en arrière, mais au contraire, celui qui s'occupe des autres ; c'est étrange, mais soudain ça me manque. Tout ce qui n'est plus me manque. Je voudrais traverser encore la rivière sur les talons de Charley, pénétrer après elle dans la maison abandonnée. L'écouter raconter ses histoires, échafauder ses projets. Je voudrais qu'elle me donne à nouveau des frayeurs terribles. Il y a des choses que je ne ferai jamais plus, maintenant ; tout bêtement parce qu'elle n'est plus là pour m'y obliger.

Je me relève et j'aide Sara à traverser le cours d'eau en direction de la maisonnette.

Qu'est-ce que je fabrique ? Pourquoi j'y retourne ? C'est bizarre, mais je ne peux pas m'en empêcher. Je me sens attiré vers l'autre rive comme Charley par la maison et la fleur ce jour-là – comme si un long, long fil invisible tentait en douceur de m'y entraîner.

– Oh, t'as vu ? Une maison ! s'exclame Sara. C'est une maison magique, dis ? Est-ce qu'il y a une sorcière dedans ?

Sans savoir pourquoi, je suis brusquement en colère contre elle parce qu'elle se montre intrépide, enthousiaste et curieuse... comme Charley.

Charley. L'hôpital. Maintenant.

Tout est noir...

– *Je voudrais tellement, tellement, tellement que tu sois là...*

Sa voix me réveille, elle parle tout bas du fait de souffrir seul, perdu dans le noir... il observe intensément quelque chose... ses yeux sont pleins de... je ne sais pas quoi... une fleur !

Je la vois.

Mon bras se lève lentement, ma main quitte le lieu où je suis confinée et mourante pour se tendre, s'étendre plutôt, vers la fleur rouge sombre. Elle est là-bas, hors de portée, à une hauteur impossible.

Il me la faut.

Ma main cherche à l'attraper, s'en approche... de plus en plus... jusqu'à ce que seul un murmure l'en sépare. Un désir brûlant s'empare de tout mon corps, me possède peu à peu. Chacune des cellules qui forment mes doigts, mais aussi mes orteils, s'étire vers la fleur, avide, se distend au maximum... Bientôt la fleur est presque − presque − à ma portée, pleine de vie dans sa robe rubis... le bout de mes doigts s'apprête à effleurer ses pétales... j'y suis presque...

Une douleur soudaine, un coup en plein plexus solaire ; il parle et sa voix surgit de nulle part − d'un passé mort, d'une époque révolue, perdue, d'un effort pour se souvenir.

− Je voudrais tellement, tellement, tellement que tu sois là...

− Hal !

− Charley ! Charley ! Charley !

Il m'appelle par mon nom pour lui redonner vie.

La fleur a disparu, ne reste que le désir. Je tombe, je m'éloigne du souvenir des arbres, des feuillages, de la forêt, il ne reste bientôt plus que le désir d'être vivante... d'être là où il est, lui...

− Où es-tu, Hal ?

Hal. Maintenant.

Je suis devant la maisonnette avec Sar'.

– Elle me plaît pas, répète-t-elle. Cette fleur rouge, là. Je l'aime pas. Elle a sauté, pour monter là-haut ?

– On n'a qu'à s'en aller, si tu veux.

Mon cœur bat à grands coups.

– Non, on rentre dans la maison.

– *Regarde-moi, Charley.*

Charley. L'hôpital. Maintenant.

– *Regarde-moi, Charley.*

Sa voix emplit l'obscurité... Je n'y vois rien... Je hume l'odeur du feu et du danger.

Où sont-ils ? Je n'en sais rien, je n'en sais rien, je ne connais plus que la peur.

Une peur que je sens jusque dans mes doigts.

– *Hal ! Non ! Ne restez pas là !*

L'impression de frayeur émane de l'endroit où ils se trouvent.

– *Où êtes-vous, Hal, Sara ?*

L'obscurité se referme sur moi, m'étouffe, je ne peux plus bouger, je suis impuissante, immobile...

Bientôt je ne suis plus capable que de me raccrocher, dans le noir, à son prénom, comme on se raccroche au son d'un cœur qui bat, imperturbablement...

Hal. Maintenant.

La maison ne me fait pas le même effet. Je m'en rends compte tout de suite.

Il y a cette odeur... On a fait du feu ici. La cheminée de la cuisine est pleine de journaux et de petit bois. Il y a des bières sur la table. On a utilisé cette maison. On y a séjourné.

– Il vaut mieux qu'on s'en aille, dis-je à Sara parce que brusquement, l'anxiété vibre en moi.

Mais tout cela a éveillé la curiosité de la petite, qui furète ici et là, intriguée.

– Qui habite ici ?

– Charley et moi on y venait, autrefois.

Ses traits s'affaissent, une fois de plus, et elle scrute les environs comme si elle craignait que notre sœur ne fasse subitement son apparition.

– Viens, on s'en va, dis-je en lui prenant la main.

Mais elle se dégage.

– Tu as mal au cœur, hein ?

– Excuse-moi, Sar', c'est juste que... (Comment lui expliquer ce besoin absolu de fuir ?) ... j'ai une mauvaise impression dans mon ventre.

Mais déjà elle se penche vers les cendres du foyer pour y tracer des formes du bout du doigt. Comme je m'agenouille près d'elle, quelque chose de brillant attire mon attention. Je ramasse machinalement l'objet qui, à première vue, ressemble à une boucle d'oreille. Je le frotte contre le tissu de mon sweat-shirt à capuche et là, j'ai un coup au cœur. C'est bien une boucle d'oreille, mais pas n'importe laquelle. Celle de Charley. Pas d'erreur. Je reconnais la perle de verre rouge, avec à l'intérieur une volute vert et or. L'autre, je la porte moi-même à l'oreille. C'est tout ce qui me reste d'elle et je ne m'en sépare jamais. Elle aussi gardait tout le temps la sienne et je me suis toujours demandé où elle était passée. J'ai même fouillé dans le bois flotté rejeté sur la plage dans l'espoir que la mer me la rendrait un jour. Et voilà, je l'ai retrouvée.

Qu'est-ce qu'elle fait là ?

Je l'examine, posée au creux de ma paume ; j'enlève la mienne, juste histoire de vérifier, mais je ne me suis pas trompé, ce sont les mêmes. Elles forment une paire.

Comment a-t-elle pu arriver jusqu'ici ?

Je me mets à inspecter la maison. Pourquoi Charley serait-elle venue ici seule ? Et soudain la révélation me frappe de plein fouet : elle n'était *pas* seule.

Et si ça se trouve, l'autre personne est toujours là. Il y a d'ailleurs un sac de couchage devant la cheminée.

On me tire par le bras.

– Ça veut dire quoi, « Peuh » ? demande Sara.

– Hein ?

– C'est qui, « Peuh » ?

– Qu'est-ce que tu racontes, Sar' ?

– Regarde là-haut !

Elle désigne le manteau de la cheminée, lambrissé de chêne, au-dessus de ma tête.

Tout d'abord, je n'en crois pas mes yeux. Et pourtant, il y a un nom gravé dans le bois ancien.

Charley.

Et Sara a raison : il y en a un autre à côté.

Pete.

Charley + Pete.

Les deux sont entrelacés, gravés en profondeur, comme si on avait voulu que le monde entier soit au courant : ils sont venus là ensemble.

Et il y a aussi une date.

28/08/06.

165

Nouveau coup au cœur. Je sais très exactement à quel jour elle correspond : la veille de celui où je l'ai trouvée sur la plage. La maison tout entière est emplie d'une vibration de plus en plus sonore, comme si les souvenirs étaient sur le point de nous rattraper et de nous emporter avec eux.

Elle est venue avec quelqu'un d'autre que moi dans notre maison au fond des bois.

La preuve est là, dans le chêne entaillé, et cette preuve s'appelle Pete. Qui es-tu, Pete ? Qu'est-ce que tu as à voir avec ma sœur ? Est-ce toi, l'ombre qui observe sans intervenir ?

Alors elle m'appelle...

– *Hal ! Non ! Va-t'en de là, vite !*

Une sensation de pluie glacée, empreinte de peur et de ténèbres.

– Pete, j'articule à voix haute.

– « Peuh » comme Pete ?

– Et t'es où, salaud, à l'heure des visites à l'hosto, hein ? je hurle.

– Hal ! Faut pas dire des gros mots, proteste Sara, dont j'avais oublié l'existence.

– *Va-t'en... Hal... Va-t'en vite...*

– Viens, Sar', on s'en va.

– C'est encore ton ventre ?

– Ouais, il me fait une *très* mauvaise impression.

Je la soulève de terre et la fais repasser par la fenêtre. Dès que j'atterris à mon tour de l'autre côté, elle m'attrape par la main.

– Dépêche-toi, Hal ! La fleur est toujours là-haut.

– Écoute Sar', c'est juste une FLEUR dans un ARBRE, rien de plus, OK ?

Ma tête résonne d'un bourdonnement de terreur dont j'ignore la nature et l'origine ; je n'arrive pas à admettre que la maison soit différente de mon souvenir et j'ai peur de tomber sur « Pete », si c'est bien lui qui habite là, vu que les restes du feu dans la cheminée sont récents. Alors s'il y a une chose dont je me CONTREFICHE, c'est bien de cette saloperie de fleur en haut de son arbre.

– N'y touche pas, Charley, s'écrie soudain Sara, rompant le silence de mort.

La fleur est hors de notre portée, et l'espace d'un moment étrange, un moment fou, j'ai envie de l'attraper, de l'arracher, de détacher tous ses pétales et de les jeter dans le torrent, de la piétiner et de la réduire en bouillie insignifiante.

– C'est juste une fleur, Sar', dis-je en l'entraînant.

– Ben elle me plaît pas, elle me fait une drôle d'impression dans mon ventre.

Assis sur la terrasse, je regarde l'ombre des nuages filer sur le flanc de la falaise, plongé dans mes réflexions. Est-ce que le barbecue aura lieu ? Est-ce que Jackie y sera ? Je ne sais pas quoi me mettre. Je ne sais même pas si elle veut toujours que je vienne.

Le temps n'arrête pas de tourner, de changer de coin de ciel. D'énormes grappes de cumulonimbus se forment, s'assemblent comme des moutons sans tête ; derrière, le soleil en assombrit les profondeurs et en illumine les contours.

– *Hal... Hal... Hal...*

Elle se raccroche à moi, retient mon prénom en otage...

Qui es-tu, Pete ? Où es-tu ? Est-ce que tu regardais chez nous depuis le camping, en essayant d'apercevoir Charley ? Est-ce que tu m'observes en ce moment même ?

J'ai l'esprit aussi agité que les nuages.

À un moment, le soleil disparaît complètement. Je frissonne.

Quelqu'un marche sur ma tombe. Comme on dit dans ces cas-là.

– Hal, tu veux du thé ? crie papa.

– Non merci.

– Tu sors ce soir ?

– Ouais, j'en avais envie.

Maman arrive, un torchon jeté sur l'épaule. Ses cheveux échappent aux branches de ses lunettes de soleil et balaient son visage. Le bronzage ne lui donne pas meilleure mine ; au contraire, ses yeux sont encore plus tristes, plus profondément enfoncés dans leurs orbites. Comme toujours, l'air salin fait boucler ses cheveux ; elle s'est mis de la sauce sur la figure.

– Tu dînes avec nous ou tu vas au barbec' ?

– Au barbec'.

J'aurais voulu répondre gentiment mais je ne sais pas pourquoi, c'est raté : mon ton est cassant, revêche.

Tu veux tuer ta fille.

Holà, qu'est-ce que tu racontes ?

– Je vais te donner quelque chose à y apporter – que tu n'arrives pas les mains vides. À ton avis ? Des steaks hachés ? Des saucisses ? Des épis de maïs ?

Je réfléchis.

– Un poisson, une sirène, une pieuvre ? enchaîne-t-elle.

– N'importe ! je finis par lâcher.

Je l'entends qui prend une courte inspiration choquée et je me retiens d'ajouter quoi que ce soit.

Avant, elle m'aurait sommé de ne pas lui parler sur ce ton. Elle m'aurait lancé : « Hé, je te fais un cadeau, là ! Dans ces cas-là on dit merci, je te signale ! Même quand ça vient des parents ! »

Elle aussi, elle me manque, et pas seulement Charley. Je regrette la mère d'avant qui me remettait à ma place, le père d'avant qui ne s'emportait pas si facilement. Je voudrais retrouver des parents normaux, pas des gens qui se demandent s'ils vont oui ou non tuer un de leurs enfants.

– Hal ?

– Ouais.

– Tu ne vas pas te baigner de nuit.

– Ça va, ça va.

– Non, « ça va » pas. Je veux que tu me le promettes.

– J'ai compris.

Elle hoche la tête et se détourne.

Un chatouillis d'ailes de papillons naît au creux de mon estomac, comme toujours quand je pense à Jackie ; en même temps, il est très bizarrement lié à la peur que je ressens pour Charley, mais finalement, c'est le souvenir de Jackie qui l'emporte. Le souvenir de sa peau tiède dans la pénombre, et de ses lèvres si belles et si douces, encore constellées de sel.

Je monte prendre un long bain avant de me décider pour un bermuda Salt Rock et un tee-shirt à manches longues. J'ai les cheveux dans tous les sens. Plus ils sont longs, plus ils rebiquent, et l'eau de mer n'arrange rien. J'abandonne.

J'ai un coup de soleil sur le nez, et le reste du visage déjà bien bronzé. Avec ce tee-shirt, mes yeux virent au bleu. En m'observant dans la glace, je me dis que c'est ce que j'ai de mieux. J'examine leur reflet pour surprendre le changement de couleur.

169

Ça me fait rire.

C'était un de nos jeux, à Charley et moi. On mettait des vêtements différents et on observait dans la glace nos iris changer. On se sentait différents, pas comme tout le monde, et heureux d'être semblables, tous les deux. Parce que si on est tout seul dans ce cas, ça fait une drôle d'impression d'avoir des yeux incapables de se décider pour une couleur ou une autre.

Je les contemple, de plus en plus près, je ne vois plus rien d'autre. Les papillons de l'impatience volettent et plongent en piqué dans mon estomac. Est-ce que Jackie voit la même chose que moi quand elle regarde mes yeux ? La personne qu'elle voit, est-ce que c'est moi ? Et Charley, qu'est-ce qu'elle veut que je voie ? Peu à peu la chambre s'efface ; il ne reste qu'une paire d'yeux vert foncé, couleur d'émeraude limpide et bien taillée, éclatante de lumière.

Sauf que les miens étaient bleus, non ?

Je comprends alors que ces yeux-là – ceux qui me regardent dans la glace – ne m'appartiennent plus. L'espace d'une seconde atroce, vraiment atroce, je ne suis plus nulle part, ni dans le miroir ni dans la chambre.

Et mon regard plonge dans les yeux de Charley, qui me fixent exactement comme les miens fixent les siens, en posant les mêmes questions.

– *Qui est là ?*

– *Qui est Pete, et qui est Jackie, et pourquoi en sommes-nous amoureux ? Et eux, sont-ils amoureux de nous ? Est-ce que je suis assez bien, physiquement ?*

Les yeux dans la glace déversent un flot de questions.

– *Hal... Hal... Hal...* chuchote sa voix en moi.

170

Tout à coup, les yeux rient et se détournent.

– *Je suis comestible ?* demande Charley, boudeuse. *On en man-gerait ?*

Elle tourne vivement la tête et se regarde dans la glace, par-dessus son épaule.

Je trébuche en faisant un pas en arrière. C'est mon reflet à *moi*. C'est *moi* qui prends cette pose sexy, ce déhanchement bizarroïde ?

Que m'arrive-t-il ?

La pièce tournoie, puis se stabilise et retrouve peu à peu un aspect normal dans le miroir. Enfin mon corps resurgit de nulle part, se déploie, reprend sa forme d'origine. Bien réel, cette fois, il ouvre de grands yeux et scrute la glace sans com-prendre.

On dirait que le miroir nous a confondus, qu'il a capté un lien entre nous et livré un souvenir ancien contenu quelque part dans le mercure.

Mais maintenant il n'y a plus que moi ; oui, c'est bien moi qui me regarde, hébété, en me demandant si je vaux la peine qu'on m'embrasse. Mes yeux sont bleus, et non verts, et mes cils noirs. Ce sont *mes* yeux, pas ceux de Charley.

Qu'est-ce qui se passe ?

Oui, bien sûr... C'est évident, quand on y pense : cet été, je fais tout ce que Charley a fait l'an dernier. Elle est tombée amoureuse, elle s'est regardée dans la glace en se demandant si elle était comestible... Et elle, elle l'était ! Moi, je manque un peu de pratique.

Je détourne le regard.

Parfois, ça me déplaît souverainement que mes yeux me rappellent autant ceux de Charley.

Je reporte mon attention sur ses boucles d'oreilles, posées côte à côte sur la vieille coiffeuse en chêne. D'une certaine façon, j'ai l'impression qu'elle a guidé mes pas jusqu'à la boucle manquante, et que si j'arrivais à comprendre ce dont elle veut que je me souvienne, alors les couleurs se dérouleraient dans les perles de verre et me révéleraient ce qu'elles ont vu, à la fin. Elles doivent savoir, puisqu'elle les portait tout le temps. Je les fais rouler au creux de ma paume, jouer dans la lumière.

– Charley, dis-je à voix basse.

Je remets une des boucles à mon oreille et je fourre l'autre dans ma poche, où je la sens appuyer contre ma hanche. Un morceau de Charley.

Je crois l'entendre souffler :

– *Bonne chance.*

Soudain je me sens prêt ; prêt à affronter la soirée, prêt à me souvenir.

– Je suis avec toi, Charley.

Et en un sens, c'est vrai : on est dans la même situation puisqu'on tombe tous les deux amoureux. Peut-être qu'elle n'a rien fait d'autre, l'été dernier ; est-ce cela qu'elle me demande de me rappeler ?

Dehors, la nuit hésite encore à tomber : tantôt le soleil émerge des nuages pour répandre une chaleur capiteuse, tantôt la mer jaillit, fouettée, avant de retomber à plat, comme si elle n'arrivait pas à se décider. J'attends. J'attends que Jackie apparaisse sur le sentier du camping, franchisse le pont. Qu'elle lève la tête vers moi, m'appelle, me fasse signe. Un simple regard suffirait.

Finalement, ça se présente encore mieux.

Elle dévale la colline d'en face. Ses longues jambes dorées brillent par éclats. Son short est minuscule, provocant, surprenant.

Génial.

Elle s'arrête en contrebas et me regarde. Ses cheveux dorés, retenus par des lunettes noires, rayonnent de mille feux ; d'une main, elle se protège les yeux du soleil – et de moi.

– Salut Hal, tu viens ? me crie-t-elle.

– J'arrive !

J'essaie de ne pas me précipiter.

– Du calme, me dis-je tout bas.

Malheureusement, je me sens tout sauf calme. J'ai plutôt envie de danser et de chanter, de tourner sur moi-même puis de me jeter à ses pieds en la remerciant jusqu'à la fin des temps.

J'arrive péniblement à articuler :

– Salut.

– Salut toi-même. Où t'étais passé ?

– Par là.

– En tout cas je t'ai pas vu.

– Pourquoi, tu m'as cherché ?

– Tu rêves, là...

– Absolument !

J'essaie de lui saisir la main, mais elle la cache derrière son dos en souriant. Elle se rapproche insensiblement de moi. Ses yeux aussi sourient.

– T'es sûr que ta mère est pas en train de nous regarder ? chuchote-t-elle, tout près de mon visage.

On dirait une chatte. Une chatte aux yeux très, très verts et aux griffes dissimulées sous des coussinets moelleux. Je me

173

penche en arrière pour m'éloigner d'elle, ce qui la fait rire. Elle me prend par la main et m'entraîne en courant vers la plage.

– Pourquoi tu t'intéresses à moi ?

Ma question surgit dans l'air, entre nous deux. Je ne l'ai même pas sentie venir ; seulement, maintenant qu'elle est là, elle exige une réponse. Qu'est-ce qu'une fille pareille, aussi ravissante, fait avec moi ?

On se dévisage un instant. Elle m'examine des pieds à la tête, comme si elle tentait elle aussi de comprendre.

– Ben, je sais pas, en fait, finit-elle par répondre.

Et d'une certaine manière, c'est marrant. Elle est marrante, comme fille.

– Allez, viens que je te présente aux autres, enchaîne-t-elle en me tirant par le bras.

– Cool.

Mais en fait, je ne me sens pas très à l'aise. Mon cœur bat trop vite.

– Hé, Jackie, c'est qui ce bébé, là ?

Un grand costaud poilu.

– Et l'homme de Cro-Magnon, là, c'est qui ? je réplique, assez fort pour être entendu.

Mais elle me secoue le bras comme pour me faire taire.

– Commence pas, Jake ! lance-t-elle à Cro-Magnon. Il s'appelle Hal.

Cro-Magnon me tend la main comme s'il était humain, et je suis assez bête pour tomber dans le panneau. Évidemment il la retire aussitôt et fait mine de boire une tasse de thé, le petit doigt en l'air.

– Ravi de faire votre connaissance, Henry, dit-il en prenant un accent aristo qu'il imite très mal.

– J'aimerais pouvoir en dire autant, je réussis à répondre.

Si seulement je pouvais maîtriser mes cordes vocales... Parfois, quand je parle, on dirait une hyène. Et bien sûr, c'est à ce moment que je remarque une blonde superbe qui me regarde fixement depuis les rochers, où elle se tient debout. Je déglutis avec peine. Ma voix aiguë a dû attirer son attention. Je lui souris, mais elle se contente de me dévisager comme si elle voyait quelqu'un d'autre à ma place.

– Hé là les garçons, on se calme ! coupe Jackie.

Je me détourne. Les filles pouffent.

Jake lance une cacahouète en l'air d'un geste désinvolte, renverse la tête en arrière et ouvre la bouche. Elle atterrit dans le mille. Il sourit à la ronde avec cet air à la fois bête et attachant qu'ont certains surfeurs, un regard de bon chien ; il hoche la tête lentement, en attendant que les autres s'esclaffent. Et ça ne rate pas. D'ailleurs, *c'est* drôle.

Je suis entouré de gens drôles. Voilà, c'est peut-être pour ça que Jackie s'intéresse à moi : parce que je me suis mis à genoux devant elle devant une cabine téléphonique ; ça l'a fait rire.

– Je te provoque en duel, je lance à Jake.

– Ouais ! Demain matin à l'aube ! s'écrie une fille.

– J'accepte.

– Tu choisis quoi comme arme ? Les cacahouètes ?

– Pile poil.

Il a tout de suite pigé. Il me sourit, plonge la main dans le sac de cacahouètes et me le tend. Autour de nous les autres parlent à voix basse, rient et s'interrogent, brusquement intéressés.

Jackie a l'air contente ; visiblement, elle ne regrette pas de m'avoir amené ici. Pour elle, je m'en sors bien ; et moi, ça me suffit. Puisqu'elle s'amuse.

– Allez, les garçons – dos à dos.

On obéit, puis Jackie compte dix pas et on se retourne. On jette une cacahouète en l'air et on se met à danser sur place comme des imbéciles et essayant de se positionner correctement. Je réussis d'emblée, Jake rate son coup.

J'attrape la deuxième en me payant le luxe de faire un peu de voltige.

– Penalty ! lance un gros malin.

– Vise un peu ça, mon pote, dit Jake.

Il rattrape la sienne alors qu'il l'avait lancée à une hauteur phénoménale, ce qui lui vaut les acclamations de la foule.

– J'ai fait ça, moi ? Nan, j'y crois pas ! s'exclame-t-il en gloussant.

– Eh si !

On se marre comme des baleines, chacun stimulant l'autre. Il tente une figure compliquée en pivotant deux fois sur lui-même... et s'étale. Je m'agenouille près de lui, l'air compatissant.

– Ex æquo ? propose-t-il.

Tout à coup je le trouve génial, je me sens bien. C'est cool d'être là, avec plein de gens qui posent des questions. Je cherche la petite blonde de tout à l'heure, mais elle a disparu. L'espace d'une seconde, je me demande si j'ai rêvé.

– Hé Hal... t'habites où, en vrai ? demande quelqu'un.

Ça me fait un bien fou. J'ai l'impression d'intégrer un monde plus vaste que là-bas, chez nous – un monde différent, moins étriqué. Peut-être est-ce ce que Charley a ressenti l'an

176

dernier ; elle se sentait bien parce qu'elle faisait partie d'un tout. J'appuie ma bière fraîche contre mon front pour chasser ces pensées. C'est ma vie, ma vie à *moi*, pas celle de Charley. Juste à ce moment-là, dans ma poche, sa boucle d'oreille me pique légèrement la hanche, comme pour me détromper. Jackie me serre dans ses bras. Tandis que, plein de gratitude, je lui rends son sourire, une voix s'élève soudain.

– Hé, Jackie !

Elle s'insinue entre nous, nous sépare.

– Hé, ça va, Pete ? lance quelqu'un.

Un grand type que je ne distingue pas bien fend l'attroupement en venant droit vers nous.

Pete !? Soudain, tous mes sens sont en éveil.

Il est immense, comme une ombre étirée en longueur. Bientôt je distingue son visage à la lueur du feu de camp. Il évoque en moi un vague souvenir, un souvenir de chute... Et tout à coup je le reconnais. C'est le type que j'ai aperçu en contrebas du jardin, le jour de notre arrivée.

Ça fait peut-être un moment qu'il nous observe ?

Le souffle me manque : c'est exactement le genre de mec qui fait tourner la tête aux filles – *toutes* les filles. Et il se dirige droit vers Jackie. Il est très costaud ; je ne distingue plus ses traits parce qu'il est à contre-jour. Si on doit se battre, je n'ai aucune chance.

– Bon. Où elle est ? Tu vas me la rendre tout de suite.

Il tend la main vers Jackie, paume vers le haut. Il la toise et attend. On sent qu'il la connaît bien. *Très* bien, même.

Plus personne ne dit mot. Les flammes vacillent dans le dos du nouveau venu et comme il fait aussi écran à leur chaleur, j'ai froid.

177

Assise par terre, les mains nouées autour de ses genoux, Jackie lève les yeux vers lui.

– Te rendre quoi ?

Surprise surprise. Elle aussi, de toute évidence, le connaît très bien.

– Rends-la-moi, point final.

Concentré sur sa colère, il se moque que tout le monde le regarde. Quant à moi, il ne semble même pas me remarquer.

– Mais de quoi tu parles, abruti ?

Jackie est furieuse aussi ; elle ne comprend rien à ce qu'il raconte. Pete continue sur sa lancée :

– Tu le sais très bien. C'est pas drôle, Jackie. Me prendre justement ça, c'est pas drôle du tout.

– Mais enfin ! s'écrie-t-elle.

Et là, le puzzle commence à se reconstituer.

– Je t'ai rien pris du tout !

Voilà qu'elle hurle maintenant, et ça fait peur de les voir à ce point enragés. Je serre les doigts de Jackie.

– La boucle ! Rends-la-moi tout de suite !

– Et comment j'aurais pu te la prendre ? Il aurait fallu que j'te l'arrache de l'oreille, idiot !

Elle aussi serre très fort ma main, cachée dans le sable entre nous. Mais Pete et elle paraissent enfermés dans une bulle – ils ne se rendent même plus compte de notre présence.

– Oh zut, lâche une fille un peu plus âgée, jolie, avec des cheveux noirs qui rebiquent sur ses épaules. Tu parles de ta boucle d'oreille, Pete, celle que Charley t'avait donnée ?

Alors comme ça, c'est bien lui. *Le* Pete, celui qui occupait Charley à plein temps, l'été dernier, parce qu'elle en était tombée amoureuse. Lui qui campe dans la maison des bois.

Qui a laissé tomber sa boucle d'oreille dans la cheminée. Cependant, pourquoi accuse-t-il Jackie ? Puis la dernière pièce du puzzle se met en place et la moutarde me monte au nez ; mais c'est contre eux deux que je suis en colère.

Je lâche la main de Jackie et me lève.

– Laisse tomber, Pete. Puisqu'elle te dit qu'elle ne l'a pas.

Il s'aperçoit enfin que j'existe, fait quelques pas en arrière... et c'est tout juste s'il ne marche pas dans le feu. On dirait qu'il vient de surprendre un fantôme. D'ailleurs, c'est peut-être vrai. Peut-être que lui aussi voit Charley, ce salopard. Oui, j'espère qu'elle le hante aussi. J'ai froid, froid, froid – je suis un bloc de glace. J'entends Charley.

– *Au secours. Hal, pourquoi tu n'es pas venu à mon secours ?*

Je l'imagine dans les vagues avec lui, je le vois se pencher sur son corps sans défense et... non ! Stop !

– Salut ! je lui lance.

Pour une fois, mes cordes vocales ne me trahissent pas.

– Ouais, pardon, je t'avais pas vu.

Il lève les mains, l'air choqué, comme s'il voulait me tenir à distance ; il me fixe et je perçois son trouble. Je sais qu'il voit Charley à travers moi, une sorte de fantôme – sauf que le fantôme, c'est moi.

Ma main descend vers ma poche. Immobile, il ne me quitte pas du regard. Autour de nous les conversations reprennent. Un incident, une dispute entre frère et sœur : c'est déjà oublié.

Je tâte la boucle d'oreille.

– *Rends-la !*

Une pensée naît dans ma tête, formulée par Charley. Ma main ressort toute seule de ma poche. Je fais rouler la boule de verre tiède entre mes doigts.

– *Pas question, ma vieille !*

Je présente ma paume ouverte, au creux de laquelle se niche le bijou. La feuille d'or brille à la lueur du feu.

– C'est ça que tu cherches ?

– Mais... comment ça se fait que tu... ? bredouille-t-il.

– *Hal... Hal... souviens-toi...*

– Elle appartient à ma sœur. Elle t'a donné l'autre ?

– Tu l'as eue par Jackie, c'est ça ?

– Bien sûr que non ! intervient celle-ci, méprisante.

Pete nous croit, mais il ne comprend pas comment j'ai pu me procurer la boucle. Il ignore que j'ai visité la maison dans les bois, que je sais qu'il y campe. C'était sa bière, sur la table... son matériel de camping dans le coin de la pièce.

– Où tu l'as eue, alors ? insiste-t-il.

Il est toujours en colère mais je sens bien que tout ce qu'il veut, c'est la récupérer, maintenant ; il la contemple avec la même envie évidente que Charley sa fleur rouge, et l'espace d'un instant je suis tenté de la lui donner. Mais je me ravise.

– Je l'ai prise sur elle quand je l'ai trouvée.

Sa réaction est immédiate. Son teint devient gris cendre et il me dévisage, sous le choc, comme si je lui rappelais brusquement des souvenirs atroces dont lui-même ne peut démêler le sens – et qu'il ne veut surtout pas évoquer.

Il nous regarde tour à tour, Jackie et moi, puis bat en retraite, tout simplement. Il se dirige vers l'eau en récupérant sa planche au passage.

Je range la boucle d'oreille dans ma poche à fermeture éclair, là où je sentirai sa présence rassurante contre ma hanche. Comme ça, si je la perds, je m'en rendrai compte aussitôt.

– Wow, Hal ! s'exclame Jackie.

C'est à peine si je l'entends tant je me concentre sur la silhouette de Pete, sous les dernières lueurs du couchant. Je l'observe attendre la vague et escalader chaque mur d'eau, produit de la houle et du vent, comme si rien ne pouvait le retenir – pas un souci au monde. Pas même l'idée de ma sœur Charley gisant dans les flots, à demi morte.

Mon cœur s'emplit de rage. *C'est Charley qui devrait être là-bas, à marcher sur l'eau.*

Je me retourne vers Jackie.

– J'ai essayé de t'en parler hier, sur la falaise, tu te rappelles ? Juste avant que tu...

Je lui coupe la parole.

– C'est ton frère, c'est ça ?

– Ouais, répond-elle d'une voix qui paraît toute petite dans l'obscurité grandissante.

Petite, solitaire et effrayée.

TROISIÈME PARTIE

Le récit de Charley

Charley. L'hôpital. Maintenant.

Je crois que j'ai rêvé.

De Pete.

' *Je marche sur l'eau... on surfe, lui et moi... on effleure la surface, au creux d'une vague vert bouteille.*

Je baisse les yeux.

Pas de planche sous mes pieds, rien que l'eau...

– Ne regarde pas en bas, me conseille Pete, sinon tu vas tomber.

Mais je ne peux pas m'en empêcher.

– Pourquoi, qu'est-ce qu'il y a, en bas ?

Mais voilà que je glisse entre ses doigts ; il essaie de me retenir mais je tombe...

– Pete !

Je l'appelle sans relâche. Je discerne la lumière du jour à travers l'eau... elle est si froide... elle pénètre dans ma poitrine... mais pas de réponse... rien que le silence plein d'échos qui règne sous l'eau... et le froid.

J'ouvre les yeux.

Il fait noir.

Il y a des parois de placard autour de moi.

Pourquoi ai-je si peur ?

Je suis remplie de rêves, de mots que je ne distingue pas bien. Les respirations se succèdent, inlassablement, à l'extérieur de moi.

– Hal... Hal... Hal... qu'est-ce qui m'arrive ?

Je me raccroche à mon frère et j'ai l'impression que ses yeux me répondent à travers les ténèbres, comme de l'autre côté d'un miroir. Derrière, j'aperçois une chambre familière.

Je scrute le miroir et j'ai peur... je suis anxieuse... comme quand on se tient en équilibre au sommet de sa première vague.

Mes yeux sont verts et ils me rendent mon regard dans la glace ; je suis en train de mettre mes boucles d'oreilles.

– Qu'est-ce qui m'arrive ?

Charley. Avant.

Je m'examine dans la glace en écoutant Bob Marley :

– Oh please, don't you rock my boat...

Je chante en chœur, pensant au divin Pete.

Lui, je veux bien qu'il me fasse chavirer, au contraire !

– Je suis comestible ? On en mangerait ?

Je regarde par-dessus mon épaule pour vérifier à quoi je ressemble de dos, en me tortillant un peu. Zut. Je suis pas terrible.

J'envoie un SMS à Jen et à Sal.

« OSCOUR ! »

Elles me répondent :

« TROTAR, À + »

Je descends en priant pour que ma mère ne remarque pas la couche supplémentaire d'eye-liner et de mascara.

– Salut, m'man.

Elle lève les yeux de son livre et ses lunettes glissent sur son nez.

– Tu es là à dix heures et demie, OK ?

Je me débrouille pour ne pas répondre.

– Salut, p'tit frère. À plus !

Il est assis sur le muret, les jambes dans le vide, au-dessus de la rue. Il me considère sans répondre. Il a l'air de me maudire jusqu'à la énième génération.

Le petit vent du soir est d'une exquise tiédeur sur ma peau. Je marche lentement parce que j'ai peur. Est-ce qu'*il* sera là ? Comment vais-je le saluer ? Et s'il n'était pas là ? Une fois sur la plage, je contourne le petit groupe d'un air dégagé, comme s'il ne m'intéressait pas.

– Hé, Charley !

Il arrive droit vers moi, et comme il crie à pleins poumons le monde entier l'entend.

– C'est pas par là, Charley !

Non mais pour qui il se prend ?

– Tu crois ?

Je m'arrête.

– Ou alors, c'est pas toi que je venais voir. Si ça se trouve, je vais juste me balader par là...

Très contente de moi, je sentirais presque Jenna me donner une claque dans le dos pour me féliciter.

– Et c'est vrai ? me demande-t-il.

– Non. C'est bien toi que je cherchais !

Je ne peux pas me retenir. Je ne sais pas garder la tête froide en toute circonstance comme Jenna, moi.

– Viens, je vais te présenter aux autres !

– D'ac'.

Déception. On ne sera pas seuls tous les deux. Ils vont me détester, j'en suis sûre. On se dirige vers le barbecue, à l'abri des rochers. On y est. Reste calme, ne parle pas trop.

– Salut, Charley ! lance une jolie fille aux yeux verts, plus jeune que nous.

– Salut.

– C'est Jackie, ma petite sœur, m'informe Pete.

Taches de rousseur. Petite sœur. Douceur.

– On t'a vue depuis le camping, déclare-t-elle. Il est où ton petit frère ?

Elle semble avoir le même âge que Hal, et sympa comme il sait l'être aussi. Elle me sourit en enroulant une mèche de cheveux autour de son doigt.

– Pas le droit de sortir.

– Pas gentil, ça.

– Non.

Je me détourne. Je n'ai pas envie de penser à Hal, qui écoute de la musique seul sur la terrasse en se posant trop de questions.

– Tu veux une bière, Pete ? propose un grand blond au sourire timide.

– Cool !

Pete décapsule la boîte et me la tend.

– Fais gaffe qu'elle *coule* pas, quand même, lance une fille un peu boulotte, les cheveux ternes, en lui adressant un grand sourire.

Boulotte. Rigolote.

– Ha ha, très drôle, Em'.

Pete lui tapote l'épaule et aussitôt mon cœur fait un bond dans ma poitrine : je t'interdis de la toucher, c'est réservé !

Les visages et les prénoms se mélangent mais ce n'est pas grave : de toute façon, personne ne fait très attention à moi. Je les observe bavarder... et j'écoute. Mais au moment où je commence à me détendre, voilà que dans le brouhaha amical s'élève une voix, tranchante comme ces coquillages qu'on appelle justement des couteaux.

Em' vient de répéter sa blague, mais la voix qui la rabroue n'est pas « *cool* » du tout, elle ; au contraire, elle est glaciale et dure. Et cette nouvelle voix déclare :

– C'est toi qu'on va *couler* si tu continues.

– Moi aussi ça me fait plaisir de te voir, Am', rétorque Em' avec ironie avant de se détourner.

– Remarque, t'es bien rembourrée, tu risquerais de flotter, insiste la nouvelle venue, ce qui fait glousser quelques filles.

– S'il te plaît, Am', intervient Pete sur le même ton froid.

Soudain, tout le monde tend l'oreille. Ils font semblant de s'intéresser à autre chose mais en réalité ils écoutent ce qui se passe, attendant de voir comment ça va tourner.

– Salut, dit la nouvelle en me regardant en face.

Puis elle se retourne vers Pete.

– Et c'est qui, la pin-up, là ?

Je me retiens in extremis de me retourner pour voir comment réagissent les autres et je m'oblige à la regarder – ce qui, il faut l'avouer, n'est pas déplaisant : une crinière de lionne, longue et fauve, et un corps qui pourrait se passer de vêtements. Elle est belle à tomber. Belle comme un ange en

189

colère qui vient de se faire chasser du paradis et enrage contre l'injustice divine. Je suis hypnotisée. Elle irradie littéralement, et je me sens redevenir une gamine. Une gamine maigrichonne qui s'amuse à jouer dans les vagues mais devrait peut-être revenir au bord, pour laisser la place aux grandes filles.

Je l'ai déjà vue quelque part, mais je ne parviens pas à me rappeler où.

– Salut ! finis-je par lâcher. Super, ta jupe. C'est une Rip Curl ?

En tout cas elle est tellement mini qu'elle cache à peine ses fesses. Je réfléchis à toute allure. Pourquoi les autres semblent-ils soudain si intéressés ? Nous sommes devenus le centre de l'attention ; j'en ai des picotements dans le dos.

– Merci, répond-elle.

Seule sa bouche sourit. Pas ses yeux, trop occupés à me détailler des pieds à la tête. J'ai l'impression qu'ils laissent leur marque un peu partout. Je me sens comme une proie quand le lion revient chercher sa part de la carcasse : l'œil aux aguets, je me tiens prête à m'enfuir. La nouvelle venue continue à m'examiner ; sa copine émet un petit ricanement faussement étouffé. Le genre sarcastique, fait pour être entendu.

Qu'est-ce qui se passe ? Je n'arrive pas à suivre.

J'implore Pete du regard mais je le regrette aussitôt : il ne me voit même plus. Il la dévore des yeux. Tel un cobra dressé, prêt à mordre – parfaitement immobile, attendant qu'elle fasse un geste ou prononce une parole. Elle aussi le dévisage ; une étrange énergie passe entre eux. Je remarque alors qu'elle a les yeux battus, cernés, comme si elle manquait de sommeil.

Elle me donne la chair de poule. J'ai froid.

Quelqu'un marche sur ma tombe.

Puis Pete détache son regard d'elle, comme s'il me sentait enfin frissonner à ses côtés, et le reporte sur moi ; l'atmosphère change. Je mets tout ça sur le compte de mon imagination. Comme dit ma mère, si la moitié des émotions que j'imagine existaient, le monde exploserait.

Pete me sourit, mon cœur chavire, je ne vois ni n'entends plus que lui.

– T'as faim ?

Je ne vais rien pouvoir avaler, c'est sûr, mais j'arrive quand même à acquiescer, et sans rougir.

– Tiens. Cadeau ! intervient brusquement Am'.

Elle nous adresse un sourire éblouissant, irréel, et nous lance quelque chose. Pete me prend de vitesse et une boîte d'allumettes atterrit dans sa main.

– C'est pas pour toi ! râle-t-elle.

Elle me dévisage en riant.

– C'est toujours lui qui décide à ta place ?

Mystérieuse. Pernicieuse. Dangereuse.

Je ne sais que répondre, tout excitée à l'idée que Pete puisse faire QUOI QUE CE SOIT pour moi, et que cette Am' croie qu'on est ensemble, lui et moi. Elle a des yeux magnifiques, uniques. Ses iris sont d'un bleu dur mais superbe, un bleu d'eau gelée sous la banquise. Mais ils sont aussi fatigués, éprouvés, comme si elle n'était pas remise d'un coup ancien qui la prive de sommeil et les a creusés d'ombre.

Aigue-marine. Deux perles de verre. Impénétrables.

Ils me fascinent littéralement. C'est peut-être ça que j'ai lu dans le regard de Pete : le sentiment d'être sous son emprise totale. Et rien d'autre.

– C'est pas drôle, Am', dit-il enfin.

Ses paroles rompent le charme. Il a les poings serrés ; dans un des deux se trouve encore la boîte d'allumettes. Chacun soutient le regard de l'autre. Elle continue à sourire, lui à la scruter d'un air méfiant ; à nouveau quelque chose passe entre eux, de plus en plus fort, une étincelle à la fois excitante et dangereuse.

– Tu les prends au berceau maintenant ? demande-t-elle à voix basse.

Elle s'esclaffe mais ses yeux, eux, ne rient pas du tout ; on y lit un désespoir étrange et effrayant. À moins que ce ne soit une lueur de triomphe ? En tout cas, ça me donne envie de la serrer contre moi pour la protéger. Envie, aussi, de m'enfuir le plus loin possible et de ne jamais revenir.

Pete ne réagit pas. Il ne bouge pas d'un pouce. Pourtant, il suit le moindre de ses mouvements et, l'espace d'une seconde, semble sur le point de lui tendre la main, de la toucher, de la soulever de terre. Elle est si fluette, légère comme un oiseau, qu'il n'aurait aucun mal à le faire. Je l'imagine la prenant dans ses bras et la lançant dans la mer, où elle tomberait en poussant des cris dans une gerbe d'écume. Cette image me fait rire. Alors ils se souviennent de mon existence et se tournent vers moi.

Je rougis.

Am' a le regard fixe. Il lui faut un certain temps pour me distinguer clairement mais ensuite, elle s'attache à mémoriser mon visage dans les moindres détails.

Elle me fait peur.

Pete secoue la tête comme pour s'éclaircir les idées – ou comme s'il venait de se réveiller d'un coup.

– Va te faire voir, Am', lâche-t-il en se détournant. Allez viens, Charley, on va regarder les vagues.

Il s'éloigne de la chaleur des flammes, et je le suis. Une petite ombre se détache du feu et nous emboîte le pas.

– Alors comme ça c'est elle, la « Grande Am'» ? dis-je en essayant vainement de sourire – je tremble trop pour ça.

– Jackie, tu nous lâches ! lance Pete sans même se retourner.

– Lâche toi-même !

Mais elle disparaît et on se retrouve enfin seuls.

– La « Grande Am'», mais pas la grande âme... Il vaut mieux que tu la laisses tranquille, tu sais.

– C'est qui, au fait ?

Comme si je n'avais pas déjà deviné...

– Ma copine. De l'été dernier. Ça s'est mal terminé. Elle voudrait qu'on se remette ensemble.

Il s'explique par à-coups, comme s'il ne voyait pas l'intérêt de former des phrases complètes ; ou qu'il était encore en tête à tête avec elle, quelque part. Quelque part à l'intérieur.

– Et toi ? je m'enquiers.

– M'intéresse pas.

Il tend le bras en arrière et lance la boîte d'allumettes dans l'eau, d'un geste plein d'aisance et de fluidité.

– Hé ! C'est à moi qu'elle l'a donnée ! Qu'est-ce que c'était ?

– Rien d'intéressant pour toi.

Dans ma tête, j'enrage contre lui. Dans ma tête, je me dis que c'est un macho de première. Seulement mon corps n'est pas d'accord. Mon cœur fait un bond. Oubliée, Am'! Il me prend la main. Pourvu que je ne transpire pas. J'essaie de ne pas serrer trop fort. Les vagues du bord lèchent mes pieds et j'en éprouve une immense reconnaissance. Elles refroidissent un peu mes ardeurs, elles m'ancrent au sol.

– On peut faire des arcs-en-ciel avec, je lâche.

– Avec quoi ?

– La mer. Si on jette de l'eau dans le soleil.

– Cool.

Enfin, il me sourit. Mon cœur refait une embardée, comme s'il voulait s'échapper, aller se reposer contre ce sourire-là.

Je le remets en place, j'essaie de le maîtriser. Je plante fermement mes pieds dans l'eau fraîche.

– Tu n'as jamais essayé ?

– Non.

– Ah bon.

Le silence se fait. Mon cœur bat la chamade ; je lui demande d'y aller doucement, de se calmer, de ne pas me trahir. Le besoin impérieux de croiser les jambes et de serrer les genoux me met à la torture. Mais est-ce que ça mettrait fin à cette sensation ? Pas sûr. Je lève la tête vers Pete. Il scrute les vagues, et malgré les circonstances je sens qu'il compte, observe, attend la plus belle.

– On a une meilleure vue depuis les rochers.

Si je propose ça, c'est juste que j'ai envie d'être assise à ses côtés, de m'appuyer contre lui, d'effacer complètement le souvenir d'Am'.

– OK.

On se dirige donc vers la falaise.

Les gens se retrouvent toujours sur la plage quand la soirée est belle. Le coucher de soleil les attire ; alors, comme les nuages, ils bougent et se massent au bord de l'eau pour profiter du spectacle, seuls ou par petits groupes, en attendant que la journée étire ses couleurs de part et d'autre du ciel et touche à sa fin.

Les nuages qui passent devant le soleil, prêt à sombrer derrière l'horizon, virent au rose et au mauve par longues traînées gracieuses. Derrière eux, les derniers feux forment un bouquet qui dore leurs contours. Immobile, le ciel tout entier dégage une impression de solitude, comme si lui aussi attendait le moment où la marée va changer et la nuit tomber enfin.

Assis sur les rochers tièdes, on s'immerge dans l'ambiance. Pour la première fois, j'ai la sensation que le soleil est mourant.

Comme si on marchait sur ma tombe.

Peut-être qu'on vient le regarder partir au cas où il ne reviendrait pas le lendemain.

Il y a très peu de bruit sur la plage ; pour toute musique, on n'entend que celle des vagues. Je me sens submergée par le décor, et me laisse aller contre Pete avec un soupir.

– On est bien, hein ? demande-t-il.

J'acquiesce, heureuse. Il passe son bras autour de ma taille et me fait de la place sur son épaule.

C'est le moment d'agir.

Je ferme les yeux et inspire profondément. Il émane de lui une odeur de propre. Avec une pointe de mer, de sable, d'écume.

– Oui, je me suis douché avant de ressortir ! s'exclame-t-il en riant.

Je le regarde. Embrasse-moi ! Je t'en prie, je t'en supplie, embrasse-moi !

Il a les yeux mi-clos ; la lumière du couchant lui dore les cils. Son visage se rapproche lentement du mien. Mon cou se tend, mon corps tout entier se porte à sa rencontre. Une voix qui ressemble à celle de Jen s'élève dans ma tête : Où t'as appris ça, toi ? Ses lèvres se pressent contre les miennes, qui s'entrouvrent aussitôt, mais non, rien à faire. Il n'est déjà plus là. Un petit baiser de rien du tout, un vide teinté de déception.

Et voilà. Vide. Abandonnée. Le gâchis.

– Allez viens, on va manger quelque chose, dit-il en se retournant vers les rochers, le barbec', et Am'.

Je me sens très bête et très seule. Le soleil a disparu, le moment est passé. On l'a laissé partir. Le long du chemin, sur la plage, je me demande si je m'y suis mal prise, et à quel moment. Bah, comment ai-je pu espérer une seconde rivaliser avec la vibration que j'ai sentie entre eux deux, cette impression que je ne sais pas définir, qui m'effraie et m'excite à la fois ?

– Alors, qu'est-ce qui se mijote, ici ? demande-t-il.

Il mange comme un surfer, mais je ne suis pas en reste, surtout quand je suis triste et déçue.

– Encore ? remarque-t-il, incrédule, en me voyant engloutir mon deuxième steak haché. Tu n'as pas assez mangé ?

Il rit, plaisante avec ses copains ; les filles s'esclaffent.

– Ça manque de chocolat, je trouve, je réplique.

– Je parie que tu as encore de la place pour une part entière du gâteau de Jane ! lance quelqu'un.

C'est un énorme gâteau au chocolat maison qui a l'air aussi bon que ceux du restau du coin.

– Pari tenu !

– C'est moi qui l'ai fait, déclare une fille.

Je la reconnais, c'est celle qui ne quittait pas Am' d'une semelle tout à l'heure. Il me suffit de voir sa tête pour ne plus avoir envie d'en manger, de son gâteau. C'est du poison, comme elle. Je prends la plus grosse part, au cas où elle aurait remarqué mon hésitation.

En fait, il est très bon. Un régal. Je me laisse aller, je me sens peu à peu entrer dans le rythme du groupe. Le feu dispense une bonne chaleur, les gens vont et viennent, sortent de l'eau pour manger un morceau, se changent, retournent nager, bavardent, et mangent encore. L'ambiance me paraît sereine, comme si quelque chose nous unissait les uns aux autres – des liens souples, élastiques, qui peuvent s'étirer sans se briser.

Mes idées noires s'éloignent ; je ne fais rien pour les retenir.

Je tiens la main de Pete. Bientôt, je ferme les yeux. Je laisse courir mes doigts sur les siens, savourant le contact de tous les petits muscles à mesure qu'ils se contractent. Ma paume me semble perdue dans la sienne – complètement avalée par elle.

– Bon, me dit-il en souriant. Je vais voir un peu Mark, OK ?

Je hoche la tête mais ce départ me paraît trop soudain, en contradiction avec mon état d'esprit. Je tente de répondre d'une voix assurée.

– Pas de problème, OK.

Mais je n'en pense pas un mot. Je me sens abandonnée, rejetée, désemparée, seule dans le froid.

– Salut, me lance une grande fille au teint sombre et à la coupe de cheveux en forme de cloche qui se balancent et retombent impeccablement en place.

Classe. Élégante. Sympa.

– La « Grande Am' », ça m'a bien plu ! dit-elle. Je m'appelle Bella, ajoute-t-elle en s'asseyant près de moi.

197

Sauvée, je suis sauvée ! J'ai la bouche sèche.

– Elle est toujours dingue de Pete, à mon avis ; mais bon, on ne peut pas lui en vouloir, hein ! Elle a eu de la chance, en habitant le coin, de mettre la main sur un mec comme lui !

À moi, je voudrais qu'il soit à moi.

– Ah bon, elle est de la région ?

– Ouais, son père est agriculteur, je crois ; une grosse exploitation en haut de la falaise.

– Ah oui, le grand manoir gris avec des corps de ferme autour ?

Encore, encore, je veux tout savoir.

– Ouais, d'ailleurs elle a une drôle d'allure, cette baraque, tu ne trouves pas ? Et puis il y a un de ces vents, là-haut ! Les arbres sont couchés comme s'ils n'arrivaient même pas à pousser droit ! Dommage qu'il n'ait pas fait s'envoler Am' par la même occasion, parce que c'est une vipère.

– Qu'est-ce qui se passe, alors, entre elle et Pete ?

– Oh, c'est du passé, pour lui, il me semble. Pas de souci à se faire pour ça. Mais il y est entré, dans ce manoir. Il a dit que ça lui a fait tout drôle et qu'on sentait énormément l'absence de mère. On raconte pour rire qu'il est allé aux toilettes et qu'il lui a fallu deux jours pour en ressortir. On prétend qu'Am' l'y a enfermé, au cas où il aurait décidé de rompre !

– Ah bon, il a passé la nuit au manoir ?

Je m'en mords les doigts mais tant pis. Heureusement, elle se contente de rire.

– Ouais, elle a du bol, Am', hein ? Et Pete aussi d'ailleurs, parce qu'on meurt tous d'envie de savoir comment c'est, là-dedans !

Le gâteau est de plus en plus délicieux. J'en mangerais des tonnes. J'imagine Am' debout sur une falaise balayée par les rafales, avec derrière elle le bloc gris du manoir, et j'ajoute au tableau Pete qui court vers elle, les bras tendus. Heathcliff et Cathy. *Les Hauts de Hurlevent.*

J'éclate de rire.

– Quoi ? Raconte !

– Rien, je m'imaginais juste Pete et Am'...

Mais je ne vais pas au bout de ma phrase. Dans ma tête, la voix de Jenna me souffle que ce n'est peut-être pas une bonne idée. Je préfère demander :

– Ils sont restés longtemps ensemble ?

– Bizarre que personne n'ait rien vu venir, répond-elle à côté. C'est vrai : avant qu'elle soit avec Pete, on ne l'avait jamais vraiment remarquée, cette fille.

Maintenant que j'y pense, en effet, il ne me semble pas avoir déjà vu Am', bien que son visage me soit familier.

– En fait, poursuit Bella, on la trouvait tristounette ; on la prenait pour une fille du coin un peu bizarroïde, jamais sortie d'ici.

Elle plonge son regard dans le feu. Son visage en est tout réchauffé, mais son expression devient indéchiffrable.

– Tu sais, on n'a rien vu quand elle s'est mise à changer. On connaissait une nana un peu barjo, carrément godiche, et soudain, voilà qu'elle devient super canon d'un été à l'autre et que tous les mecs de la plage la remarquent. Mais elle, elle n'a d'yeux que pour Pete ; et dès qu'ils sont ensemble on sent bien que... enfin, que c'est de la dynamite, quoi ! Bizarrement, quand ils n'étaient pas l'un près de l'autre, ça ne se voyait pas qu'ils avaient changé ; mais une fois côte à côte, ça sautait aux yeux. Tous les deux beaux comme des dieux, et hop ! achève-t-elle.

J'ai le cœur transpercé. Je sens, avec la plus intime conviction, que j'aurai beau faire, jamais, jamais je ne pourrai être à la hauteur d'Am'.

Criblée de flèches. Rouée de coups. Torturée à mort.

– Aïe ! s'exclame Bella en voyant mon expression.

Cheveux-cloche. Espèce de cloche ! Mouche du coche !

– Excuse-moi. Tu aurais dû me faire taire ! Sincèrement, j'avais oublié que Pete et toi vous alliez peut-être... Enfin, je veux dire... Pete paraît bien mieux, depuis qu'il n'est plus avec elle, surtout après ce qui... Enfin... Et puis, il n'est pas question qu'il...

– Je n'avais aucune envie que tu te taises, au contraire. Ça m'intéresse, elle a l'air incroyable cette fille. Physiquement, elle est vraiment... sensationnelle ! Pas étonnant qu'il ait craqué pour elle.

– Ouais, peut-être. Mais tu dois te souvenir d'elle... elle passait son temps à traîner dans les parages, à escalader les rochers et je ne sais quoi encore. Une année, il a même fallu la récupérer en haut du Chapeau de Merlin. Elle ne pouvait plus revenir.

– C'était elle ? je m'exclame.

Tout le monde connaît cette histoire ; les sauveteurs ont dû aller la chercher. Mas elle ne ressemblait pas du tout à Am'!

– Eh oui, répond Bella en riant. C'était elle ! Après ce jour-là, elle a disparu un bout de temps... Je crois que « papa » l'a bouclée à la maison, et connaissant « papa », ça n'a pas dû être une partie de plaisir !

Elle m'adresse un petit sourire à la fois amical et pernicieux.

– Tu crois que Pete ne s'intéresse plus qu'aux jeunes filles en détresse gardées sous clef par leurs parents ?

Je rougis.

– Les miens sont du genre asocial, je l'informe.

Et je lui raconte que jusqu'ici, je n'ai jamais cru possible ne serait-ce que de venir discuter au barbecue.

– Eh oui ! acquiesce-t-elle en riant. Chez nous, les gens du camping, c'est un peu le sketch permanent ! Je comprends que certaines personnes nous trouvent un peu *too much*.

Même sourire amical et pervers...

– Tu veux dire que sinon, vous ne vous mélangeriez pas aux autres gens ?

Elle hoche la tête, puis m'effleure le bras comme Jen quand elle exige mon attention.

– Écoute, je te souhaite bonne chance, OK ? En tout cas, Pete en a bien besoin en ce moment. Et c'est peut-être toi qui lui porteras bonheur.

– Merci !

Je suis sincère.

– Hé ! nous interrompt quelqu'un. Dis à ton frère de venir, la prochaine fois.

Jackie surgit à mes côtés.

– On pourrait faire équipe, entre frères et sœurs des deux côtés ! remarque-t-elle en souriant.

Je lève la tête vers la maison, illuminée dans l'obscurité. Au-dessus du muret, je distingue une ombre un peu plus opaque que le reste. D'ici, elle semble minuscule. Il y a toutes les chances pour que ce soit Hal.

Je me détourne.

– D'accord.

201

Elle triture les braises, à la périphérie du feu de camp, et des étincelles s'envolent avant de mourir.

– Super.

Elle me dévisage attentivement, comme si une idée lui trottait dans la tête.

– Tu es sûre que ça va ? demande-t-elle soudain.

– Pourquoi ?

– Ben, je sais pas... Toute cette histoire entre Pete et Am', c'est peut-être un peu lourd.

– Quelle histoire ?

Elle capte mon attention. Tout ce qui touche de près ou de loin à Pete m'intéresse.

– Ben, tu sais ce qui s'est passé, non ?

– Non.

– Ah, les mecs... soupire-t-elle, comme si elle en avait elle-même une longue expérience.

Elle m'arrache un sourire. Elle vient s'installer près de moi, les jambes repliées contre elle, la joue posée sur les genoux, et me confie à voix basse :

– Bon, tu sais qu'Am' a perdu sa mère, et qu'elle vit seule avec son père ?

Je fais signe que oui. Je ressens une légère nausée – j'ai dû manger trop de gâteau.

– Eh bien, lui non plus il est pas clair. Le genre paysan solitaire, tu vois. Je ne l'ai jamais vu, mais de toute façon Am' n'invite jamais personne chez elle – enfin, à part Pete, et encore, une seule fois. Son père... Jusqu'à l'année dernière il venait la chercher sur la plage pour la ramener de force chez eux.

Ça la fait rire, mais pas moi : il n'y a pas si longtemps, mon propre père aurait très bien pu faire la même chose.

– Ouais, renchérit Bella. Le pauvre Simon a demandé un jour si elle pouvait rester jusqu'à la fin du barbec', et sa mère a menacé de porter plainte en voyant ce que le père d'Am' lui avait fait à l'oreille. N'est-ce pas, Simon ?

C'est un petit blond au visage rond et à l'expression innocente.

– J'ai eu du bol, répond-il. Dans le coin les gens racontent que ce type brutalise ses bêtes.

On entend des gloussements et Em' place :

– Pas étonnant que sa fille soit une peau de vache !

Les rires cessent. Abruptement. S'ensuit un silence gêné, comme quand on a poussé la plaisanterie trop loin. Mais qu'est-ce qu'ils savent de plus que moi ??

Ce qui est sûr, c'est qu'il y a anguille sous roche.

Et ça a à voir avec Pete et Am'.

– En tout cas, elle est *vache*ment belle.

La blague n'est pas terrible mais le malaise passe.

– Il faut quand même dire qu'elle a rendu Pete cinglé ! s'indigne Jackie. Alors si j'étais toi, j'éviterais le sujet, tu vois. Conseil d'amie.

– Pourquoi, qu'est-ce qu'il y a de si grave ?

Est-ce qu'elle va enfin m'apprendre de quoi il s'agit ? À quoi riment ces silences soudains, l'intérêt que ces deux-là suscitent, et l'espèce de rage électrique qu'on sent circuler entre eux ?

– C'est une garce, voilà ce qui est grave !

– Vraiment ?

Son ton venimeux me surprend.

– Pourquoi ça ?

– Faut pas jouer avec le feu, répond-elle avant d'expédier en l'air des braises du bout de son bâton et de contempler la pluie d'étincelles qui retombe.

– Jackie ! aboie Pete, qui revient vers nous. Ne fais pas ça ! Tu risques de te brûler.

– 'scuse, grand frère, dit-elle en reprenant ses airs de petite sœur sarcastique. Bon, puisque c'est comme ça, amusez-vous bien tous les deux, ajoute-t-elle avec un grand sourire. Et la prochaine fois, n'oublie pas de m'amener ton petit frère, hein !

Pete m'aide à me relever. Les gens attroupés autour du feu s'en vont deux par deux vers l'ombre tiède des rochers solitaires. Quelle heure peut-il être ? Et comment annoncer que je dois être rentrée pour dix heures et demie ?

– Qu'est-ce qu'elle t'a raconté, Jackie ? me demande-t-il.

– Oh, rien, on a juste bavardé entre filles...

Pourquoi est-ce que je mens ? Pourquoi soudain tout s'entoure d'une aura de secret ?

– Ben voyons.

Le cadre est parfait : la température est idéale et le bruit des vagues doux et apaisant, l'écume luit sous les rayons du couchant et Pete me tient la main. Pourtant, le silence entre nous est atroce.

– Qu'est-ce qu'il y a ? je lâche malgré moi.

Il ne répond pas tout de suite. On s'adosse à un rocher qui a conservé la chaleur du jour. J'enfonce mes orteils dans le sable. La surface est chaude et ruisselante entre mes doigts de pied, mais le dessous froid et résistant. J'oublie que je suis sur cette plage avec le garçon que la saison a couronné dieu du surf. Je l'oublie au point de sursauter quand il reprend la parole.

– Tu te dis que je les prends au berceau, c'est ça ?

– Zut, tu m'as fait peur.

On en rit. Je m'appuie contre la roche tiède en m'efforçant de ne pas penser à tout ça, de ne pas flipper parce qu'il est physiquement là avec moi, mais avec Am' en pensée – et qu'il a en tête ses paroles.

– Tu ne m'as pas vraiment forcé la main !

– Mouais...

– La Grande Am' t'a filé le cafard, c'est ça ?

– Un peu.

– Bon, d'accord, je suis plus jeune que toi, et alors ?

Voilà, c'est dit. Et aussitôt, ça me fait rire.

– Pourquoi tu te marres ?

– Parce que finalement, ça a de l'importance pour *moi*, et je viens seulement de m'en rendre compte.

– Quoi ?

– Le fait que je sois plus jeune.

– C'est ce que pense Am', en tout cas.

– Ah oui ? Et toi, Pete ? Qu'est-ce que tu en dis ?

Qu'est-ce que je fais là, Pete ? Je voudrais l'entendre de sa bouche à lui.

– Je ne sais pas très bien.

– Pourquoi tu m'as invitée, alors ?

– Tu ne fais pas tellement plus jeune.

– Voilà qui est joliment tourné.

– Tu parles bien, toi.

– Et toi, tu ne parles pas beaucoup.

Pour la première fois il me regarde vraiment ; il me sourit.

– Ça fait fuir les gens.

– Ah bon ? Tu es censé être un crétin ?

Il hoche la tête.

– De toute façon, si tu as l'intention de devenir une star du surf, ça n'a pas beaucoup d'importance.

Il me sourit à nouveau en secouant la tête puis, brusquement, enfouit son visage dans ses mains.

– Qu'est-ce qu'il y a ? je répète.

Je me sens toute-puissante. C'est *moi* qui occupe ses pensées, maintenant, et pas Am'.

– Rien, rien, juste toi.

– Quoi, moi ?

Brusquement, j'ai peur d'avoir tout gâché.

– Arrête une minute, tu veux ? Tu me donnes mal à la tête.

On se tait. Les braises du feu de camp palpitent, orange dans le noir. Quelqu'un joue un air et les notes s'envolent en même temps que la fumée. Je frémis de plaisir. Je ne peux plus m'arrêter – qui plus est, je n'en ai aucune intention.

– Je n'en reviens pas d'être là.

– Comment ça ?

Je le pousse, mais il ne bouge pas d'un iota tellement il est massif, et terriblement excitant.

– Pourquoi tu n'en reviens pas ?

Il doit quand même savoir ce que c'est que de décrocher le gros lot !

– Que tu es bête ! J'ai juste du mal à croire que moi, Charley Ditton, je suis vraiment là, assise sur la plage, presque à la clarté des étoiles, avec toi, Pete, le dieu du surf !

Les mots se déversent d'un coup, sans que je puisse rien faire.

206

– Ah bon, c'est ça ?

Ça ne semble pas lui faire plaisir.

Idiote ! Tu ne peux pas te taire, non ? T'es vraiment pas cool.

D'ailleurs, maintenant que j'y pense, il m'a peut-être invitée juste pour bavarder ; de ses problèmes avec Am', par exemple. Zut ! Je repense au baiser raté sur les rochers. Ça y est, je ne sais plus où me mettre ! J'ai honte de ne pas avoir saisi plus tôt : il fait des pieds et des mains pour m'expliquer qu'il n'est *pas* en train de me draguer.

J'ai tout fichu en l'air.

Je pense à Hal. Ça le ferait bien rire, s'il était au courant ! Avant, quand on ratait quelque chose, on faisait semblant de sauter en parachute en hurlant « Mayday ! Mayday ! », les bras tendus comme des ailes de bombardier qui descendent en piqué.

Immobile et muet, Pete se tient toujours la tête à deux mains. À quoi pense-t-il ? Il est encore perdu dans ses souvenirs – avec Am' et ses yeux durs et brillants, son corps parfait ? Je me les représente ; leurs doigts se touchent et entre eux, l'air lui-même vole en éclats – en mille petits morceaux solides. Je ne peux plus supporter ça, je ne veux pas savoir, je ne veux plus attendre ici si c'est pour m'entendre dire : « Charley, il faut que tu m'aides, parce que je n'ai pas les idées claires, à propos d'Am'. »

Alors je saute en parachute. « Mayday, Mayday, Mayday », je répète tout bas. Sauf qu'en le voyant secouer encore la tête, je hausse le ton... et je finis par me lever pour courir sur la plage en faisant des moulinets avec les bras, en savourant la douceur du sable qui s'effrite sous mes pieds.

Enfin, enfin il se lance à ma poursuite !

– Charley !

Les notes de guitare qui s'égrenaient s'interrompent quelques secondes, puis le musicien plaque rapidement une suite d'accords. Quelqu'un chante du Bob Marley :

– *Old pirates yes they rob I...*

Je m'imagine sur une autre plage, quelque part dans la moiteur tropicale de la nuit jamaïcaine.

Je me cache derrière un gros rocher.

– Charley !

À part sa voix, il ne fait aucun bruit, même pas en marchant dans le sable. Je me tiens tranquille en essayant de ne pas pouffer, mais j'ai de plus en plus de mal à me retenir, surtout quand je repense à son air perplexe chaque fois que je dis quelque chose – ou presque.

Un reniflement condescendant.

Un silence.

– Je te tiens !

Il est soudain à côté de moi.

– Écoute, il faut que je te dise quelque chose, Charley.

– Quoi ?

Il est sérieux comme un pape mais j'ai quand même envie de rire, et ça fait peur.

– Charley, le gâteau au chocolat de Jane, tu en as mangé ?

– Une tonne, il était délicieux.

– Zut.

– Pourquoi ?

Son expression me fait peur.

– Il était chargé.

– Comment ça ?

Mais je comprends tout de suite. « Chargé », tu parles ! Du gâteau au shit ! Un *space cake* !

– Je suis stone !

Ma voix rend un drôle de son. On glousse tous les deux, il me prend dans ses bras et la nuit se referme autour de nous en nous enveloppant dans la douceur de ses plis amples et mauves ; enfin, enfin, Pete approche son visage du mien et m'embrasse.

Tu es à moi ! Fini, Am'! Ma tête cesse purement et simplement de fonctionner. Je reçois un SMS juste au mauvais moment, c'est-à-dire à la seconde où on s'allonge dans le sable en oubliant qu'on est sur une plage, que j'ai quinze ans et pas lui.

– Ne réponds pas, m'intime Pete.

– Obligée !

« Ytfo 1 diversion ? jesperpa ! »

Je me relève et je chasse le sable dont je suis couverte, mais aussi ce qui doit se lire sur mon visage. Enfin j'essaie.

– Faut que j'y aille.

– Quoi ? Tu plaisantes, c'est ça ? dit-il en refermant ses paumes chaudes autour de ma cheville.

Et si on restait ? me suggère ladite cheville. Mais je refuse de l'écouter.

– Voilà ce qu'on risque en les prenant au berceau : il fallait que je rentre avant dix heures et demie, et il est presque onze heures.

Grand sourire.

– OK !

209

– Parce que je le vaux bien ?

– Absolument !

Toujours le même grand sourire.

« Surledo fasozétoil ! » je tape sur le clavier.

Leur réponse survole toute la mer pour me parvenir.

« Veinarde ! »

Charley. L'hôpital. Maintenant.

« Veinarde » ?

Mais alors, pourquoi est-ce que je frissonne comme si le vent faisait ondoyer ma peau... comme si j'allais me réveiller... comme si on marchait sur ma tombe ? Je sais qui tu es...

Pete.

Pete, et Am'. Je les tiens dans ma main comme des pièces de puzzle en me demandant de quelle façon elles s'assemblent.

Je ne me souviens pas d'avoir eu peur. Je revois le feu de camp, la tiédeur de la nuit, et Pete. J'étreins son souvenir dans le noir comme si je me raccrochais à une petite lumière. Je m'enveloppe dans sa chaleur, je sens le goût piquant du sel marin sur sa peau, mais voilà que je lâche prise...

L'obscurité monte, monte... les ombres s'élèvent, vont me recouvrir, telles des vagues... et bientôt je dérive... je me noie dans le noir...

– Hé ! fait une voix douce, à l'extérieur. Hé, Charley ! Qu'est-ce qui se passe, dans tes rêves ?

Jenna !

– Ma Charley... reprend-elle, d'une voix terriblement inquiète. Qu'est-ce qui t'es arrivé, en réalité ? Qu'est-ce qu'il veut dire, Hal ? Quelqu'un aurait été là, à regarder ? Pourquoi tu ne

210

m'as pas téléphoné ce soir-là ? Qu'est-ce qui se passait, et où était-il, Pete, pendant que tu étais dans l'eau ? Je croyais que vous deviez passer la nuit ensemble ?

Hein ???

– Hal aussi se fait du souci, tu sais. Il était avec toi ? Il faut que je prévienne quelqu'un ?

Subitement l'obscurité devient épaisse, gluante...

– *Non ! Ne dis rien à personne !*

Le silence pour toute réponse.

– Moi, à ta place, elle me rendrait cinglée, cette pendule.

Au bout d'un long moment, je l'entends s'éloigner de moi. Et le tic-tac s'arrête. Elle a enlevé la pile de la pendule !

Oh merci, merci, merci...

Son visage se penche sur moi... masquant la lumière du jour.

Je m'affole...

– *Pousse-toi, pousse-toi !*

– *Salut, Charley !*

Elle est partie. Il ne reste que son odeur, une odeur de rose et de vanille qui flotte dans l'air, et puis ce silence miraculeux, plus de tic-tac... rien que ces quatre parois, et le noir...

Je rêve...

Je me tiens au-dessus de la plage avec, en contrebas, la mer. Je suis en équilibre sur les rochers, les vagues s'écrasent, l'air est plein de cris et moi je plane très haut, loin de tout ; je monte, je monte, jusqu'au rocher, et je tends mes bras vers le ciel... mais j'ai beau regarder, il n'y a pas de corde... personne n'est venu à mon secours... l'hélicoptère s'éloigne et quelqu'un me fait signe en se balançant tout en haut de l'échelle tressée. Elle rit.

C'est Am'...

– *Au secours !*

Hal. Maintenant.

– *Au secours !*

Elle est désespérée, perdue, seule je ne sais où, et elle m'appelle. Elle regrette amèrement de ne pas pouvoir voir par mes yeux, entendre par mes oreilles, de ne pas savoir d'où vient la terreur qui nous envahit, une peur pareille à la mer, bien plus profonde qu'on ne croit – et peuplée de créatures qu'on ne peut imaginer qu'en rêve. Elle ne parvient pas à se souvenir sans moi, et pourtant, elle n'est pas là, que je sache ! Il n'y a que moi ici, moi seul qui tente de trouver un sens à tout ça.

Chaque fois que je pense à Charley j'ai l'impression de voir des corbeaux se rassembler, se poser sur les fils électriques et attendre. Mais qu'est-ce qu'ils peuvent bien attendre ? Qu'est-ce qui motive leurs allées et venues ? Qui les décide à reprendre leur envol ? D'où viennent ces sensations en moi ?

Si seulement j'avais la réponse...

Les corbeaux s'attroupent autour de moi comme des nuages annonçant la pluie. Il y a maman, papa et les médecins, qui se demandent si *sa* vie en vaut la peine. Et puis l'ombre qui contemple Charley dans l'eau ; et enfin, maintenant, Pete.

Pete et Charley, et la vie complètement différente qu'elle a menée l'été dernier.

Est-ce qu'elle est tombée amoureuse de lui ? Mais alors, d'où vient la peur que je ressens quand je me les représente ensemble ?

– *Souviens-toi,* murmure-t-elle.

Mais de quoi ? Et puis, à mesure que j'apprends des choses sur Charley et Pete, je m'éloigne de Jackie.

212

– Raconte-moi, je demande à celle-ci comme si elle pouvait se souvenir à ma place. Parle-moi d'eux. Comment il est, Pete ?

On est assis en haut de la falaise, à observer les mouettes décrire des cercles au-dessous de nous.

– Il plaît aux filles, grommelle-t-elle.

Mais soudain elle sourit ; la brise marine plaque ses cheveux sur son visage. Elle les ramène derrière ses oreilles, puis noue ses bras autour de ses genoux. On préfère contempler la mer plutôt que de se regarder l'un l'autre – et quelque chose a changé entre nous, on est moins à l'aise ensemble ; trop de questions en suspens.

Je n'arrive pas à croire qu'on se soit embrassés. J'en ai toujours envie, seulement... j'ai l'impression que Charley est là, entre nous, à attendre.

– Est-ce que ma sœur était heureuse ? je réussis enfin à demander.

– Oui, je crois.

Jackie continue à scruter les vagues comme si elle guettait l'apparition imminente d'une sirène.

D'ici, on surplombe les deux plages ; à droite celle des jeunes, en bas de chez nous, avec partout des creux de rochers pleins d'eau, assez proche du camping pour qu'on y ait installé le barbecue. À gauche, après les champs et les bosquets de chênes, la plage sauvage, plus grande, où les vagues sont plus grosses. Vus d'en haut, les surfeurs ressemblent à de petits points noirs qui dansent.

– Tu saurais le reconnaître d'ici ?

– Facile. C'est celui qui monte toutes les vagues, répond-elle sans prendre la peine de regarder, d'une voix atone, triste, qui ne lui ressemble pas.

213

Je me tourne vers elle et mon cœur tressaille. Si seulement je pouvais me rapprocher d'elle en ignorant l'existence d'une sœur nommée Charley ! Comme si elle-même n'avait jamais eu de frère appelé Pete !

Une mèche de cheveux lui barre les yeux. Sans réfléchir, je la replace derrière son oreille, comme je la vois faire depuis une heure.

Et enfin, enfin, elle se tourne vers moi et sourit.

– Coucou !

Mais elle ne me répond pas sur le même ton. Elle reporte son regard sur la mer et dit :

– Alors c'est tout ?

– Quoi ?

– Eh bien, toi et moi.

Sa voix semble petite et crispée, comme si parler lui demandait un gros effort. Je suis perdu. Qu'est-ce qu'elle veut dire ?

– Comment ça ? Je ne comprends pas.

– Ben... Comme je ne t'avais pas avoué que j'avais connu Charley... et que Pete est mon frère... Cela dit, j'ai essayé de t'en parler, hein ! Mais maintenant, tu es tellement... distant avec moi...

– Moi, distant ? C'est plutôt toi qui fais comme si je n'étais pas là !

– Oh, ça va, je t'en prie. C'est à peine si tu arrives à me regarder. Quant à...

Elle n'achève pas sa phrase. Une fois de plus elle se détourne, mais j'ai eu le temps de la voir rougir puis pâlir très rapidement, comme si le soleil se couchait sur ses joues.

– Quant à quoi, Jackie ? Qu'est-ce que tu attends de moi ?

Soudain, la seule chose qui compte au monde, c'est l'entendre de sa bouche à elle. Je *veux* qu'elle me le dise ; je veux savoir qu'elle a compris, enfin ! Qu'elle n'est pas indifférente. Mais elle reste recroquevillée, les genoux remontés, à fixer la mer comme si celle-ci allait brusquement monter à l'assaut de la falaise et l'entraîner vers le large.

– Alors ? Qu'est-ce que je suis censé faire ?

Si elle a compris que je ne pouvais pas la toucher, je veux qu'elle me le dise. J'aimerais qu'elle admette que si je pose la main sur elle, aussitôt Charley surgit entre nous, attentive, patiente, et me force à penser à Pete et elle, au lieu de Jackie et moi.

– Tu le sais TRÈS BIEN, gémit-elle.

– Peut-être, mais il faut...

–... que je le dise, c'est ça ?

Elle inspire profondément.

– Tu ne... tu ne peux pas, ou tu ne veux pas... ou plus... M'APPROCHER.

Dès qu'elle a prononcé les mots fatidiques, je m'en sens à nouveau capable et on se serre l'un contre l'autre comme si le vent, en soufflant, n'avait qu'une intention : nous séparer.

– Je te déteste ! s'écrie-t-elle sur un ton qui suggère le contraire.

– Moi aussi. Je veux dire : moi aussi je me déteste !

Ça fait un bien fou d'être à nouveau en CONTACT direct ; seulement, je sens encore en moi Charley et ses questions. Qui attendent.

– C'est quand même bizarre qu'ils aient été ensemble, ma sœur aînée et ton grand frère, que tu l'aies su et que ça ne t'ait pas empêchée de...

215

– Tu me plaisais, idiot ! coupe-t-elle en souriant. Et puis, j'aimais bien... enfin, j'aime bien... rectifie-t-elle en me décochant un regard inquiet, j'aime bien aussi Charley.

– *Souviens-toi !*

– Et tu ne crois pas... (À mon tour d'inspirer profondément.) Tu ne crois *vraiment* pas que Pete était avec elle sur la plage ce matin-là ?

Elle prend l'air incrédule.

– Pete, abandonner Charley dans l'eau ? T'es dingue ou quoi ? Il est toujours amoureux d'elle !

– Ouais, ouais, c'est ce que tu crois, je sais... Mais écoute... il y avait quelqu'un, j'en suis sûr. Je me souviens avoir regardé par la fenêtre et aperçu une ombre sous le réverbère. Or, je ne vois pas avec qui elle aurait pu être, à part Pete.

Elle me jette un regard horrifié.

– Tu crois que mon frère l'aurait laissée là dans les vagues si elle s'était cogné la tête devant lui ?

– Je ne le connais pas, moi. On peut l'envisager, ce n'est pas un crime.

Son expression affirme le contraire.

– Enfin, Hal ! D'accord, il a pu se tromper, c'est un être humain, et c'est vrai qu'il a un sacré caractère ; mais de là à laisser tomber quelqu'un qui est en danger ! Ça non, jamais. De toute façon, je ne crois pas qu'on connaisse toute l'histoire, toi et moi. Les gens peuvent bien dire ce qu'ils veulent, c'est *moi* qui le connais le mieux, et il est impossible, absolument *impossible* qu'il ait fait ce qu'on prétend, parce que... C'est pour ça que tu ne pouvais pas me regarder en face ! Je comprends que t'aies même pas voulu poser la main sur moi !

216

Elle est folle de rage, et moi, subitement, j'éclate de rire. C'est de la folie, je le sais, et je me SENS complètement fou de rigoler comme ça dans le vent pendant qu'elle vocifère, mais c'est vraiment trop drôle. Dès qu'on est bien ensemble, dès qu'on s'amuse, aussitôt un souvenir de Charley s'interpose et fiche tout en l'air.

– Qu'est-ce qui te prend, encore ? Pourquoi tu te marres ?

Je me calme et je le lui explique. Elle sourit, mais elle a toujours l'air fâchée.

– Excuse-moi, je marmonne.

Pourtant, l'ombre de l'inconnu qui observait, cette nuit-là, refuse de me quitter ; elle plane à l'arrière-plan. Il y a quelqu'un, dans la faible lueur orangée du réverbère – une autre ombre, ramassée sur elle-même, tapie dans l'obscurité, qui regarde Charley sur les vagues, comme s'il n'y avait ni mer, ni ciel, ni horizon – seulement Charley. Comme si cet individu l'attendait, elle. Cette idée me donne la chair de poule...

Quelqu'un marche sur ma tombe.

Je me concentre sur mon image mentale. La silhouette indistincte prend forme, grandit, sort de l'ombre, et elle a quelque chose de familier ; elle est de haute taille... est-ce que ça peut être Pete ?

– Mais qu'est-ce qu'on va FAIRE ? gémit Jackie, toute à sa contrariété.

– Il faut qu'on sache qui était là à l'observer.

– Comment ?

– En demandant à Pete ? Pour voir sa réaction ?

– Autant ouvrir une huître ! s'esclaffe-t-elle. J'espère que ça ne te fait pas peur.

– Tu es quand même sa sœur.

Elle a l'air de penser : « T'es complètement à côté de la plaque. »

– À ton avis, qu'est-ce que j'essaie de faire depuis un an ? Il est verrouillé à double tour, je te le répète.

Je ne suis pas convaincu. Peut-être a-t-elle peur de lui ? Je n'ose pas lui poser la question. Elle me regarde déjà d'un œil noir, comme si elle devinait ce que j'ai en tête.

– Écoute, reprend-elle patiemment. On débarque cet été comme tous les ans, et lui, il reste planté devant votre porte d'entrée, avant même d'aller surfer, voir ses potes, tout ça. Il traîne autour de chez vous en faisant semblant de lire. Ha ! De *lire* ! Il a gardé un bouquin que Charley a laissé et il l'a lu. Incroyable mais vrai. Il traîne avec *Les Hauts de Hurlevent* en surveillant votre porte, là-haut. Tantôt c'est toi qui sors, tantôt ton père ou ta mère, très souvent ta petite sœur. Lui, il attend. Tu comprends ?

Je hoche la tête, muet. J'ignorais que le chagrin se manifeste par vagues. Chaque vague emporte avec elle tous les mots. Les larmes se construisent des palais sous mes paupières. Jackie a dressé la liste des membres de ma famille – seulement voilà, il manque quelqu'un.

– Ma mère a regardé, mon père aussi, et moi comme les autres... On était tous là à vous observer, en faisant comme si on ne savait pas ce qu'on attendait.

– Je l'ignorais, dis-je tout bas, effondré mais furieux, FURIEUX de n'avoir pas vu que j'étais épié. (J'inspire à fond.) Et après ?

– Après... (À son tour, elle prend une profonde inspiration.) Après on a constaté que Charley n'était pas là, Hal. Et là, Pete s'est mis en tête d'aller chez vous ; après quoi, il a arrêté. Il a arrêté de vivre. Il ne fait plus que surfer et, parfois, il ne rentre pas de la nuit. Maman a tout essayé, papa aussi... Mais il ne veut plus nous parler, Hal. Je ne sais pas ce qu'il a, ni pourquoi il n'a jamais demandé à voir Charley ; je te jure, je l'ignore. Tu sais... Les flics lui ont fait passer un sale quart d'heure l'été dernier... et il avait déjà eu affaire à eux... Bref, mes parents voulaient qu'il se tienne à l'écart... de vous tous, et de la plage... et s'il n'a rien dit, ni à la police ni à ma mère, c'est qu'il ne dira jamais rien à personne. Tu peux en être sûr.

J'acquiesce, puis je me détourne en battant des paupières.

– Hal ?

– Ouais.

– C'est pour ça.

– Que quoi ?

– Tu te rappelles quand tu m'as demandé pourquoi j'étais avec toi ?

– Ouais.

– Eh bien c'est pour ça.

– Je ne comprends pas.

– Je t'observais déjà sur ta terrasse l'année dernière, quand Charley était sur la plage. Mais cette année, en te voyant avec Sara ou avec ta mère, là-haut... et depuis que tu m'as fait rire, à genoux devant la cabine téléphonique...

– Et alors ?

– Et alors, comme je me suis toujours posé des questions sur toi, dans ta grande baraque sur la falaise, là, j'ai eu envie de faire ta connaissance, c'est tout.

– Ouais.

– Ça ne va pas, Hal ?

– Non.

Elle me prend dans ses bras et j'enfouis mon visage au creux de son épaule jusqu'à ce que les larmes ne se voient plus.

– Tu sais où ils allaient ? me demande-t-elle au bout d'un moment.

– Qui ça ?

– Des fois, ils disparaissaient, tous les deux, lâche-t-elle soudain, dans le silence.

– Comment ?

– Charley et Pete. Ils s'en allaient je ne sais où. Il pouvait se passer des journées entières sans qu'on sache où ils étaient.

Je revois le manteau de la cheminée en chêne, dans la maisonnette. Leurs deux noms entrelacés.

– Ouais. Maintenant, je crois que je sais.

Charley. L'hôpital. Maintenant.

Hal.

Parfois j'ai l'impression de sentir ses pensées, sous forme de tentacules de pieuvre flottant dans les profondeurs de la mer... Parfois je sens leurs extrémités me frôler dans le noir... faisant en sorte que les ténèbres se lèvent...

Am'.

Pete.

Moi.

Il assemble les pièces du puzzle... à cause de lui la peur se lève en moi, de plus en plus haut... de plus en plus haut... jusqu'au niveau où le sol se rétrécit et cède sous mes pieds...

Hal, arrête ! J'ai trop froid !... mais ses pensées continuent à se déverser... il sait quelque chose...

L'obscurité...

N'entrez pas dans cette maison. Ne sautez pas une case et ne gagnez pas deux cents dollars.

Quelle maison ?

Charley. Avant.

J'aime bien rester allongée dans le noir à écouter Hal respirer, la nuit. J'aime l'idée que le reste du monde dort, j'aime entendre la respiration nocturne de la maison, qui craque comme un bateau dont le bois grince et soupire. J'aime me couler silencieusement dans la pénombre des pièces baignées de lune.

Dehors, les étoiles scintillent. Dans toutes les autres maisons la lumière est éteinte, et seul règne l'imperceptible soupir de la mer qui, là-bas, quelque part dans le noir, s'enfle et décroît tour à tour. Le vent est tiède, délicieux, je lui tends mes bras levés, je laisse mes pensées retomber librement, et elles sont toutes pleines de Pete, de ses mains, ses yeux, ses lèvres...

Le froid. Le sel. La piqûre.

Son corps sur les vagues. Les autres ont l'air de lutter contre la mer mais lui se dresse sur sa planche d'un seul et même mouvement fluide, comme on enchaînerait des mots sans avoir besoin d'insérer des espaces.

Rythme. Chant. Harmonie.

Je ne lis plus. Je n'envoie plus de SMS. Je ne rêve plus, je n'écris plus de poèmes. Je ne veux plus qu'une chose : être avec Pete.

– Salut.
– Salut.

On est allongés ensemble dans les vagues.

– Où tu es passée, hier soir ? demande-t-il.

– Je me suis changée en citrouille.

Il rit.

Je l'ai fait rire ! Moi ! Je l'ai fait rire !

– Cela dit, j'ai trouvé une astuce.

– Ah bon ?

– Ouais !

Il tire ma planche vers la sienne, et on s'embrasse, le sel marin sur les lèvres et les flots sous nos corps.

– Faut pas que mes parents me voient.

– Bon, alors on n'a qu'à aller faire un tour à Bude ce soir.

– Pete...

Bon sang, qu'est-ce que j'aime le son de ce prénom...

–... tu penses bien que si je n'ai pas le droit de rester sur la plage après onze heures, mes parents ne vont sûrement pas me laisser aller au port !

– C'est vrai.

Il se tait. Nos planches se balancent au gré des vagues. On en laisse passer une bonne.

– Mince ! s'exclame-t-on en même temps, ce qui nous fait rire.

– T'es pas très concentré, Pete ! lance quelqu'un.

– Moi je crois que si, justement ! contre la voix de Bella.

– Ce serait sympa s'il n'y avait pas sans arrêt du monde autour de nous, remarque-t-il après un temps.

Ses cils retiennent l'eau ; ses yeux sont si bleus... bleus comme un ciel d'été, si clairs que je m'y perds. On prend conscience qu'on est en train de se dévisager. Sans savoir depuis combien de temps.

On se met à rire.

– Vous en avez encore raté une ! s'écrie un autre.

Mais les voix sont très vite emportées par le vent.

– C'est vrai. Ce serait sympa.

Alors je lui propose de se retrouver le soir, rien que nous deux.

– Super. Seulement, c'est encore la plage. Et crois-moi, sur la plage, il y a toujours des couples, même tard.

J'ai mal au cœur parce que ça signifie qu'il l'a déjà fait. Évidemment. Et je devine avec qui.

Je flotte près de lui, le dos chauffé par le soleil, et une idée subite me vient.

– Il n'y a pas que la plage. Je sais où je pourrais t'emmener.

– Ah bon, c'est toi qui me sors, alors ? remarque-t-il en souriant.

– Ne me parle pas sur ce ton condescendant.

– J'aurais du mal ! Je ne sais même pas ce que ça veut dire ! pouffe-t-il.

– Apporte une lampe de poche.

Je compte l'emmener à la maisonnette, notre autre demeure, au fond des bois.

Charley. L'hôpital. Maintenant.

Pas cette maison-là.

Cette maison... me donne des frissons... je me détourne... N'y va pas, Hal... pas tout seul.

Quant à toi, Am', avec ton sourire entendu, forcé, calculé, ces lèvres qui savent... j'aurais voulu purifier ma mémoire de ton image... comme la mer efface les châteaux de sable...

223

Charley. Avant.

Debout sous le jet brûlant, je voudrais pouvoir chasser le souvenir d'Am' aussi facilement que la douche emporte le sable à mes pieds. Je perçois mon corps derrière le voile de vapeur – brun doré, excepté les marques du bikini, ces ombres blêmes qui semblent clamer : « Par ici, Pete ! ». Ça me fait rire, mais ça me donne aussi une idée.

– Ne bouge pas, dis-je à Pete.

J'étale la crème solaire dans ma main que je place juste au-dessus de son cœur, qui bat contre ma paume. Je l'embrasse sur la bouche pour déterminer si cela fait battre son cœur plus vite.

J'obtiens l'effet escompté. Je suis impressionnée.

Je laisse glisser mon autre main le long de son ventre.

– Je suis censé ne pas bouger, observe-t-il sans ouvrir les yeux, d'une voix languissante où se devine un sourire.

– Oui, je sais ! je réponds en riant.

Par la suite, je reproduis le même rituel chaque fois qu'on sort de l'eau, quand on va s'étendre au soleil ou qu'on se retrouve le matin. Je laisse planer mes doigts au-dessus de son cœur, j'approche mon oreille et je fais mon possible pour qu'il batte plus vite tout en murmurant des paroles secrètes contre sa peau, des mots qu'il ne peut entendre tant qu'on reste couchés côte à côte dans le sable.

– Tu es à moi, tout à moi, « Peter von Wunderkind », j'affirme tout haut avec un accent allemand censé imiter un fou effrayant, juste pour masquer ce que j'éprouve vraiment, et la puissance de ma sincérité. Si je pouvais le cacher dans ma poche je n'hésiterais pas une seconde. Je pense à lui en permanence, sans un instant de répit. J'imagine que j'habite avec lui, je nous vois rentrer à la maison bras dessus bras dessous... choisir un divan pour le salon... manger des plats chinois au lit... changer une ampoule... regarder la peinture sécher ?

J'ai l'impression d'être possédée.

– Tu es à moi ! je murmure ainsi contre sa peau, comme si elle pouvait retenir ces mots à la surface, les conserver quand je ne serai plus là et me fondre en lui à jamais. Tout à moi !

Possédée.

– Hmm... J'en connais qui ne seraient pas d'accord, rétorque-t-il en me lançant un de ses sourires charmants-nonchalants.

Mon cœur dégringole d'un coup. Veut-il parler d'Am'? Jamais je ne serai aussi séduisante qu'elle, c'est sûr. Est-ce qu'il le sait ? Est-ce qu'il pense la même chose ? Que fait-il entre dix heures et demie et minuit, ou plus tard, selon l'heure à laquelle j'arrive à le rejoindre en faisant le mur ?

J'observe ma main posée sur sa poitrine ; je sens son cœur qui bat.

Je soulève ma paume, dont l'empreinte claire reste comme gravée sur sa peau dorée.

Voilà. C'est fait.

Souriante, j'essuie la crème solaire qui reste sur mes doigts ; j'ai hâte qu'Am' voie ça !

Am'.

Elle ne tient pas en place ; son corps semble constamment onduler au gré d'une musique invisible, comme si c'était lui qui donnait le tempo. Quand elle parle, elle sautille d'un rocher à l'autre. En ce moment même elle est assise devant le feu de camp, mais ses longs doigts tambourinent sur ses cuisses, sa nuque, repoussent ses cheveux en arrière et les font cascader le long de son dos. Elle a une façon de bouger qui attire l'œil sur chaque centimètre carré de son corps. Je ne sais pas comment elle s'y prend. Je voudrais lui immobiliser les mains, la forcer à s'arrêter.

Pete se rapproche du feu pour retourner les steaks hachés. En passant, il effleure la tête d'Am'. C'est à peine un frôlement, mais il suggère une telle intimité que j'en ai la gorge serrée. Elle l'observe à travers la fumée, fixement, et son teint prend une nuance bizarre ; on dirait le sol de la forêt, moucheté de lumière. Ses mains cessent de s'agiter, son corps tout entier se fige sous la caresse furtive ; elle se tourne vers moi et la haine entre nous devient presque palpable.

On regarde toutes les deux Pete.

Il a enlevé son tee-shirt à cause de la chaleur du feu. Le visage levé, je jouis de ce spectacle, de ce corps. À l'idée que brusquement, il pourrait ne plus être mien, je suis obligée de fermer les yeux un moment – une seconde à peine – tant je sens que je souffrirais. Et si c'était sa main à *elle*, au-dessus du cœur de Pete ? J'en ai la nausée, mais lorsque mes paupières se rouvrent, la marque pâle de ma main est toujours là, sous mes yeux, cramponnée à son cœur.

– Hé, Pete, l'interpelle Bella. C'est quoi cette empreinte, là ?

Les autres lèvent les yeux à leur tour. Il leur sourit.

– Tiens ! fait-il en feignant de la découvrir à l'instant. Je me demande bien d'où ça vient !

– Charley, fais voir si ça colle avec ta main ! demande Bella avec un clin d'œil.

Aurait-elle deviné que c'est justement ce que j'ai envie de faire ?

– Je parie un des brownies maison de Jane !

– Non ! je réplique brusquement.

Tout à coup il fait froid, je frissonne, je ne veux pas.

Quelqu'un marche sur ma tombe.

Pete s'écarte du feu.

Am' a le regard fixe, mais le reste de sa personne se balance légèrement, suivant une pulsation rapide, beaucoup trop rapide. Ses yeux s'attardent sur le torse de Pete. Elle les reporte sur ses propres mains qui dansent, puis à nouveau sur la trace claire. Elle contemple attentivement l'empreinte ; en même temps sa main à elle ne cesse de voleter, de décrire de petits mouvements fluides, et soudain, l'idée d'immobiliser une empreinte pour toujours en l'imprimant sur une poitrine me paraît grossière.

Qu'est-ce qui m'a pris ? Quel accès de possessivité démente a pu me faire croire que Pete m'appartenait ?

C'est sa faute à elle. Sa faute à lui. Leur faute à tous les deux.

– Allez, Charley ! renchérit Mark. Voyons si ça colle !

– Ton prince t'attend, Cendrillon ! s'esclaffe Bella.

Son tee-shirt à la main, Pete reste immobile.

– Non ! je répète.

Il me fait un petit sourire en biais, qui signifie : « ça ne me dérange pas plus que ça ».

– Allez ! Allez ! s'écrie en chœur l'assistance.

Ils se régalent et font monter la tension, qui semble résonner comme un fil tendu, vibrant à travers tout le corps d'Am'. Elle se lève, sans cesser de taper légèrement du pied.

– Je croyais que seuls les paysans marquaient leurs bêtes !
dit-elle en fixant Pete.

Elle n'a même pas haussé le ton. Pourtant, chaque mot
transperce l'air ambiant. Elle tremble, mais je ne saurais
déterminer si c'est de colère, de chagrin ou de folie – moi, je
frissonne de plus belle. J'ai commis une erreur terrible, que je
ne comprends même pas, et que je n'ai aucun espoir de répa-
rer un jour.

Un silence tendu plane sur le petit groupe ; les regards se
posent alternativement sur Am', Pete et moi. L'électricité que
j'ai déjà sentie vibrer entre eux est de retour. Elle ne bouge plus.

– Am', articule Pete d'une voix suppliante.

Ils ne se quittent pas des yeux, et son regard à lui exprime
une telle souffrance, une telle horreur, je crois, que ce spectacle m'est presque insoutenable.

Les autres les observent, muets. Je les distingue comme à
travers une brume étrange ; c'est comme si on se délectait de
la scène, de l'excitation et l'effroi qui émanent de ces deux-là,
alors qu'ils restent seuls, irrémédiablement prisonniers l'un
de l'autre. Quelque chose les lie étroitement, mais quoi ? Pete
semble toujours vouloir prendre Am' dans ses bras et la serrer
contre lui... Pourquoi ? Pour... qu'elle guérisse ?

Et d'où vient cette colère, chez elle ? Est-elle réellement
causée par le chagrin et le désir ? Par la nostalgie de ce qu'elle
a perdu ?

– Enfin, tu sais ce que c'est, n'est-ce pas ? Laisser ta marque,
c'est ton genre ! déclare-t-elle à voix basse.

Ses yeux flamboient, plus vifs que le feu.

– Am'! proteste-t-il d'une voix étranglée, comme si elle
venait de lui couper le souffle en le poignardant.

L'assistance est hypnotisée. Seule Bella reste impassible. Elle ne cède pas à la fascination.

– Am', c'est ton son de cloche à toi, observe-t-elle doucement.

– On peut savoir ce qui se passe, là ? je demande.

Ils recommencent à évoquer une histoire dont je ne connais pas le premier mot. Ils sont solidaires, entre gens du camping ; et moi, ils me laissent en dehors.

Réponds-moi, Pete. Explique-moi ce qui se passe. Reviens, sauve-nous tous les deux de cette fille. Mais il est perdu dans les yeux d'Am', dans les mots qu'elle vient de prononcer ; il se raccroche encore à elle, je ne sais comment, en espérant être entendu.

– Am', répète-t-il une fois encore, impuissant, désespéré.

Je réussis à me relever et je m'interpose dans leur cercle magique. Mais en vain. Je n'explose pas sur place, je ne suis pas instantanément carbonisée par l'atmosphère incandescente qui règne entre eux. Je lève la main vers l'ombre blême sur le torse de Pete, sous laquelle son cœur bat comme un poisson asphyxié, pris dans un filet.

– Qu'est-ce que tu veux dire par là, Am'?

Mon propre cœur fonce comme une locomotive à vapeur emballée.

Pete tient bon. Il tient aussi ma main. De toutes ses forces.

– T'as qu'à demander à Pete, me répond-elle.

Elle recule d'un pas. La connexion est interrompue. Elle nous sourit comme si de rien n'était, comme si on était les meilleurs amis du monde, puis s'éloigne en sautant par-dessus les rochers avec une aisance stupéfiante, l'air de les connaître tous un par un.

229

– T'en fais pas, Pete ! intervient Mark. Am', c'est de la mauvaise graine, et ça date pas d'hier.

Mais Pete garde le silence.

Qu'est-ce qu'ils diront de moi si notre relation prend fin et que d'un coup, j'appartiens au passé ?

– Tu viens ? m'invite Pete.

On s'éclipse, laissant derrière nous le campement revivre et échanger des murmures excités. J'aimerais écouter mais Pete m'entraîne et nous sommes bientôt installés derrière notre rocher préféré.

– Qu'est-ce qu'elle a voulu dire ? C'est malsain de dire que je t'ai « marqué » comme un animal ! C'est pas ça du tout !

– Elle ne voit pas les choses comme nous, Charley. Laisse tomber !

– Qu'est-ce qu'il y a entre vous ? Dis-le-moi, s'il te plaît.

– Je ne peux pas. Écoute, il faut que tu l'oublies.

– S'il te plaît. Tout le monde est au courant sauf moi.

– Écoute, Charley, répète-t-il avec le plus grand sérieux cette fois, et une sincérité évidente. Ils *croient* qu'ils savent, mais c'est faux. OK ?

– Il ne me reste qu'à te faire aveuglément confiance, c'est ça ?

– À peu près, oui, répond-il avec un haussement d'épaules, comme s'il n'y avait pas d'autre option.

– Mais je vois bien que quelque chose cloche ! je gémis.

– Et moi, ce que je vois, c'est que ça ne te regarde pas ! rétorque-t-il sèchement.

Il a le don de me faire rire, et une fois que c'est parti, je ne peux plus m'arrêter.

– Ça ne me « regarde » pas ? Tu plaisantes ? Tu es la seule chose qui compte, pour moi. Toi, et elle. Tu as conscience de ce qui circule entre vous ? Ça crève les yeux ! Et je suis censée en conclure quoi, moi ?

Il me regarde fixement ; je devrais me taire, là, tout de suite, mais je ne peux pas.

– Il faudrait que je ferme les yeux et que je te fasse confiance, hein ? Je sais, je ne te ferai *jamais* le même effet qu'elle, OK, mais...

Je t'en prie, détrompe-moi, Pete. Fais-moi taire.

– Qu'est-ce que t'en sais ?

Il pousse un soupir inattendu chez quelqu'un de dix-sept ans. Un soupir beaucoup plus âgé.

– Rien, mais vous savez tous quelque chose que j'ignore, c'est évident. Je suis la seule à ne rien comprendre, et tu le fais exprès ! Am' est folle, c'est ça ? Complètement cinglée ?

– Pas complètement – un peu.

À entendre sa diction lente, typique des surfeurs, on croirait que ce n'est pas grave, que c'est normal, que ça ne concerne pas notre couple ; qu'en fait, ça n'a rien à voir avec nous. Il me serre contre lui en prononçant mon nom.

– Tu me fais confiance ? demande-t-il avec une tristesse et une douceur infinies, enfouissant son visage dans mes cheveux.

Atroce, cette façon qu'a mon cœur de fondre entre ses mains ; je ferais n'importe quoi, absolument n'importe quoi pour que la vie recommence à bien nous traiter, *me* traiter.

Je m'efforce de plaisanter.

– Si je comprends bien, Am'... hante !

– Y a un peu de ça, répond-il avec mélancolie. Mais laisse-la tranquille, OK, Charley ?

231

Mon cœur saigne de constater qu'il se soucie encore à ce point de ce qu'elle peut ressentir.

– D'accord. On pourrait peut-être arrêter de parler d'elle...

– De quoi tu veux qu'on parle ?

– De rien. Je ne veux pas parler !

Alors on se tait, mais finalement, ce n'est peut-être pas ce qu'on sait faire de mieux.

Hal. Maintenant.

On est de nouveau en haut de la falaise. On passe notre temps là-haut, pour ainsi dire ; comme si la vie pouvait devenir aussi limpide, aussi dégagée que les plages à nos pieds – pourvu qu'on y reste assez longtemps.

– Bon, si ce n'était pas Pete qui l'observait, alors qui était-ce ? je lui demande pour la millionième ou la milliardième fois.

– Comment veux-tu que je te le dise, je n'y étais pas, moi ! fait-elle sèchement.

À sa façon d'écorcer sa brindille de saule, on dirait que c'est *moi* qu'elle aimerait dénuder et nettoyer.

– Je sais bien ! Mais tu as forcément une petite idée !

– Hé, Hal...

– Quoi ?

– Et toi ? C'est vrai, après tout, tu te souviens de l'avoir vue dans l'eau, non ?

– Ouais, et alors ?

J'ai parlé avec précaution, comme si d'une certaine manière, je redoutais la suite. D'ailleurs, je n'aime pas beaucoup son expression.

– Et alors, après tu ne te rappelles plus de rien jusqu'au moment où tu l'as trouvée sur le gros rocher, c'est ça ?

– Et ?

Elle me fixe de son regard d'aigle et reprend lentement, avec application, comme si elle réfléchissait en même temps :

– Alors qu'as-tu fait, entre le moment où tu l'as aperçue et celui où tu l'as rejointe ? Tu t'es rendormi ?

Je sens la panique monter. Comment a-t-elle deviné ? C'est justement la question qui m'obsède la nuit !

– J'en sais rien. Je suis incapable de dire où j'étais.

– Donc, en un sens, tu es la dernière personne à l'avoir vue.

Le vent rabat ses cheveux sur son visage mais ni elle ni moi ne faisons rien pour y remédier.

– Qu'est-ce que tu sous-entends ?

– Rien... Je te pose juste la question, Hal. Où étais-tu ?

– Je l'ignore ! je m'écrie, la bouche emplie de salive et de frayeur. La dernière personne à l'avoir vue c'est *l'ombre* !

– Oui, mais... Peut-être que... Enfin...

– Peut-être que l'ombre c'est moi, est-ce ce que tu penses ?

Elle se borne à hausser les épaules, et dans ma tête, l'ombre grandit. Moi aussi j'ai épié Charley, l'été dernier. J'avais tellement envie de faire comme elle ! Je lui en voulais de disparaître, de me laisser seul à la maison, assis sur le muret, à écouter et observer...

Alors, est-ce que c'est *moi*, tassé contre ce réverbère ?

– Je veux dire... Si tu la sens tout le temps en toi, c'est peut-être dû à un sentiment de culpabilité, non ? Parce que tu n'as pas pu la sauver ?

– C'est vrai que je la surveillais. Elle avait changé. Quelque chose la préoccupait, et pas seulement parce qu'elle était

233

amoureuse. Il y avait autre chose... de moins positif ; ça l'inquiétait, et je lui en voulais de ne pas m'en parler – de ne pas me parler du tout, d'ailleurs. Seulement, il n'était pas question que je...

Au moment même où je prononce ces mots, il me vient une pensée réconfortante : même si c'était moi sous le réverbère, jamais, au grand jamais je ne lui aurais fait de mal !

– Je ne lui ai pas fait de mal, dis-je. Même si je suis cette ombre, ce n'est pas moi qui ai blessé Charley !

– Vraiment ? réplique Jackie sans me quitter des yeux. Et à ton avis, qu'est-ce qui la tracassait comme ça ?

Une autre question me traverse l'esprit : si ce n'est pas moi qui ai fait du mal à Charley, alors qui ?

– Sais pas... Mais en tout cas elle n'était pas... euh... facile.

C'est le seul mot qui me vienne en tête.

– Tu sais quoi ? dit-elle tout à trac, comme si elle venait de prendre une décision. Moi aussi je l'avais à l'œil, et elle paraissait malheureuse. On était tous un peu sur les dents l'an dernier, dans le petit groupe ; mais Charley ignorait pourquoi, et nous, on sentait qu'il valait mieux ne pas lui dire parce que... Bref, elle était malheureuse à cause d'Am'.

– Qui ça ?

Je suis tellement soulagé que l'ombre ne soit plus moi... c'est à peine si j'entends ce que me confie Jackie.

– Oh, ça va, hein ! Tu as bien dû la remarquer.

– Pourquoi, elle est comment ?

– Elle était là durant votre petit duel, Jake et toi. Un peu le genre Kate Moss, mais avec de plus beaux cheveux.

– Hein ! C'était Am', ça !? Am', la « folle de la plage » ?

Ça la fait rire.

– C'est vrai, on a du mal à se rappeler le vilain petit canard qu'elle a été avant de se transformer en cygne.

J'essaie de me remémorer Am'. Après tout, elle fait partie du paysage depuis aussi longtemps que nous – bien plus, même, puisqu'elle est du coin. Au début, elle était aussi difficile à repérer qu'un petit poisson dans un creux de rocher. On l'apercevait de loin, lorsqu'elle nous espionnait du haut d'un rocher, ou plutôt on *pressentait* qu'elle était là, comme si on distinguait son reflet dans l'eau ; mais quand on se retournait elle avait disparu et on n'y comprenait rien. Nos parents croyaient qu'on l'avait inventée. Même nous, au bout d'un moment, on a fini par se poser la question ! Mais ensuite elle a grandi et s'est mise à nous tourner autour. Elle inquiétait carrément les adultes : à onze ans elle escaladait tout et n'importe quoi – plus c'était haut, mieux c'était. On prétendait qu'elle avait grimpé sur le toit du pub, et même en haut du clocher de l'église.

– Si jamais tu me fais un coup pareil... disait ma mère.

Et puis du jour au lendemain elle a arrêté de grimper partout, d'attraper des crabes et de les agiter sous le nez des filles. Elle ne s'amusait plus à nous flanquer la trouille ; elle restait simplement seule, à fumer sur les rochers... Alors les autres se sont vengés... ils se sont mis à lui lancer des berniques... à la traiter de tous les noms... Elle ne bougeait toujours pas ; elle continuait à fumer. Et Jackie voudrait me faire croire qu'elle s'est muée en top-model ?

– Le plus bizarre, reprend-elle, c'est que Pete est devenu très beau à peu près en même temps, et c'est pour ça qu'ils se sont retrouvés ensemble ; à mon avis, ils avaient tous les deux du mal à croire que l'autre était intéressé !

Elle pousse un soupir et pèle un nouveau morceau d'écorce, qu'elle enroule autour de ses doigts.

– Si seulement ils ne s'étaient pas rencontrés ! conclut-elle en lançant le copeau blanc et moelleux vers la mer.

Ballotté par le vent, il danse sur place en refusant de retomber, ce qui la fait rire.

– J'aimerais bien pouvoir faire ça. Et toi, Hal, tu n'as pas envie de voler, parfois ?

À ce moment précis, justement, je voudrais écarter les bras et m'envoler loin, très loin, partir là où il n'y aurait que Jackie et moi, et un éternel soleil.

– Si. Mais pourquoi tu as dit ça ?

– Quoi, que je voudrais voler ?

– Non, que ce serait mieux s'ils ne s'étaient pas rencontrés ? Qu'est-ce que ça a à voir avec Charley ?

Avec un soupir, elle se concentre à nouveau sur son bout de bois. Il est presque tout blanc, maintenant. Blanc comme un os.

– Tu as cru que c'était toi, cette ombre, hein ? me demande-t-elle.

– Ouais.

– Et ça aurait *pu* être toi ?

– Oui, Jackie, ça aurait pu être moi. Et alors ?

– Alors dis-toi : « Je SAIS avec CERTITUDE que jamais je n'aurais fait de mal à ma sœur », et essaie de ressentir au fond de toi ce que ça signifie. D'accord ?

– OK, OK, va jusqu'au bout de ta pensée !

Il me prend l'envie fugitive de lui arracher une mèche de cheveux – ses si beaux cheveux – et de l'étrangler avec.

236

– Eh bien moi, j'ai la CERTITUDE que jamais Pete ne lui aurait fait de mal, tu comprends ? Donc, on est à égalité, toi et moi, OK ?

– Ouais, d'accord !

Mais je n'en pense pas un mot. Après tout, elle n'*est* pas son frère, alors comment peut-elle SAVOIR ?

– Dis-moi seulement quel est le rapport avec Charley et Pete !

– Eh bien l'an dernier, quand ils étaient ensemble elle et lui, on était tous assez inquiets pour Pete, parce qu'il en a vraiment bavé, tu sais. Et puis...

– Et puis ?

– On avait envie que ça tourne bien pour lui ; il tenait tellement à elle ! Et on était contents qu'ils sortent ensemble, surtout après ce qu'Am' avait... Parce qu'on... enfin... on aurait dû la prévenir. J'en ai bien parlé à Pete mais...

Elle s'interrompt et me regarde comme si elle n'avait qu'une envie : que ce soit fini, que les choses soient exprimées, que ma réaction lui soit déjà connue. Enfin, elle reprend :

– Je crois qu'il avait peur de la perdre s'il la mettait au courant, pour... Enfin...

– Jackie ! Je ne comprends rien à ce que tu racontes ! Où veux-tu en venir ?

En même temps mon cœur me hurle : « Non, ne l'écoute pas, il ne faut pas que tu entendes ça, Hal ! Empêche-la de te le dire ! ». Mais trop tard :

– L'été dernier...

Ses yeux se perdent dans le lointain, comme si elle revoyait ce qu'elle s'apprête à évoquer. Ses mains cessent enfin de s'agiter et le bâtonnet dénudé retombe sur ses genoux.

– Charley était... je ne sais pas comment dire... une bouffée d'air frais après Am', tu vois ? Marrante. La première fois qu'elle est venue au barbecue elle a mangé une tonne de gâteau sans savoir que c'était un space-cake... Je l'ai vue courir dans tous les sens sur la plage en criant : « Mayday, Mayday ! » Et nous, on avait envie que ça continue comme ça. J'ignore si on avait raison. Moi, ça m'inquiétait. Bella aussi... mais on n'a pas pensé... Ils avaient l'air si bien ensemble, si heureux... On avait l'impression que si on s'en mêlait, tout risquait de s'écrouler tellement c'était parfait...

Elle ne perçoit donc pas mon cœur qui bat à grands coups ? Elle ne sent donc pas à quel point j'ai besoin de l'entendre énoncer ce qui l'obsède ?

– Peut-être, mais ils ne sont plus ensemble, maintenant, et il ne va même pas la voir à l'hôpital, alors...

– L'an dernier, il a eu des ennuis. De gros ennuis. Avec la police, achève-t-elle enfin.

Je suis incapable de parler. D'articuler un son. Je ne peux que la dévisager en attendant la suite... dans l'espoir qu'elle m'aide à comprendre pourquoi je me sens si mal, pourquoi je vois ma sœur et son amoureux s'enfoncer dans les bois, seuls tous les deux.

– À cause de quoi ? je finis par demander, rompant le silence entre nous.

– Les flics l'ont mis en examen.

Elle-même s'exprime lentement, d'un ton incrédule.

– Pour coups et blessures.

J'émets un drôle de bruit, indescriptible. Jackie se tait, attendant une réaction, mais en vain. Tout ce que je comprends, c'est que deux personnes – Charley et Pete – entrent dans la forêt, et qu'une seule en revient.

– Mais il ne lui a rien fait à *elle*, Hal. Je te le jure.

– En es-tu bien sûre ?

Je saisis le bâton mort sur ses genoux et le lance de toutes mes forces. Il s'envole par-dessus la falaise en tournoyant sur lui-même, de plus en plus haut, s'immobilise l'espace d'une seconde interminable, puis s'abîme dans la mer.

Charley. L'hôpital. Maintenant.

Et on s'éloigne d'eux... Am'... toute la bande... On s'en va loin d'eux, très loin. Là où on peut se persuader qu'il n'y a que nous deux... comme quand on prend une vague... plus de passé, plus de présent, plus d'avenir... juste l'ici et maintenant, et c'est exactement ce que je désire. Rien que des souvenirs, Pete, et moi. Ni Am', ni Jenna, personne pour poser des questions... Oui, et fiche-nous la paix, Hal, arrête de tendre ces tentacules qui cherchent à savoir... cesse de nous observer avec ces yeux qui veulent voir. Il y a des choses qui ne te regardent pas, Hal... Pete et moi, en route pour la maison dans les bois.

C'est chouette, au crépuscule, de se parler tout bas dans les allées obscures entre les arbres, de goûter les lèvres de l'autre en oubliant qu'on va quelque part. Lui, il n'est jamais venu dans ces bois.

Charley. Avant.

– Tu vas me planter là, hein, c'est ça ? dit-il.

– Absolument ! Je vais t'emmener au cœur de la forêt et t'abandonner sur place ; alors t'as intérêt à laisser une ligne de noyaux d'olives derrière toi si tu veux retrouver ton chemin.

– Une ligne de noyaux d'olives ??

On éclate de rire ensemble.

– Mais où tu vas chercher tout ça ?

Le ruisseau murmure derrière le bosquet plongé dans la pénombre. On avance sans se presser. En se tenant la main.

– Si ça se trouve, c'est MOI qui vais t'abandonner dans les bois, plaisante-t-il, à la merci des Peaux-Rouges !

– Tu oublies que je parle couramment l'apache. Je les lancerai à tes trousses !

– Ah ouais ? Et où est-ce qu'on apprend à parler l'apache ?

– Dans toutes les écoles de filles !

– Super ! Je peux venir aussi ?

– Ah non, ça me ferait trop de concurrence.

– C'est vrai, il n'y a pas de garçons du tout ?

– Pas la queue d'un !

Ça nous fait hurler de rire. On s'embrasse encore, et enfin je lui pose des questions sur lui. Il a horreur du collège et se fait tout le temps exclure.

– Mais pourquoi ?

Je n'arrive pas à imaginer comment un type aussi cool et aussi beau peut s'attirer des ennuis au point de se faire renvoyer.

– C'est parce que je suis là que tu me vois comme ça, tente-t-il de m'expliquer. L'école, je supporte pas. Ça me rend...

Comme il laisse sa phrase en suspens, je n'insiste pas ; je n'ai pas envie de ruiner l'ambiance. Je n'aime pas beaucoup quand son visage doré s'assombrit.

Son père travaille dans une exploitation agricole.

– Cool, je commente.

240

– Tu parles !

Pourtant, de mon côté j'imagine déjà les arbres qui se profilent dans la lumière brumeuse du petit matin, le silence absolu de la nuit...

J'y suis presque.

– Je resterai dans le coin à cause de la mer, je suppose, se borne-t-il à ajouter.

On avance toujours. On s'habitue peu à peu au calme qui règne ici, on savoure le son haut et clair de nos voix sous les arbres et la possibilité de marquer une pause quand on le veut pour s'embrasser sans que personne nous voie.

– Dis donc, c'est encore loin ? demande-t-il au bout d'un moment.

Il laisse pendre son sac à dos dans sa main comme s'il ne pesait rien.

– Non, on y est !

Et justement apparaissent devant nous, entre les arbres, les contours sombres et inanimés d'une habitation.

– Il faut entrer par la fenêtre, je précise.

On s'exécute, pour trouver la maison fidèle à elle-même : vide, silencieuse, déserte – solitaire.

– La vache !

Il reste un instant à hocher la tête, au milieu de la pièce.

– Tu voulais être seul, non ?

– Seul avec toi, oui. Oh super, une cheminée ! Elle fonctionne ?

Déjà il ressort par la fenêtre pour aller ramasser du bois ; moi je sors les bougies en rêvant qu'on vit ici ensemble.

Je me souviens.

Oh, Pete.

241

On s'installe par terre devant le feu pour bavarder et s'embrasser. Je lui parle de Jenna et de Sally, je lui raconte comme ce n'est pas toujours facile d'être l'aînée, que mes parents sont complètement paniqués à l'idée que je puisse sortir avec un garçon, et à plus forte raison avec lui.

Il mentionne son frère aîné, David, qui s'est barré dès qu'il a eu seize ans, puis son meilleur pote, Martin. Il dit que d'après sa mère il a « mauvais caractère » mais « ne se met pas facilement en rogne » non plus, et enfin qu'il passe un été génial cette année, parce qu'il ne sort plus avec Am'.

J'essaie de tout absorber en silence, souriant, mais en vain.

– Comment tu peux dire ça ? C'est vrai, quoi – elle est... tellement jolie ! Elle qui a l'air d'avoir poussé entre les rochers de la plage, comment elle a pu se changer en top-model, tout à coup ? Si tu connais la recette, je la veux bien !

Il me regarde sans comprendre.

– Ben, c'est Am', quoi !

– Oui mais laquelle ? La gamine des rochers ou le top-model ? Hein ?

Il se lance après une hésitation.

– Bon, c'est vrai qu'elle est vachement belle, et qu'à certains moments on ne voit qu'elle, mais...

Bon, OK, ça suffit là !

– Écoute Charley, je ne sais pas, moi... C'est Am' et puis c'est tout. Comme on n'est plus ensemble, je n'ai pas envie de penser à elle... ça me file le moral à zéro.

– Pourquoi tu ne veux pas en parler ?

Ça recommence. Je sens bien qu'il y a quelque chose qu'il me cache. Ça crève les yeux. Ce mec ne sait pas mentir. À moins que...

– Parce que... Elle est vraiment capable de... de pousser les gens à...

La lueur du feu joue sur son visage, et il a soudain l'air soucieux. J'efface de la paume les plis qui barrent son front.

– Qu'est-ce qu'il y a, Pete ?

Un frisson d'appréhension me glace le cœur. Et s'il était toujours amoureux d'elle ?

– Écoute, laisse tomber, d'accord ? lâche-t-il brusquement. Laisse-la tranquille, ne va pas lui parler !

On dirait que j'ai touché un point sensible. J'aimerais faire disparaître cette fille de la surface du globe. Elle, et cette vibration exacerbée qu'on sent crépiter entre eux.

Un petit coup de vent se faufile par la fenêtre et fait tinter les gobelets métalliques. Soudain, j'ai froid et je me demande ce que je fais là, dans cette vieille baraque humide, avec un dieu du surf. Cette idée me fait rire, mais mon hilarité rend un son bizarre ; il me semble entendre un bruissement de feuillages dehors, suivi d'un craquement bref, comme de l'écorce qui se détache.

Je n'ai pas le temps de réagir que Pete est déjà à la fenêtre.

– C'est rien. Juste le vent.

Il me serre si fort dans ses bras que j'ai beau essayer de me retourner, je ne vois pas ce qui se passe par la fenêtre.

Je me perds dans la contemplation de ses yeux que le feu fait briller. Comment peut-on passer autant de temps à se regarder ? Une fois qu'on a épuisé tous les mots, on s'embrasse inlassablement, et bientôt nos bouches ne suffisent plus : nos mains prennent le relais. Je n'ai plus mon tee-shirt ; le sien ne tient que par une manche. C'est fou ce que ce garçon est beau. Je ne peux m'empêcher de le toucher sans arrêt, d'éprouver la différence entre la fraîcheur de sa peau et la chaleur de ses lèvres. Il se presse contre moi. Je fais de même. On pouffe. Il se presse encore plus fort, moi aussi, et soudain c'est comme s'il avait disparu ; il pèse de tout son poids sur moi, ma voix est étouffée, ma bouche plaquée contre sa peau, muette.

Je lui enfonce mes ongles dans le dos pour l'obliger à me libérer et je me redresse en position assise.

– Pete, c'est pas drôle. Je pouvais plus respirer, moi.

Et de fait, je cherche mon souffle.

– Euh... halète-t-il, momentanément sans voix, lui aussi. Pardon. Qu'est-ce que j'ai fait ?

– Tu m'empêchais de respirer ! Tu m'écrasais !

– C'était un JEU, Charley ! lance-t-il, exaspéré.

– Auquel tu as joué avec Am', hein ?

Je m'imagine le regard brûlant de cette fille, je la vois se plaquer à lui encore plus près que moi tout à l'heure.

On continue à s'amuser un peu ?

Tiens, d'où est-elle venue, cette phrase ?

– Charley, je t'ai déjà dit que je ne voulais pas parler d'elle, reprend-il en lissant mes cheveux.

Son visage est si près du mien que je ne vois plus que ses iris clairs.

– Je refuse de te regarder ! je plaisante en abaissant mes paupières.

Peine perdue : je sens ses lèvres, douces, si douces, contre les miennes, et ma tête qui repose, légère, dans la grande main de Pete qui la soutient. Alors je rouvre les yeux en sachant déjà qu'il est inutile de lutter : je ne pourrai que me perdre à nouveau.

Peau contre peau, c'est encore mieux que dans les rêves ; j'enroule mes jambes autour de lui. C'est comme si mon corps était resté endormi pendant des années ; et il choisit ce moment précis pour me faire comprendre que de toute façon, c'est lui qui commande, et depuis toujours. Maintenant, c'est moi qui me presse contre Pete. Mais brusquement j'entends à nouveau le même bruit : comme un hoquet étranglé. À moins que ce ne soit le vent, au-dehors ?

– Stop !

J'ai du mal à croire que c'est moi qui ai parlé, et pourtant j'insiste :

– Arrête une minute.

Il m'obéit. Il respire fort, comme s'il venait de recevoir un coup de poing. Mais en même temps, il rit.

– Il faut que je fasse une pause.

J'ai la voix qui tremble, je me sens nauséeuse. Est-ce que quelqu'un nous observe, là-dehors ? Jackie peut-être ?

– Charley, tu es sûre que ça va ?

Il semble inquiet, à présent. Il a peut-être entendu quelque chose, lui aussi. En tout cas, il est aux aguets.

– J'ai cru entendre un bruit, je lui avoue.

– Ouais.

Il remet rapidement son tee-shirt, me tend le mien, se lève et va regarder par la fenêtre.

– Je vois rien.

– Pardon.

Subitement mon hésitation ressemble à une piètre excuse pour cacher ma peur.

– Y a rien, assure-t-il en revenant me serrer dans ses bras. De toute façon ça tombe bien !

245

– Comment ça ? Tu ne voulais pas, euh... ?

– Et toi ? Tu veux ?

– Ça m'arrive ! Il y a une minute, par exemple !

Il reste silencieux. Le feu s'est éteint et on sait l'un comme l'autre que je dois rentrer à la maison.

– Tu l'as déjà fait, hein ? je finis par lui demander.

– Ouais.

– Avec Am'?

– S'il te plaît, Charley. Laisse Am' en dehors de tout ça. Elle est trop...

– Trop bien pour que je parle d'elle, c'est ça ?

– Mais bon sang ! s'écrie-t-il, brusquement en colère – *très* en colère. Tu ne sais rien d'elle et de sa vie, alors il *faut* que tu arrêtes, t'as compris ?

Je me mets en rage à mon tour.

– C'est tout ce que t'as trouvé pour pas répondre à ma question ? T'as couché avec elle ?

– Non, je n'évitais pas de répondre, et oui, j'ai couché avec elle. T'es contente maintenant ?

– Ah... je lâche d'une petite voix très bête.

D'ailleurs, c'est comme ça que je me sens : toute petite et très bête. J'imagine les yeux d'Am', moqueurs, provocants, avec l'avantage de l'âge, la supériorité de celle qui *sait* – une chose que j'ignore, mais qu'ils connaissent tous les deux. Et pas moi.

Je suis trop jeune. Il va me larguer.

– Moi aussi j'en ai envie, tu sais... je murmure, tellement j'ai peur de le perdre, d'être rejetée.

Je voudrais vivre la même chose que Pete et Am', savoir ce que c'est que de s'apprendre aussi intimement, d'être reliés par cette vibration bizarre... Comment fait-on ? Comment dit-on : « J'en ai envie – j'en ai *vraiment* envie, et je veux que cette sensation m'emporte jusqu'au bout » ? Comment dit-on : « Seulement voilà, j'ai peur et je sais très bien que jamais je ne serai aussi sexy qu'elle » ? Et comment réagira-t-il si je suis nulle ?

– Peut-être que c'est *moi* qui ne veux pas, Charley, articule-t-il lentement.

Je n'arrive pas à y croire. Je suis transpercée de douleur. Qu'est-ce que j'ai fait ? Est-ce que tout est fini entre nous ? Il n'y a plus rien à dire ?

– Alors c'est fini ?

Autant me l'entendre confirmer sur-le-champ. De toute manière, je me sens déjà complètement idiote, alors ça ne peut pas être pire.

– Qu'est-ce qui est fini ?

– Mais... nous deux.

– C'est ce que tu veux ?

– NON !

– Bon, alors...

Il m'embrasse. Et on continue à échanger des baisers doux qui ne mènent nulle part.

– Tu n'auras pas toujours quinze ans, murmure-t-il enfin, lorsqu'on se relève.

– Qu'est-ce que ça peut faire, l'âge que j'ai ?

Malheureusement, je connais déjà la réponse.

« Alors, Pete, tu les prends au berceau maintenant ? » raille une voix dans ma tête. Celle d'Am'.

Sur le chemin du retour, il me tient la main, me fait rire, me donne l'impression d'être en sécurité, comme s'il me portait dans ses bras. À un moment, dans les bois derrière nous, une brindille craque, ou bien c'est une petite branche qui se détache. J'ai la sensation d'être suivie ; je tente de me retourner, de regarder en arrière, mais bizarrement, chaque fois Pete se retrouve entre moi et la source du bruit, que ce soit pour me donner un baiser, raconter une blague, rire.

– N'aie pas peur, me chuchote-t-il. Je suis là.

J'ai peur quand même.

– J'ai l'impression que quelqu'un nous suit, tu sais, je réponds sur le même ton, en m'efforçant de rire aussi.

– Ça doit être ta mauvaise conscience !

Il sourit, puis se penche et me regarde droit dans les yeux.

– Ah non, feint-il de constater. Elle est claire comme de l'eau de roche.

Ce qui nous fait encore pouffer.

– J'espère bien qu'elle ne va pas le rester !

– Et moi donc !

Mais quand ? Et pourquoi pas tout de suite, là ?

La réponse est dans ma tête, inscrite très nettement dans l'air, cet air vibrant qui émet comme un bourdonnement entre elle et lui. Elle. Am'.

De retour à la maison, j'ai la sensation d'être devenue dingue. Et je crève de peur. Peur de l'intensité de mon désir pour Pete, peur qu'il ne veuille pas de moi, peur de plonger la tête la première du haut de la falaise sans vérifier la profondeur de l'eau... mais ce n'est pas tout.

J'ai toujours la même impression d'être suivie.

– Tu t'es fait prendre par le vent, ma grande, remarque ma mère. Tu es tout « écheventée » !

Le mot me paraît très juste ; c'est comme si mon corps avait été traversé par la puissance du vent, comme si le sel m'avait saisie et projetée dans les hauteurs turbulentes où je danse sur les nuages.

– Allez Hal, viens par là !

Je l'attrape et j'esquisse quelques pas de valse avec lui dans la cuisine.

– Lâche-moi ! me dit-il.

– Cher père, si vous voulez bien m'accorder cette danse...

Papa est nul, mais il fait un effort. Je ne tiens pas en place. Je chante, je rends tout le monde cinglé sauf Sar'.

– Encore ! réclame-t-elle.

Alors je recommence. Je la lance en l'air comme mon père avec moi quand j'étais petite : je restais une fraction de seconde immobile, en suspens, et le monde entier étalé au-dessous de moi attendait que je retombe. C'est tout à fait ce que je ressens quand je suis avec Pete.

– Et hop !

– Encore ! braille-t-elle.

On continue à jouer toutes les deux, maman rit du spectacle et papa déclare :

– On est contents que tu sois rentrée, ma grande.

Seul Hal reste là à me regarder en silence, comme s'il savait que je ne suis pas *vraiment* rentrée, que je suis ailleurs, pas en possession de toutes mes facultés – en tout cas loin d'ici, à me demander si je reviendrai un jour.

– Doucement, me dit-il.

On échange un regard, une seconde d'intimité totale ; ses yeux ardoise déchiffrent mes sentiments. Pourtant, une distance infranchissable nous sépare. Je serais incapable d'expliquer d'où vient cette peur qui s'empare de moi quand je suis avec Pete, et qui fait que chaque fois, j'entends des bruissements de feuillages ou des craquements de branches. Lorsqu'on est allongés ensemble, tard le soir, dans l'ombre d'un rocher, je m'imagine toujours qu'on va nous surprendre.

Je m'imagine qu'un soir où on se promènera, heureux, riant de tout... au détour d'un virage, on se retrouvera soudain prisonniers dans le faisceau d'une torche, comme des lapins ahuris, paralysés par les phares, incapables de réagir.

Et parfois, sans raison, je me surprends à penser : « Maman, au secours... »

Charley. L'hôpital. Maintenant.

– *Maman !*

– *Au secours !*

Et subitement, par miracle, elle est là. J'ai du mal à y croire, mais c'est bien elle, sa voix à elle, près de moi.

– Bonjour Charley. Je suis tellement contente de te voir, ma chérie ! Même avec tous ces affreux appareils autour de toi. Tu sais que tu ressembles à une poupée rousse, dans cette chemise de nuit ?

Elle se tourne vers l'infirmière et je trouve sa voix merveilleuse, et furieuse aussi, tranchante comme le bord d'un coquillage coupant.

– Qu'est-ce qu'elle fait en chemise de nuit ? J'avais demandé qu'on l'habille tous les jours. Mon chou, tu ne peux pas savoir à quel point tu m'as manqué, même comme ça, dans ce lit tout tristounet.

– *Maman !*

Sa voix. Chaleureuse.

Chaude comme une pluie d'été.

Elle ouvre la fenêtre et une délicieuse senteur déferle sur moi ; maman sent la mer !

– Là, c'est mieux !

Silence.

Ils ont dû changer la pile de l'horloge parce que son tic-tac est plus fort qu'avant ; comme un cœur neuf dans un corps âgé.

– Tu sais qu'on ne voit presque plus jamais Hal ! Tu te rends compte, je crois qu'il sort avec une fille, mais il est aussi farouche que toi, pour ces choses-là, et aussi cachottier. Ah, vous faites bien la paire, tous les deux !

Ses paroles me chatouillent, comme quand on a la chair de poule.

Elle me caresse la joue en silence.

– Où es-tu, ma petite chérie ? *chuchote-t-elle.* Et qu'est-ce qu'on va faire de toi ?

– *Mais je suis là, maman ! Je suis là !*

Elle ne m'entend pas, mais m'embrasse quand même ; ses lèvres sont douces comme des ailes sur ma joue.

– Ah ! Madame Ditton. Je suis content de vous voir.

Je frémis.

Quelqu'un marche sur ma tombe.

– Malheureusement, pas d'amélioration, comme vous pouvez le constater, *poursuit la voix.* Je crois que votre mari et vous-même faites bien d'envisager sérieusement la situation.

– Vous ne pensez pas qu'on pourrait parler de ça ailleurs ? *rétorque maman sans aménité.* Je préférerais ne pas mêler ma fille à cela.

Pourquoi ? C'est de moi qu'on discute, là ?

– Je te demande pardon, Charley !

251

Il y a maintenant dans sa voix une nuance de désespoir et d'impuissance qui m'effraie... j'entends la porte se refermer, ce qui signifie qu'elle est partie. Les sutures toutes neuves qui rattachent tant bien que mal tous mes morceaux les uns aux autres vont craquer, je le sens...

– *Maman !*

Elle ne répond pas mais une larme brûlante et salée coule sur mon front. C'est à son contact que je commence à me disloquer ; tous les morceaux qui me composent se détachent et fusent de-ci, de-là. Les bras planent dans l'air, attrapent les jambes, et ma tête tourne à toute vitesse sur elle-même, séparée du corps et incapable de coordonner les pièces détachées.

– *Maman !*

Mais mon appel reste sans réponse ; il n'y a que les ténèbres muettes et froides, et moi je flotte en mille morceaux, immobile.

– *Au secours ! Aidez-moi !*

– *Hal... Hal... Hal...*

Je l'appelle sans relâche... mais cette fois, pas de réponse...

Hal. Maintenant.

– *Au secours ! Hal... Hal... Hal...*

Elle m'appelle et j'en ai mal à la tête tant je tente de l'ignorer.

– *Charley, j'ai fait ce que j'ai pu pour t'aider mais ça m'éloigne de Jackie.*

Ça me brûle au milieu du front, comme si une goutte d'acide pur se perçait un chemin jusque dans mon crâne.

Arrête, je m'intime.

Oui, mais comment ? J'aimerais bien le savoir. Comment arrêter d'aimer quelqu'un sous prétexte qu'il est dans le coma ?

– En étant ici et maintenant, Hal, c'est tout, je m'ordonne à mi-voix.

Il faut que je sois présent ici, et non là-bas, à l'hôpital – ni prisonnier de l'été dernier à chercher à comprendre ce qui a pu se passer. À imaginer des ombres.

Je regarde autour de moi. Je suis sur la plage avec Jackie. Quoi de plus normal, en théorie ? Sauf que rien n'est normal. Tout le monde est au courant pour Charley et Pete, et tout le monde nous jauge pour déterminer si on sera à la hauteur. En tout cas, c'est l'impression que j'ai.

Quelques nanas affichent des empreintes de mains qui se baladent, livides, sur leur ventre ou leur taille. Marrant, je ne les avais jamais remarquées ; ce qui n'est pas drôle du tout, c'est que maintenant, chaque fois que j'en vois une j'ai le cœur qui chavire parce que je vois Charley. Elle aurait adoré savoir qu'elle a lancé une mode qui dure alors qu'elle est dans un lit d'hôpital, à peine capable de respirer.

Arrête ça tout de suite, Hal. Débranche. Efface.

– Coucou !

Jackie me saute sur le dos puis me souffle à l'oreille :

– Allez, beau gosse, renverse-moi dans le sable, embrasse-moi.

Je m'exécute, et ce n'est pas désagréable. Certains après-midi je ne fais pas seulement *semblant* de m'amuser, je m'amuse vraiment. Jackie et moi dans les vagues, sur le sable, sous les chênes, derrière les rochers. Parfois on ne pense à rien d'autre qu'à nous, et ce sont les meilleurs moments.

– Tu crois qu'ils l'ont fait ? me demande-t-elle un jour.

Elle a ses yeux de chatte paresseuse. On est comblés de soleil, comblés l'un par l'autre, je voudrais que l'été ne finisse jamais. Comment vais-je supporter de ne plus voir Jackie ? J'en viens à croire que peut-être, un jour, je pourrai me remettre de ce qui est arrivé à Charley.

– Non non, je réponds sans faire attention.

Fait quoi, d'ailleurs ?

– Ah bon ? Eh bien moi, si.

Alors je comprends à quoi elle fait allusion. Est-ce qu'ils l'ont *fait*, Charley et Pete. Ensemble.

– Écoute, j'en sais rien, et je veux pas savoir.

Et je suis sincère. Rien que d'y penser, je ressens de la haine pour Pete. J'ignore pourquoi, et je ne veux pas le savoir non plus.

– Moi j'espère que oui, reprend-elle vivement, passionnément. J'espère qu'elle l'a fait avant de...

On se regarde et ça recommence : Charley et Pete sont de nouveau entre nous, comme toujours, qu'on le veuille ou non.

– *Au secours. Hal, je t'en prie.*

Charley. J'essaie de lui résister, sauf qu'elle est en mille morceaux et qu'elle me supplie de la reconstituer. Mais on est *tous* en morceaux, Charley ! Ça nous a brisés de te perdre sans même avoir pu te dire au revoir. Avant, je ne savais pas ce que ça voulait dire, être brisé, taillé en pièces. Maintenant si. C'est comme être paralysé sans s'en rendre compte, comme si on attendait, espérait qu'un jour les morceaux se remettent en place et que la vie ait de nouveau un sens – tout en sachant que ça n'arrivera jamais.

– Jackie, je n'ai pas envie de parler de ça.

J'essaie de m'exprimer avec douceur mais ma voix trahit mon désespoir ; combien de temps il nous reste, à Jackie et moi ? Combien de temps pourrai-je me raccrocher à elle, en ayant constamment conscience que son frère a pu blesser ma sœur ?

– Parfois, murmure-t-elle, je les déteste, tous les deux !

– Ouais, juste parce qu'ils existent.

On se lève, quittant le sable chaud pour se promener sur la plage main dans la main. Puis on va s'asseoir à l'ombre des arbres, à l'écart du sentier, où il fait calme et frais ; on s'embrasse et le monde s'estompe. Peu à peu, il ne reste que Jackie et moi, le murmure des branchages et nos deux souffles sucrés, étroitement mêlés.

Subitement, on entend des voix sur le sentier. Jackie se redresse et s'écarte vivement sans que j'aie le temps de les identifier. C'est Am'. Am' et Pete.

– Non ! s'écrie-t-elle. Non, non, non et non ! Je ne veux pas !

– Écoute. C'est du passé tout ça. Hôpital ou pas, de toute façon Charley n'en parlera jamais à personne.

– J'ai cru que... qu'elle était morte. Dans le journal ils ont écrit qu'elle était dans le coma, qu'elle avait peu de chances de s'en tirer... toi aussi, c'est ce que tu m'as dit... c'est pour ça que j'ai...

– Arrête, l'interrompt Pete. Tout ça n'a plus d'intérêt maintenant. Ce qui compte, c'est que tu t'en ailles d'ici... ça, ça n'a pas changé, et c'est la seule chose qui donne un sens à cette histoire. Ce qui est arrivé à Charley ne peut plus avoir de conséquences maintenant, et si on ne...

– Pauvre Charley, Charley, Charley... répète Am' d'un ton mélodieux.

Dans sa bouche, le prénom de ma sœur me fait vaciller, basculer en arrière.

Jackie est blême ; elle a le regard fixe et aucun son ne sort de sa bouche entrouverte.

– Arrête, je te dis ! insiste Pete d'une voix blanche. Il faut qu'on réfléchisse... qu'on...

– Quoi ? Qu'on réfléchisse à quoi ? crie Am'. C'est tout réfléchi ! Il ne s'est rien passé. C'est arrivé exactement comme on l'a raconté, elle est allée dans l'eau et elle n'en est pas ressortie.

Sa voix a brusquement changé ; maintenant elle est bizarre, doucereuse, enjôleuse. Am' lève les yeux sur Pete :

– Et c'est ce que j'affirmerai, tu le sais très bien ; alors pourquoi tu reviens sans arrêt là-dessus ? Pourquoi tu t'en fais comme ça ? Je ne dirai rien, je te le jure.

Je fais mine de me relever mais Jackie me retient fermement dans l'ombre, le temps que les deux autres passent devant nous. Une main plaquée sur la bouche, elle est d'une pâleur mortelle – aussi blanche que les bâtonnets qu'elle a l'habitude d'écorcer.

– Tu sais très bien comment ça s'est passé, Am', reprend Pete à voix basse – une voix qui s'éloigne mais où je crois détecter une nuance de menace – et il faut que tu t'en ailles d'ici, que tu t'échappes !

Furieux, je regarde Jackie.

– Alors comme ça, il ne lui a rien fait, hein ?

– Chut ! Il faut qu'on les suive.

À son tour elle veut s'élancer, mais cette fois c'est moi qui la retiens. Et de mon côté, je fuis, je pars en courant, loin, le plus loin possible de ces gens.

Je m'enfonce dans les bois, dans l'ombre moelleuse des chênes et la sensation de sécurité qu'ils me procurent. Lorsque je m'arrête enfin, je suis perdu au cœur de la forêt et la lumière est d'un vert insolite. L'ombre des arbres s'y étend et l'écorce couverte de lichens semble luire. Le bois cède brusquement la place à un espace parsemé de troncs noueux entourant une étrange clairière bosselée et tapissée de mousse. Je marque une pause. Je perçois les pas de Jackie qui, quelque part derrière moi, jure en trébuchant sur les branches mortes, sans cesser de m'appeler.

– Hal ! Hal !

Je ne réponds pas. J'écoute à l'intérieur de moi la voix que j'ai tant cherché à faire taire – la voix de Charley. Elle chuchote tout autour de moi ; elle est dans l'air et dans les arbres, comme s'ils gardaient en eux ses souvenirs en attendant – tout simplement en *attendant* que je vienne les cueillir. Un cri monte de mon ventre. *Son* nom. Alors je la laisse faire, je m'autorise à sentir la goutte brûlante sur mon front, j'en suis le chemin incandescent jusque dans les profondeurs de ma conscience. Je lâche la bride, ma tête se remplit de souffrance, celle d'être en train de me vider ; au moment où cette douleur atteint mon cœur, je m'arrête... je m'arrête et Charley prend le relais.

– *Hal, Hal, Hal, Hal... au secours !*

– Charley !

Charley. L'hôpital. Maintenant.

– *Charley !*

Hal ! Ça y est, il est revenu ! Ouf !... sa voix qui résonne en moi se confond avec les battements de mon cœur, et petit à petit les morceaux abandonnés de mon être se rassemblent comme la poussière au crépuscule... je me reconstitue entièrement...

– *Où es-tu ?*

257

Hal. Maintenant.

– *Où es-tu ?*

Elle m'appelle ; je regarde autour de moi. La clairière est envahie de mousse desséchée, élastique, de formes incurvées qui semblent bouger sous mes yeux en se repliant, en serpentant vers moi... Je me retiens au tronc d'un chêne rabougri. La terre mouvante sous mes pieds ondule comme une série de vagues, et dans la mousse sauvage se creusent lentement des silhouettes humaines qui s'y coulent, s'y roulent en soupirant et en riant. Et toujours vers moi.

– Non ! Non !

Je plaque mes mains sur mes oreilles mais j'entends quand même leurs voix – non pas celles d'Am' et de Pete, mais de *Charley* et Pete qui s'ébattent dans la clairière. Et soudain j'entends sa voix à lui, froide et tranchante comme la pluie.

– Fous-moi la paix, Am'.

Brusquement, Jackie est à mes côtés.

– Hal, mais qu'est-ce que tu fabriques ?

Je fais volte-face, tremblant.

– MOI ? Qu'est-ce que MOI je fabrique ? je lui hurle en plein visage. Et ton frère sans peur et sans reproche, là, qu'est-ce qu'il fabrique, lui ? Alors comme ça il est dingue de ma sœur, hein ? Il passe son temps à épier notre maison, il ne peut pas vivre sans elle, et jamais il ne lui ferait le moindre mal, hein ?

Sa main surgit de nulle part et soudain, je ressens une douleur cuisante à la joue ; mille aiguilles minuscules y dansent.

– Pardon, pardon, Hal... Excuse-moi, c'est juste que...

Elle est pâle et contrite dans la lumière verte de la forêt. Elle s'assied d'un coup, comme si elle s'effondrait de l'intérieur... Ce qui, jusqu'à présent, lui soufflait de rester debout parce que ça en valait la peine vient de se dérober sous ses pieds. Et je me tais car je connais cette impression par cœur : c'est l'effet provoqué par l'absence de Charley.

Elle sanglote. Je ne l'avais encore jamais vue pleurer. Les larmes fuient entre ses doigts et sa respiration heurtée la secoue de la tête aux pieds, sans un son.

– Jackie !

Je m'assieds à côté d'elle sur la mousse tendre et maintenant, c'est ensemble qu'on tremble. Elle émet un murmure étranglé, tourmenté.

– Pete ! Pete !...

Elle répète inlassablement son prénom, comme si elle pleurait sa perte. Mais ce qui vient de voler en éclats, c'est l'idée qu'elle se faisait de lui, morte, pulvérisée en quelques phrases. Elle répète telle une incantation le prénom de son frère, sur le même ton que mes parents et moi, on a pu psalmodier celui de Charley, incrédules, comme si le son de notre voix pouvait nous la rendre.

– Mais... Hal... Je ne comprends pas, sanglote-t-elle.

– Qu'est-ce qu'il y a à comprendre ?

– C'était Am' !

– Oui, avec Pete. Aucun doute. Tous les deux.

– Mais c'est Am' qui l'a accusé.

– Quoi ?

– C'est *Am'* qu'il était censé avoir agressée. Et elle *a été* agressée : son visage était dans un état pas possible. Ça s'est passé juste après leur rupture, et...

Elle ne peut continuer ; elle semble sur le point de vomir. Je me recule un peu, pour me mettre hors de portée.

– Qu'est-ce que tu racontes ?

– C'est *elle*... *Am'*... qu'il était censé avoir tabassée.

– Vous étiez tous au courant ? je hurle. Et vous n'avez pas prévenu Charley ? Même toi ? Tu es fière de toi, Jackie ?

Mais au lieu de me répondre elle enchaîne :

–... et Pete a accepté de reconnaître les faits du moment qu'elle ne portait pas plainte, je crois que c'est ça... Seulement, ça n'a pas de sens...

– Tu peux le dire ! Que personne n'ait alerté Charley, c'est même de la *folie* !

– Mais ce n'est pas lui le coupable, Hal !

Voilà qu'on joue à nouveau dans des équipes adverses.

Je ne peux plus articuler un mot. Brusquement, Pete, Jackie, Am', le camping... plus rien de tout ça n'a d'attrait à mes yeux. Au contraire, ça me fait peur, c'est sordide et sale, à l'image de ce qu'on raconte.

Alors pourquoi est-ce que je la contemple en acquiesçant silencieusement ?

– Ce n'était pas lui le coupable, Hal ! répète Jackie en soutenant mon regard, déterminée, sûre de ce qu'elle affirme, résolument dans le camp ennemi.

J'ai envie de rentrer à la maison, d'être là avec papa quand maman reviendra de l'hôpital, de savoir comment va la vraie Charley ; je voudrais que tout ça s'arrête là, sur-le-champ, y compris mon histoire avec Jackie.

– C'est vrai que parfois il perd son sang-froid, mais tu sais, jamais il ne frapperait une fille !

– Ah bon, et sur les autres on a le droit ? La violence, tu trouves ça normal ?

Cependant mes paroles sont superflues ; elle comprend bien ce que je ressens rien qu'à m'observer.

– Je voulais dire : ça ne peut pas être lui, c'est tout, reprend-elle en me saisissant la main. Écoute-moi... Je pense plutôt que c'est son père qui la bat... C'est la seule explication logique.

– Pas pour moi, je réplique en retirant mes doigts.

– Mais pourquoi tu refuses de me croire ? s'exclame-t-elle.

Son cri se perd sous les branches, mais moi, je n'ai pas de réplique à lui opposer. Seul lui répond le craquement des arbres, sonore et soudain dans le silence de la clairière.

Je me lève, m'enfuyant, et cette fois, elle ne me suit pas.

Charley. L'hôpital. Maintenant.

La clairière chatoyante dont je me souviens clairement m'appelle, je revois son doux tapis de mousse briller dans la pénombre verte...

Charley. Avant.

Le retour par la falaise prend du temps, alors on marque toujours une pause en surplomb de la plage – mais en restant dans la clairière, cachés sous les arbres, parce qu'il y a de l'ombre et de la fraîcheur et que ce serait beaucoup trop long de rentrer jusque chez nous sans s'embrasser.

– Comment tu connais tous ces endroits, toi ?

– Et toi, comment tu connais si bien les bois ? rétorque-t-il.

On s'assied à notre place habituelle sous les chênes, mais dès que je suis installée, ça recommence : je me sens obser-vée. Ce sont peut-être les arbres, les bois eux-mêmes qui

261

cherchent à nous retenir... qui impriment leur marque sur nous, comme si on était des souvenirs. Mais d'un autre côté...

– Où est Jackie ? je m'enquiers.

– Elle prend des cours de surf à Bude.

– Je vois.

Il me contemple et mes yeux sont aimantés par les siens ; mais j'ai l'impression qu'il y en a d'autres quelque part derrière moi et ça me donne envie de me tortiller sur place.

– Qu'est-ce que tu as ?

– Rien, rien, ça me démange.

Je suis sûre d'avoir perçu un petit reniflement sardonique. Comment se fait-il que Pete ne l'ait pas entendu ? Est-ce que je deviens folle ?

– C'était quoi, ce bruit ?

– Des gens sur le sentier ? suggère-t-il gentiment.

– Ah, oui...

Je me sens bête. Pourtant, il est facile d'oublier que le sentier passe juste derrière nous : ici on se sent à des kilomètres de tout, au milieu des vieux chênes.

– Si c'est des zombies, je te protégerai ! s'esclaffe-t-il.

Il m'enfouit dans ses bras ; je ne sais plus où j'en suis. Je me sens à la fois au chaud, en sécurité, et en danger, embarquée dans une histoire tordue.

– Tu sais, j'ai vraiment envie de... enfin... tu me comprends. Avec toi, je précise.

Mais il détourne les yeux sans répondre et une ombre passe sur son visage.

– Je vois bien !

Il rit, mais sans dire que lui aussi en a envie, sans expliquer pourquoi on ne peut pas, pourquoi c'est toujours lui qui s'arrête avant, qui freine mes ardeurs en souriant. *Pourquoi* ? Pourquoi je ne suis pas assez bien, pas aussi bien qu'Am' ?

– Je ne supporte pas l'idée qu'Am' et toi, vous... enfin, l'idée d'Am' et toi ensemble.

– Ah bon, c'est ça ta motivation ? s'irrite-t-il.

Un bruit résonne, un craquement sec sous les arbres qui me fait sursauter.

– Ce sont les chênes, ils sont vieux, dit-il.

Il me semble un peu trop empressé de fournir une explication. Je me lève. Cette fois, je vais l'attraper, cette gamine, et lui dire que ça me fait pas rire, son cirque.

– Sors de là ! Je ne sais pas qui tu es, mais tu vas te montrer maintenant !

Seuls me répondent le lointain ressac et le léger bruissement des feuillages. L'ombre tachetée de Pete m'enveloppe ; il me prend par les épaules pour me faire pivoter vers lui. Mais il jette par-dessus mon épaule un coup d'œil soupçonneux – comme si lui aussi se posait des questions.

– Pour en revenir à nous... dit-il d'une voix radoucie, vaporeuse... aguicheuse...

Je me dégage sans chasser ses mains de mes épaules.

– Oui mais Am', alors ?

– Eh bien quoi ?

Je sens son impatience, et elle me gêne pour réfléchir.

– Il y a quelque chose...

Je ne trouve pas les mots.

Je voudrais dire : « Il y a quelque chose entre vous mais j'ignore quoi ; tout ce que je sais, c'est qu'avec elle tu voulais, et avec moi non... » Et aussi que je revois son regard fixe et moqueur... Et je me demande ce qu'elle cache, et pourquoi ça me paraît excitant et effrayant à la fois.

– Bon, d'accord, il y a quelque chose, admet-il brusquement. Seulement ça ne te regarde pas ! Et vouloir coucher avec moi juste parce que j'ai couché avec elle, je trouve ça vraiment nul !

Il a l'air sincèrement furieux et blessé ; je suis sous le choc. Lui d'habitude si réservé, si relax, si cool comme tous les surfeurs... C'est bouleversant de le voir se détourner de moi, glacial, en colère ; mais cela me donne également de l'énergie.

– Mais non, ce n'est pas la seule raison ! je crie.

– Tu parles !

Il ne s'est pas retourné pour me répondre, alors je vais me planter devant lui. Il est vraiment, *vraiment* très beau. Je n'arrive toujours pas à croire qu'on sort ensemble, lui et moi ; mais c'est peut-être ça qui lui plaît, justement – la gratitude écœurante que je dois irradier.

– Ce n'est pas seulement à cause d'Am'! j'insiste.

– C'est *aussi* à cause de ça.

J'effleure son torse tiède, constellé de grains de sable. Il ne réagit pas.

– Et de ça, je reprends en lui saisissant les mains. C'est dingue ce qu'elles savent faire. Je veux en connaître plus ! Et puis il y a ça...

Je frôle ses lèvres du bout des doigts.

Un sourire s'y dessine. Je vois bien que ça l'ennuie, mais il ne peut pas s'en empêcher. Il finit par tourner la tête vers moi.

Ha ha ! Je l'ai eu !

– Et moi ? je demande. Qu'est-ce que j'ai de spécial ?

– Tout ! déclare-t-il avant de soupirer. Mais au départ, ta façon de tomber de ta planche !

– Salaud !

– Même là je te trouvais charmante, insiste-t-il en évitant les coups que je feins de lui porter.

Alors on se regarde à nouveau dans les yeux et après ça, qu'importe si les feuillages bruissent ou si les branches craquent. Un chêne entier pourrait arracher ses racines et s'abattre près de nous, on ne s'en rendrait pas compte. On n'est plus que mains, prunelles, caresses et sons inarticulés. Je sens la mousse tendre, tendre, céder sous notre poids. À certains moments, je ne sais plus distinguer nos deux corps.

On finit par s'endormir sous les arbres.

– Réveille-toi ! je m'écrie.

Les ombres s'allongent et soudain, la clairière me paraît trop verte, comme étrangère. L'après-midi touche à sa fin, j'ai soif, j'ai faim. Il me faut de l'eau. Bon sang, qu'il est craquant quand il dort ! Je devrais peut-être l'embrasser pour le réveiller d'un sommeil de cent ans ? J'imagine que je me réveille chaque jour à ses côtés, et ce qui pourrait se passer entre nous la nuit, l'après-midi, le matin. Que font les gens, concrètement ? Comment s'y prennent-ils ? Cela ne peut quand même pas se passer tout le temps comme dans les films, n'est-ce pas ? Je suis sûre que l'écran ne devient pas flou simplement pour nous épargner les passages embarrassants... D'ailleurs, est-ce que je lui plais réellement de cette façon-*là* ? Peut-il passer des heures à contempler Charley Ditton la rouquine maigrichonne, comme je passe des heures à le contempler, lui ? Je le pince, histoire de voir s'il existe vraiment.

– Aïe !

Il se retourne en râlant. Je ris et recommence.

– Fiche-moi la paix, Am'! lâche-t-il.

C'est comme s'il m'avait littéralement fendu le cœur en deux tant la douleur est vive et brutale. Je me détourne ; j'ai les yeux remplis de larmes. Il se redresse.

– Charley !

Il me tend la main, encore embrumé de sommeil.

– Excuse-moi, je t'ai prise pour... Charley, non, ne pleure pas, s'il te plaît...

Il tente d'essuyer mes larmes.

– Et moi qui te pinçais pour voir si tu étais réel...

– Pardon. C'est le genre de choses qu'Am' faisait souvent, tu comprends. Seulement elle, c'était pour... enfin, pour blesser.

– Attention, Pete. Si tu continues comme ça, tu vas finir par me révéler quelque chose sur elle, je lance avec un sourire forcé. Bon, on y va ?

Après les bois et la clairière ombragée, le soleil déclinant est encore étouffant, comme si la terre saturée de chaleur la rejetait dans l'air. Je tire ma planche de surf derrière moi, la laissant traîner au sol.

– Ne fais pas ça, me conseille Pete. C'est une bonne planche.

Je ne réponds pas.

Am', Am', Am'. Je ne peux pas me sortir ce prénom de la tête. Je me les représente ensemble, Pete et elle, dans toute leur perfection, yin et yang, faits l'un pour l'autre. Je vois sans arrêt sa main à lui effleurer sa tête à elle avec une douceur, une prévenance infinies. Or, je sais quelle sensation procurent ses mains ; on a l'impression d'être soulevée par une vague – et parfois aussi c'est comme une surprise, un hoquet.

266

Alors se présente à mon esprit une image nette et bien définie, comme si ses contours se dessinaient dans l'air chatoyant : le visage d'Am' enserré dans ses paumes, lui qui caresse du bout des pouces les coquards violacés qui soulignent ses yeux en les frôlant à peine, tout en se débrouillant je ne sais comment pour effacer les traces de meurtrissures.

Et je me fige sur place.

– Pourquoi tu t'arrêtes ? On est presque arrivés.

Il me prend par le bras et se penche pour déposer un baiser sur le sommet de mon crâne.

– Pardon, dit-il. Pardon pardon pardon.

Nos ombres fines s'étirent devant nous. Pete me dépasse de la tête et des épaules. Si je me tiens devant lui, son ombre m'engloutit entièrement.

– On va se baigner ? propose-t-il avec une sorte de sourire contrit, une fois arrivés en bas de la falaise. Ça te fera du bien !

Je comprends ce qu'il veut dire, mais pour une fois, je n'ai qu'une envie : être à la maison, en sécurité, à l'aise. D'ailleurs mes parents me font signe depuis la terrasse. J'en ai assez d'être surveillée en permanence ! Tout ce que je veux, c'est être seule avec Pete dans la mer, ou peut-être au lit – oui, ça, ce serait bien. Vivre au grand jour ce que j'ai à vivre avec lui. Au lieu de nous cacher dans la mousse, le sable, la forêt.

– À plus.

– Redescends pour le barbec'! Ça fait une éternité qu'on n'a pas vu les autres.

– Ouais, ouais.

Et je m'en vais. Je n'ai aucune envie d'aller au barbecue. Am' y sera sûrement.

Am', Am' et la perfection marine de sa peau, son regard intrépide... ce regard entendu sur le corps de Pete, l'air de le comprendre comme un livre ouvert – un livre connu par cœur au point qu'il lui suffit d'un coup d'œil pour savoir EXACTEMENT quel mot vient après.

Pourtant, je finis par y aller. Évidemment. Puisque Pete y est. Au bout d'un moment on rejoint notre endroit à nous, derrière un rocher tiède.

– Le dernier à l'eau a perdu, lance Pete.

– Pas envie de mouiller mon jean.

– T'as qu'à l'enlever ! suggère-t-il avec son sourire malicieux.

Je me relève et le défie en riant :

– Toi d'abord !

Il se redresse à son tour, mais on ne peut se retenir de pouffer et on se laisse retomber dans le sable pour tenter de retirer nos jeans.

Et finalement, on n'y va pas, dans l'eau.

– Futé, ton plan, je lui souffle à l'oreille.

– Mouais... Il n'a pas vraiment marché.

Je me remets à glousser.

– Quand je pense que t'as un caleçon Elmer l'Éléphant ! Un beau gosse comme toi avec des éléphants multicolores partout sur le short, qui aurait pu deviner ?

– Ouais, bon, ça va... Me dis pas que tu ne portes *que* du Calvin Klein !

– Ah non, seulement pour toi !

Soudain, j'ai de nouveau la sensation que quelqu'un nous observe, juste en dehors de mon champ de vision. « On » nous épie... et « on » attend.

C'est forcément Jackie. Quand on a commencé à sortir ensemble, Pete et moi, elle nous suivait partout ; elle en est folle – presque autant que moi. Peut-être qu'elle veille sur lui ? Elle pense probablement qu'il ne jette son dévolu que sur des cinglées – comme Am'.

– Tu pourrais demander à Jackie d'arrêter de nous espionner ?

– Hein ?

– Si tu savais comme ça me porte sur les nerfs !

– Mais... elle n'est pratiquement jamais là !

– Puisque je te dis qu'elle nous épie en permanence.

– Toi, dit-il en m'examinant de très près, t'as l'esprit vachement tordu.

– Et toi, je rétorque en m'approchant encore plus, jusqu'à ce que nos nez se touchent, t'as une sœur vachement fouineuse.

– Je te le répète : elle passe la journée à l'école de surf, et ensuite elle va faire les magasins avec ma mère, et ça leur prend probablement la soirée, articule-t-il en détachant chaque mot, et en donnant un petit coup de langue sur mes lèvres chaque fois qu'il émet le son « l ».

Sa tirade en comporte pas mal, dont certains imaginaires, et quand il la termine je ne m'inquiète plus de savoir si Jackie nous filme depuis le haut du rocher : je m'amuse trop !

Un peu après, je déclare :

– C'est le plus chouette été de ma vie.

– Ah oui ?

– Oui, mais malheureusement, il prend fin dans une semaine.

– Exact.

– Je suis seulement une aventure estivale, pour toi ?

– Mais non !

– Alors quoi ?

– Pas d'affolement, Charley. On a le temps.

Il s'allonge dans le sable, l'air insouciant, comme si le monde dépendait de nous et de nous seuls – sauf que moi, je n'ai pas la même impression.

Comment fait-il pour rester aussi calme ? Il ne ressent pas la même chose que moi, c'est sûr.

– Tu sais, ils ne vont pas me laisser prendre le car pour venir te rejoindre, comme ça, juste parce que je le leur demande.

– Ah bon ?

– Non !

– Aucune chance qu'on partage une tente l'été prochain à Glastonbury pour le festival, alors ?

– Arrête, s'il te plaît...

Je ne supporte pas l'idée qu'on soit séparés. Comment imaginer de me réveiller le matin sans le soleil sur mon visage, la mer dans mes oreilles ? De ne plus passer mes soirées sous les étoiles ?

Avec Pete. Tous les deux.

Rien ne peut se comparer à ça : Pete et moi enveloppés l'un contre l'autre dans son vieux manteau, à chuchoter dans le noir pendant que, cachées par les rochers, les vagues fredonnent rien que pour nous.

– Je veux pas que tu t'en ailles, lui ai-je dit un soir. Jamais.

– On n'a qu'à s'enfuir et fonder une école de surf au Mexique.

– Bonne idée.

On a imaginé comment on s'y prendrait. Je volerais une carte de crédit, on se réserverait deux places d'avion sur le Net, on vivrait dans une cabane sur la plage, sous un soleil éternel, sans personne pour nous empêcher d'être ensemble toute la nuit – oui, toute la nuit – et de faire la grasse matinée, en plus.

– Chiche que tu fais le petit déj'.

– Chiche que tu te balades à poil jusqu'à midi.

– Chiche que c'est moi qui prends la première vague mexicaine.

– Pas question !

C'est pas pour de vrai, ça n'arrivera jamais, et on le sait tous les deux. Je n'ai pas réellement envie de fuguer ; en fait, je meurs d'envie de rentrer raconter mon été à Jenna et Sally. Mais je voudrais que Pete vienne avec moi.

Il y a une petite lumière là-bas, au milieu des rochers ; un pêcheur. Sa lampe luit d'un éclat jaune sous la blancheur des étoiles. On devine un mouvement accompagné d'un léger bruit sur la cale de lancement, derrière nous. Un chat, peut-être.

– Jackie ? je suggère tout bas.

Pete rit.

– C'est une obsession, ma parole !

– Ma seule obsession c'est toi, je souffle en me blottissant dans sa chaleur tandis que ses cheveux me chatouillent le front.

Je m'entends dire :

– Et si on passait toute une nuit ensemble ?

Dans ma tête, on est sur une plage californienne, ou alors au Beverly Hills Hotel, entourés d'énormes coussins en plume

271

d'oie (les meilleurs, pour les batailles d'oreillers) ; on a surfé toute la journée et il y a des seaux à champagne partout dans la chambre. La baignoire est grande comme une salle de bains et les pétales de rose qui flottent à la surface de l'eau émettent des bouffées de parfum.

– Et comment on va y arriver ?

– Chais pas. Tu pourrais peut-être gagner au loto ?

– Quoi ! C'est de l'argent que tu veux ! s'exclame-t-il en ricanant.

– Hein ? Mais non !

Alors je lui décris ma vision et on rit de plus belle. Il déclare qu'il n'a pas les moyens de nous payer le Beverly Hills, que sa « maison de campagne » est une vulgaire ferme.

– Je vais faire le mur. On ira à la maison dans la forêt, en pleine nuit ! Tes parents sont les rois du camping : me dis pas que c'est impossible de piquer discrètement deux-trois matelas et sacs de couchage par-ci, par-là !

J'attends qu'il refuse une fois de plus – du genre : « Pourquoi là, maintenant, Charley ? On a tout le temps d'apprendre à se connaître. » Je l'observe réfléchir.

– Écoute... rien ne presse. On pourra continuer à se voir. Ils ne vont quand même pas t'empêcher de téléphoner, n'est-ce pas ?

Là, je craque. La peur que je ressens à l'idée d'être observée, le temps passé à attendre, à me demander pourquoi il refuse obstinément... tout ça explose d'un coup et déborde.

– Mais enfin ! Il est presque terminé, l'été ! Et après, tu ne seras plus là ! Tu ne comprends donc pas... ? Une fois rentré chez toi tu ne peux PAS savoir comment ce sera ! Et moi non plus !

Qu'est-ce qui me prend ? Pourquoi est-ce que je lui crie dessus comme ça ?

Quelqu'un marche sur ma tombe... me parle... me dit vas-y, vas-y, vas-y...

Je suis envahie par un sentiment d'urgence. Le sentiment que l'instant présent est la seule chose que je possède, et que je ne parviens pas à me faire comprendre de Pete. Je me représente mentalement le port ; tout est fermé pour l'hiver. Les vagues désertes et grises sont hautes, nettes, parfaites, et nous, on n'est pas là pour les prendre... J'essaie de lui communiquer tout ça, mais ce qui sort, c'est...

– Maintenant, Pete !

– Quoi ? me demande-t-il en prenant mes deux mains. Qu'est-ce qu'il y a ?

– C'est maintenant que je veux être avec toi, Pete, pas la semaine prochaine, ni l'année prochaine – *maintenant*. Je veux qu'on passe une nuit entière ensemble, voir ce que ça fait !

– Calme-toi.

Il serre mes doigts très fort, aussi secoué, aussi stupéfait que moi.

– J'ai pas dit qu'on pouvait pas passer la nuit ensemble. Seulement, je refuse que tu te sentes... *obligée*, ou... ou alors qu'il est trop... Parce que des fois, il vaut mieux...

– Mais c'est ce que je veux !

– OK, OK ! D'accord, on passe la nuit ensemble et on voit ce qui se passe !

On tombe dans les bras l'un de l'autre en riant et je demande :

– C'est pas le contraire, normalement ?

Ça le fait pouffer de plus belle et il répond sur un ton qui me surprend :

– Non, Charley, c'est bien dans ce sens-là !

273

On s'embrasse, puis on s'écarte l'un de l'autre en sentant la fraîcheur de la nuit s'insinuer entre nous. Au moment de quitter la plage, je perçois à nouveau un mouvement furtif, comme quelque chose ou quelqu'un qui glisse et dérape, et je jurerais avoir entendu une exclamation étouffée.

– Mais non, t'es folle, dit Pete en me voyant sursauter et me retourner brusquement. Arrête avec Jackie. On l'intéresse pas à ce point-là.

Mais alors, qui cela peut bien être ?

Charley. L'hôpital. Maintenant.

Qui ? Qui était là à nous observer, nous épier, nous suivre ?

La pièce, en dehors de moi, est silencieuse et déserte, nocturne.

Dehors, la clarté des étoiles.

Maman doit descendre du train.

Ici la nuit est orange et bruyante. Des voitures passent en chuintant derrière les fenêtres, mais là-bas, il fait noir, et le silence est tel que j'entendrais presque les étoiles briller. Parfois, l'obscurité est si épaisse qu'on ne distingue pas ses propres mains devant ses yeux...

Ses mains devant ses yeux...

Si épaisse...

Un souvenir...

La peur, le cœur qui bat à tout rompre, une terreur sans étoiles et sans ombres... Seule dans la nuit noire, impénétrable ; les mains tendues qui ne rencontrent rien...

– Où suis-je ?

Quelque part dans l'obscurité une flamme jaillit, orange vif sur fond de ciel d'encre, comme une aube avant l'heure...

– Qui est là, qui est là ?

– Hal, où es-tu ?

274

Hal. Maintenant.

– *Qui est là ?*

La question me parvient via la voix de Charley, et malgré moi je regarde alentour en me demandant ce qui est réel, finalement – soudain, le monde entier me paraît peu sûr, voire carrément dangereux. Même le village, pourtant si paisible au soleil, n'a plus la même allure. Le camping n'est plus seulement pittoresque, c'est un repaire de dingues qui boivent, se droguent et se battent. Quant à la grande maison grise d'Am', sur la falaise, je ne lui trouve plus rien de romantique ; elle est juste solitaire et sinistre, et même vaguement inquiétante. Pourquoi Am' semble-t-elle si bizarre, et de quel œil voyait-elle les relations entre Pete et Charley ? La réalité vient encore de se décaler un peu, en révélant ce qu'il y a en dessous.

Je ne suis nulle part en sécurité.

Et Jackie, dans tout ça ? Je ne sais pas ; je ne suis pas encore prêt à renoncer à elle, mais j'y pense. Le problème, c'est que j'ai besoin d'elle – c'est elle qui fait le lien avec l'été dernier, qui peut découvrir des choses auxquelles je n'ai pas accès.

Je ne l'ai pas vue venir ; j'ai simplement entendu sa voix. Et mon corps réagit comme toujours dans ces cas-là. Elle représente une espèce de canot de sauvetage, qui maintient à distance le poing serré de la peur.

– *Qui est là ?*

– Hal, je crois que j'ai appris quelque chose d'intéressant !

C'est tout juste si ses yeux, luisants d'excitation, n'émettent pas de la lumière.

– Est-ce que tu vois dans le noir ? je lui demande.

– Hein ??

– Quand tu t'emballes, tes yeux brillent comme ceux d'un chat dans le noir.

– Ah...

Elle balaie ma remarque d'un geste négligent. J'adore quand elle fait ça. Toutes les filles que je connais, y compris Charley – *surtout* Charley – diraient : « Ah bon, tu crois, vraiment ? » et poseraient mille questions sur leurs yeux, alors que Jackie, elle, va droit au but :

– J'ai entendu Pete téléphoner à Am', ils ont rendez-vous aujourd'hui, mais je ne sais pas où. Tu penses qu'il est sérieux quand il dit qu'elle doit partir d'ici ?

– Qu'est-ce que tu veux que j'en sache ?

Elle est pâle et inquiète, comme si, malgré ses efforts pour rester elle-même, la petite Jackie d'avant – rigolote et pleine d'énergie – n'était qu'une façade, une façade qu'elle a adoptée bien qu'elle ne lui aille plus très bien.

– Il n'a pas fait ses bagages ni rien, ajoute-t-elle avant de se suspendre à moi : Hal, et s'il s'en allait ? S'ils avaient VRAIMENT fait quelque chose, tous les deux ?

Et ça me fait un bien fou – dingue, non ? Un bien *fantasbuleux*, même, parce qu'enfin, *enfin* c'est à moi qu'elle se raccroche, et non à Pete ; au moins, c'est moi, maintenant, qui suis susceptible de répondre à ses questions.

Je souris malgré moi.

– On va voir s'ils sont sur la plage ?

Il y est, lui. Les vagues ne sont pas terribles mais il en tire le maximum. Tandis qu'on l'observe, je ne peux m'empêcher d'imaginer une ombre derrière lui, sur les vagues, une ombre noire et fine aux cheveux roux collés par l'eau et aux yeux qui varient selon la couleur de la mer. Elle avait constamment des grains de sable sur la figure – sur les pommettes et sur le nez. Le vent est fort et tiède ; il fractionne les vagues, rend la mer agitée, impraticable.

La bise me caresse le visage ; mes paupières se ferment et j'entends à nouveau la respiration de Charley. Comme la mer, elle est sans fin ; mais contrairement à elle, elle ne renferme pas de vie.

Elle afflue, reflue, afflue, reflue...

– *Qui est là ?* crie-t-elle, terrorisée.

Sa voix se mêle au bruit de sa respiration, à celui de la mer, au battement sourd de son cœur affolé ; tout ça enfle et décroît tour à tour, au même rythme. Le sang cogne dans mes oreilles, puis semble fuir ma tête. Ses battements à *elle* sont maintenant en moi ; tout s'efface – le sable, la mer, et même la fille près de moi.

– *Qui est là ?*

Encore. Je glisse, je dérape, je tombe au fond du gouffre noir où gît Charley, immobile et sans vie, comme la poupée fantôme dans la maison des bois. Elle me lance un appel du fond de l'obscurité, à chaque contraction de son cœur éperdu.

– *Hal ?*

J'essaie de répondre de la même façon.

– *Charley !*

Cependant ma voix ne produit aucun son ; elle est aussitôt avalée par la noirceur, où elle s'évanouit sans laisser de trace.

Je sens la peur qui circule dans son sang envahir son corps, tantôt en ruant, tantôt en provoquant un chatouillis. Une image née de sa peur et de sa tristesse prend forme : notre maisonnette dans la forêt, mais il fait très sombre, comme par une nuit sans lune. Je fais un pas vers elle. Je distingue la

277

fenêtre obscure, je tends la main, j'essaie de m'approcher, mais il n'y a aucune lumière – nulle part.

– *Pete !*

Le mot résonne à l'intérieur de moi, bute contre mes os.

Je ne discerne même pas mes doigts. Je sens à nouveau un poing de glace dans mon ventre, crispé, prêt à frapper. Je fais encore un pas dans l'inconnu et là, j'entends Charley crier :

– *Non ! Pete !*

Mon corps est en verre et sa voix porte exactement sur la bonne fréquence : j'ai l'impression que je viens d'être soufflé au-dessus du sable et brisé en mille morceaux.

– *Non !*

Sa voix carillonne en frémissant à l'intérieur de moi, et brusquement, la scène se rembobine en accéléré ; les morceaux s'envolent pour regagner leur place, mes pensées s'estompent peu à peu... D'un coup je suis de retour sur la plage, à observer Pete dans l'eau, comme si de rien n'était.

Sauf que Jackie me regarde bizarrement.

– Alors, tu veux ? me demande-t-elle.

– Euh, quoi ?

– Eh bien, apprendre à surfer !

– Non.

J'en suis toujours à ramasser et recoller les morceaux en moi, à reconstituer un tout cohérent.

– À cause de Charley ?

– Hein ?

Elle claque des doigts devant mes yeux.

– Hello ? On se réveille, là-dedans ! C'est toi qui viens de prononcer son nom, en regardant Pete, là-bas.

– Ouais, et alors ?

– Alors, je t'ai demandé si le fait de penser à elle te donnait envie de faire du surf.

– OK. Et je t'ai répondu non.

– Pas du tout, justement.

Elle me fixe comme si elle était capable de voir, à travers ma peau et mes os, jusqu'aux tréfonds de mon âme.

– Tu n'as pas dit ça, Hal.

– Ah bon ?

Je tremble et elle s'en aperçoit.

– Non, et tu le sais très bien, articule-t-elle lentement. Alors pourquoi tu prétends le contraire ?

– Je ne sais pas.

Elle secoue la tête comme pour s'éclaircir les idées.

– Tu as crié : « Non ! Pete ! » Tu as carrément hurlé pile au moment où il a pris la vague ; sauf que ce n'était pas lui que tu voyais, hein ?

– C'est pour un jeu télévisé ? Qu'est-ce qu'on gagne ? Hé, relax, Jackie !

J'essaie de la dérider, mais elle se borne à me dévisager, l'air de se demander si on peut me faire confiance, en définitive ; et je la comprends. Je ne veux plus lui parler de Charley, des choses que je ressens ; elle reste la sœur de Pete, et moi, je sais bien dans quel camp je suis. C'est forcément pareil pour elle.

Je détourne les yeux. Dans l'eau, plus d'ombre-Charley près de Pete. Rien que les vagues, la mer et le ciel.

Je suis saisi d'un frisson.

Quelqu'un marche sur ma tombe.

– Ça recommence ? dit-elle au bout d'un moment.

279

Pas besoin de lui faire préciser sa pensée. J'acquiesce en silence. J'ai peur qu'elle me prenne pour un dingue. Rectificatif : j'ai peur de DEVENIR dingue.

– Je n'ai pas envie d'y songer, Jackie.

Un temps, puis :

– Ça va quand même ? me demande-t-elle.

Elle garde ses distances et je vois bien qu'elle a peur aussi ; mais cette fois, elle m'en veut, en plus. Elle est à la fois effrayée *et* en colère, et pour cause : on n'arrive pas à contourner l'obstacle Pete-Charley ; à mes yeux, son abruti de frère a déconné avec ma sœur, et elle, elle continue à l'idolâtrer.

Je me lance.

– Écoute. Toutes ces histoires, c'est juste parce que je suis très malheureux sans ma sœur, OK ? C'est ce qu'affirme ma mère. Alors quand j'ai aperçu ton frère dans l'eau, je me suis imaginé Charley avec lui, là où elle devrait être. Point final.

– Mais oui. Enfin bref, passons.

Elle se détourne.

– Jackie, ne fais pas ça...

– Quoi ? réplique-t-elle sans me regarder. Qu'est-ce que je ne dois pas faire ?

– Comme si je n'étais pas là, comme si tu t'en fichais !

– Alors cesse de prétendre que c'est « normal » !

– Mais je ne...

– Et arrête aussi de tout mettre sur le dos de Pete, parce qu'au contraire il est...

– Quoi ? Amoureux de ma sœur ? Tous les jours à son chevet ? Pas responsable de l'avoir frappée tellement fort qu'elle est toute cassée ?

Je m'étrangle sur mes propres accusations, je n'en reviens pas qu'elles aient fini par jaillir. À présent elles planent entre nous, en suspens dans l'air. Mais Jackie ravale ses larmes et je devine qu'elle se retient de me bourrer de coups de poing.

– Je m'en fous ! hurle-t-elle. Rien à foutre de ce que racontent les gens ! Il n'a jamais levé la main sur Am'! On lui a fait porter le chapeau !

– Ben voyons ! Et qui ça ? Al Capone ? Il est venu en vacances en Cornouailles l'an dernier ? C'est peut-être lui qui a jeté Charley à l'eau ! Et il est revenu après lui enlever ses chaussettes en béton ! Arrête tes conneries !

Les gens commencent à nous regarder mais on n'y prend pas garde.

– Jamais ! Jamais il n'aurait fait une chose pareille ! OK, de temps en temps il s'énerve, mais il est incapable de frapper une fille, Hal ! C'est pas son genre, c'est tout !

– Et ça excuse le reste ? Du moment que c'est pas des filles qu'il frappe, c'est pas grave ? Tu déconnes ou quoi ?

– Puisque je te dis que c'est pas lui !

Tout à coup, elle m'oppose un visage inexpressif ; les bras croisés, elle se tient bien droite, parfaitement immobile.

– Il n'a frappé ni Am' ni Charley.

– Qui c'est, alors ? À moins qu'on en revienne au principal suspect, peut-être ?

– Non ! Vous n'avez pu faire ça NI L'UN NI L'AUTRE !

– Mais alors qui ?

– J'en sais rien, Hal. Mais je me pose des questions. Toute l'année je me suis posé des questions, et j'ai une idée... Il me semble que... je ne sais pas, mais... enfin, c'est un peu...

– Quoi ?

281

– Eh bien, tu connais le père d'Am'?

– Tu vas pas recommencer avec ça ?

Où est-ce qu'elle veut en venir ?

– Il n'est pas bien dans sa tête, ce type. On nous dit de faire gaffe à lui, nous les filles, quand il traîne sur la plage ; y a des rumeurs qui circulent sur ce qui se passe dans sa poche quand il a la main dedans, et il paraît qu'il traite Am' comme un chien – il la traîne à la maison de force, il lui donne des gifles pour un rien...

– Quel rapport ?

– Et si le coupable, c'était le père d'Am', plutôt ?

Je m'esclaffe.

– Ben voyons ! Ça serait pas plus logique de chercher du côté des gens qui CONNAISSENT Charley, qui l'ont fréquentée – comme Pete, par exemple ? De soupçonner un mec avec qui elle avait envie d'être seule la nuit ? Non, bien sûr... il faut que ce soit un pauvre type du coin qui, malheureusement pour lui, se traîne une réputation d'allumé ! Bien vu, Jackie ! T'as raison, faut toujours suivre ses idées reçues !

C'en est trop pour elle. Elle me balance une claque que j'esquive de justesse :

– Tel frère telle sœur, apparemment !

Je l'attrape par le bras et là, elle craque complètement.

– C'est pas vrai ! crie-t-elle à travers ses larmes en tentant un crochet du gauche.

Mais je l'ai vue venir. Je lui bloque les poignets.

– Si !

– Non ! rétorque-t-elle en se libérant.

– Si !

– Tu mens !

– C'est faux !

On ne sait plus très bien si on rit ou si on pleure.

– Puisque je te dis que non !

– Puisque je te dis que si !

– Arrête !

– Hal...

– Jackie...

On se jette dans les bras l'un de l'autre et on tombe dans le sable. Au bout d'un moment on s'embrasse, et il n'y a rien, *rien* au monde que j'aime autant que ça : embrasser Jackie. La seule chose qui pourrait me faire plus de bien, je crois, c'est de découvrir la vérité sur ma sœur. Et c'est bien ça le problème, justement.

On regarde Am', tout là-bas, qui parle avec un type genre sauveteur australien. Je les imagine très bien ensemble, Pete et elle. Chez les gens aussi beaux, forcément, qui se ressemble s'assemble.

– Ils devaient faire un joli couple, Pete et elle.

– Pas pour moi en tout cas, répond-elle, pensive. En fait, il avait toujours l'air... pendu à son bras ; ou dans son sillage. Comme s'il faisait ses quatre volontés.

– Ouais, mais tu vois bien ce que je veux dire, non ? Il suffit de les regarder. Ils sont aussi sublimes l'un que l'autre, alors...

– Sauf que ça a foiré – complètement foiré ! s'exclame-t-elle.

On dirait qu'après avoir retourné la question en tous sens, elle a enfin trouvé la solution.

– Finalement... Si on prend le problème par l'autre bout, tout devient clair... En admettant que ce soit son père le coupable... On en plaisante, mais en fin de compte, c'est des sujets dont personne ne parle jamais.

Qu'est-ce qu'elle veut dire ? Je ne suis pas sûr de vouloir le savoir. C'est quoi, ces choses dont on ne parle pas ?

– Bon, bon, écoute... c'est juste que... je les imagine bien ensemble, c'est tout. Ils font la paire, non ? Je comprends qu'elle veuille sortir avec lui.

Elle me regarde dans les yeux.

– Il faisait joli à côté d'elle, quoi.

On éclate de rire.

La journée durant, on guette Am'. Elle fume sans arrêt, une clope après l'autre ; ses doigts voltigent, craquent une allumette, puis une autre, pendant qu'elle regarde successivement la mer et... Pete.

Pourquoi ne se montrent-ils jamais ensemble en public ? Qu'est-ce qu'ils cachent ?

Une fois Pete parti, Am' cesse d'observer les vagues et s'allonge dans le sable comme un lézard au soleil pour contempler le ciel, à la place ; s'il n'y avait pas la fumée de cigarette, on pourrait la croire morte. De temps à autre un type tente sa chance, et lorsqu'elle se donne la peine de répondre, de s'asseoir, son corps tout entier recommence à tressaillir, à bouger. Ses pieds martèlent le sable comme si elle ne cessait jamais de courir.

– Bizarre, cette nana, constate Jackie. Elle ne fout JAMAIS rien.

Elle se remet à modeler un tas de sable. Elle a déjà formé une enfilade de fausses tortues qui ont l'air d'entrer dans un trou ou d'en sortir.

– Comment tu fais ? je lui demande. Comment tu sais quelle forme tu vas mouler ?

– J'en sais rien, je les invente, c'est tout, répond-elle avec un haussement d'épaules.

Je ne me lasse pas de la regarder creuser, bâtir, entasser, puis lisser les surfaces en y façonnant des arrondis ou des cavités, jusqu'à ce qu'émerge une sculpture reconnaissable dont on jurerait qu'elle a toujours été là, cachée dans le sable, à attendre que des mains expertes la découvrent. Jackie crée ainsi une silhouette de fille roulée en boule sur le flanc, nue, avec de longs cheveux qui se déploient par vaguelettes en se fondant dans la plage elle-même.

– Impressionnant ! je m'écrie en me redressant en position assise. Je ne te savais pas aussi douée !

Souriante, elle tapote le sable, consolide son œuvre, ajoute un ruisselet à la chevelure, affine le profil.

– J'ai toujours fait ça, depuis que je suis petite.

Elle a la main très sûre, me dis-je en me rallongeant. *Quelles formes elle créerait à partir de moi ?*

– Le truc, c'est de creuser jusqu'au sable mouillé. Sinon ça ne tient pas, marmonne-t-elle sans cesser de modeler.

– T'as fini ?

Elle lève les yeux. Elle a du sable sur les pommettes et le front. Je refoule l'image qui se présente à mon esprit : le visage de Charley, piqueté de sable et de taches de rousseur. Jackie acquiesce.

– Super. C'est magnifique.

Et c'est vrai : cette petite fille perdue dans le sable a quelque chose de solitaire et de triste.

– Tu le penses vraiment ? demande-t-elle.

– Ouais. Tu peux faire la même chose à partir de n'importe quel matériau ?

– Comment ça ?

– C'est-à-dire que, personnellement... j'aurais bien besoin d'un peu de relief là, je suggère en désignant mon torse.

Ça la fait rire. Elle se met à faire de petits tas de sable sur ma peau puis à les lisser ; ses mains sont rêches et humides. Lisse aussi, son dos cuit par le soleil. Je proteste de devoir sans cesse regarder par-dessus son épaule pour vérifier si Am' est toujours là.

– Tiens-toi tranquille !

Elle pouffe toute seule, et quand je relève la tête un moment plus tard pour examiner ma poitrine, je comprends pourquoi.

– Monsieur Muscle !

Elle sourit. Alors je fais de même et fléchis les biceps. Mon torse flambant neuf semble dur et sculpté comme celui d'un boxeur.

– J'aimerais bien !

– Moi pas, réplique-t-elle. C'est répugnant !

Elle balaie tout et je redeviens moi-même.

– C'est beaucoup mieux comme ça, commente-t-elle.

Bientôt le soleil s'étire pour dessiner de longues ombres. Am' se décide enfin à partir. Entre-temps, Jackie a ajouté un dauphin et un petit garçon à sa collection de moulages. Les tortues se font peu à peu avaler par la mer. Les gens s'arrêtent pour la regarder faire, les mômes tentent de l'imiter. Dommage que Sara ne soit pas là.

– Tu pourrais apprendre à ma petite sœur ?

– Un jour, oui, pourquoi pas ?

Je savoure sa réponse. « Un jour »... Je me demande quand il viendra, ce jour. Et même s'il viendra.

On suit Am' de loin, le long de la plage. Tout à coup, un gros chien s'élance. Tout le monde le regarde, les mères rattrapent leurs enfants. Les chiens ne sont pas admis sur la plage, en été, et celui-ci est impressionnant ; énorme, noir, et sans entraves. Sa propriétaire apparaît en haut de la falaise. Elle se met à crier :

– Fifi ! Fifi !

Ça nous faire rire, ce nom, pour un monstre pareil. Mais on stoppe rapidement parce qu'il fonce droit sur nous. Sa maîtresse hurle à pleins poumons. Il s'en moque. Sa laisse claque au vent et il est libre comme l'air.

On se fige sur place, mais il nous dépasse à toute vitesse pour se diriger vers Am', comme s'il la ciblait pour je ne sais quelle raison. Les témoins restent pétrifiés ; la scène semble se dérouler au ralenti, avec quelque chose d'inéluctable. Immobile aussi, Am' regarde venir la bête ; et au moment où il lui saute dessus, voilà qu'elle se met à grogner comme un chien ! Je n'en crois pas mes oreilles. Toujours sans se déplacer, elle lève brusquement les bras, feinte et pousse un grondement animal. Aussitôt le fauve se ravise, rectifie sa trajectoire et ne fait qu'effleurer son épaule.

Mon cœur émet un bruit de tonnerre dans ma tête. La maîtresse arrive, essoufflée, et se confond en excuses. Mais Am' lui répond d'un ton glacial :

– Une bête, ça se maîtrise.

Ça me glace jusqu'aux os, moi aussi, cette voix pleine de raideur et de colère rentrée ; on sent qu'elle, en revanche, a l'habitude de se maîtriser, et que les animaux n'ont pas de secrets pour elle.

Puis elle nous aperçoit et nous adresse un sourire. Tout sauf gentil.

– À plus tard au barbecue ! lance-t-elle.

On quitte la plage pour aller s'asseoir sous les chênes.

– T'as vu ça ? je murmure.

Jackie ne réplique pas tout de suite. Elle semble troublée.

– Elle n'a même pas eu peur... T'as vu ça, Hal ? Elle n'a pas eu peur !

– J'ai vu.

– Y a peut-être quelque chose dont elle a encore plus peur ?

Je me contiens, mais j'ai envie de répondre : « Ouais, quelque chose, ou quelqu'un – Pete, par exemple. »

Au bout d'un moment on ne sait plus quoi se dire, et il ne reste plus qu'à s'embrasser, se toucher, s'allonger dans les taches de lumière sous les chênes tandis que nos mains et le vent de la mer nous caressent.

Il n'y a plus que nous deux au monde.

Charley. L'hôpital. Maintenant.

– Qui est là ?

Il y a quelqu'un, j'en suis sûre.

– Pete ?

Silence. Rien qu'un épais manteau de ténèbres.

Une ombre bouge.

– Qui est là ?

Je sais qu'il y a quelqu'un, tout près, à la limite de mon champ de vision. Seulement si je me tourne, cette personne risque de disparaître ; mais si je me tourne, je verrai peut-être...

288

– S'il te plaît, Pete ! C'est pas drôle...

Enfin, enfin il est là, en image, dans ma tête. Je ne le vois pas vraiment, je devine sa présence, je le sens qui me serre contre lui, j'éprouve à nouveau cet émerveillement absolu, au fond de moi, là où j'attendais sempiternellement qu'il me dise : « Oui ! Oui ! On y va ! Qu'on soit vraiment ensemble ! » Je vibre de la tête aux pieds, j'oscille au gré de la musique sur la plage... Je n'ai pas perçu les ténèbres m'épier, attendre, se dresser derrière moi... aveuglée que j'étais par mes propres yeux... je ne voyais que... Pete...

Charley. Avant.

Blotti contre sa poitrine, mon dos est tout chaud. Ses bras me serrent fort en me berçant au rythme de la musique, et on parle.

La chanson de Bob Marley dit : « J'veux pas qu'tu m'fasses chaviiirer », mais je déforme les paroles, je chantonne à voix basse : « Moi j'veux qu'tu m'fasses chaviiirer. » Je suis heureuse. On dirait que Pete est contaminé par mon bonheur, comme s'il lui coulait au creux des paumes ; il me le renvoie aussitôt, en remettant en place une mèche de mes cheveux, en me prenant les mains, en me touchant partout où il peut, sachant qu'on est au milieu d'un tas de gens qui bavardent. De temps en temps il me regarde ou presse sa main contre ma peau, en secret. Je lui rends ses sourires avec au fond de moi une légère sensation pétillante de peur mêlée d'excitation. On en est enfin au même point, tous les deux, on désire la même chose : s'appartenir mutuellement. C'est tellement bon que je lui souris et qu'il me sourit en retour.

Je suis heureuse.

On est heureux.

Ensemble.

Je regarde Am' en m'attendant à l'habituel pincement de douleur mais apparemment, elle a perdu tout pouvoir sur moi. Je me répète que Pete va être à moi, et peut-être lit-elle dans mes pensées, car elle tourne la tête dans ma direction. C'est difficile, mais je soutiens son regard, même si mes yeux supplient qu'on les laisse se baisser vers le sol, qu'on mette fin à leurs souffrances. Je réussis à les faire obéir. Soudain Am' m'adresse un sourire étonnant. On dirait vraiment qu'elle sait ce que je pense. Et qu'il ne tient qu'à elle de me le reprendre, de se l'approprier à tout moment.

Je baisse les yeux.

Et je frémis.

Quelqu'un marche sur ma tombe.

Quand j'ose à nouveau la regarder, je découvre que c'est sur Pete que sont posés ses yeux, à présent. Je serre si fort ses mains qu'il me souffle à l'oreille :

– Hé ! Du calme !

À dix heures du soir, je me lève en bâillant.

– Je suis crevée ! Bonne nuit tout le monde.

– Tu te couches bien tôt... Tu es une grande fille mainte-nant, pourtant ! lance Am' avec un sourire bizarre.

Je refoule la conviction qu'elle sait pertinemment ce qui se passe.

– Change de disque, Am', réussit à dire Pete.

Au contraire, elle en rajoute :

– D'ailleurs, ça m'étonne que maman te laisse jouer dehors si tard !

Elle me décoche un regard appuyé qui m'angoisse, subitement : est-ce qu'elle sait que ma mère n'est pas au courant ? Et si oui, qu'est-ce qu'elle va faire ?

– Mais oui, c'est ça, je lâche sans même la regarder. Allez, à demain les amis !

– Dors bien.

Bella me salue :

– À demain.

Demain, je songe, *demain, rien ne sera plus pareil.* Je me raccroche à cette idée, à la fois effrayée et excitée.

– Pourtant, t'as pas besoin de dormir pour te refaire une beauté, toi, place Em' d'une voix pâteuse.

Pete m'embrasse et me murmure à l'oreille :

– À tout à l'heure.

Je le serre dans mes bras.

– J'ai hâte.

Ô combien.

Hal/Charley. Avant.

– Hé, Hal !

– Hmmm...

– Tu dors ?

– Ouais !

On pouffe de rire. Je suis tellement heureuse et à cran à la fois qu'il le sent :

– Qu'est-ce qu'il y a ?

– Mais rien !

Il se retourne, furieux que je ne puisse me confier davantage. Mais qu'est-ce que je peux dire ? « Tout à l'heure je vais faire le mur pour aller passer la nuit avec un mec » ?

J'ai peur. En même temps, je suis impatiente. Je vibre tout entière, tellement fort que j'ai peur qu'il l'entende. J'écoute sa respiration dans le noir ; tout d'abord elle exprime sa colère, mais bientôt elle se radoucit, redevient régulière. Il dort.

– Zut !

Moi aussi je me suis endormie ! Mais à présent j'ai les yeux bien ouverts et mon cœur frappe à grands coups dans ma poitrine. J'ai fait un rêve. Je murmure :

– Tout va bien, tu es réveillée maintenant.

Et c'est vrai, même si le reste de la maison vacille de sommeil. Je regarde le réveil : 00:16. Côté porte, j'entends le souffle assuré de Hal. Je prête l'oreille parce que ce son m'apaise en se mêlant au bruit des vagues et aux grincements des lattes du plancher. Peu à peu ma respiration se règle sur la sienne et je m'assieds pour regarder par la fenêtre. Je distingue l'ombre de Pete qui m'attend sous la lumière orange du réverbère, près de la rampe de lancement.

En passant à côté de Hal, je lui fais un bisou. Je ne sais pas ce qui me prend. C'est juste qu'il ressemble à un ange, comme ça – un ange endormi, heureux et innocent. Il a les bras écartés, les coudes repliés, les paumes ouvertes à hauteur des joues ; un ange qui fait sécher ses ailes.

– Salut, je chuchote. À plus.

Je regrette maintenant de l'avoir tant détesté parce qu'il me voulait rien que pour lui. Par moment je me sens coupable face à ses airs excédés.

Je me glisse sans bruit devant la chambre des parents. Ils bougent, un murmure me parvient. Mais je continue mon chemin ; je descends l'escalier en sautant la troisième marche, celle qui grince, et je traverse la cuisine. Je prends ma combi, accrochée derrière la porte, pour pouvoir prétendre que je suis sortie surfer très tôt. Et qui sait ? Peut-être qu'on en aura envie – de surfer, je veux dire – au lever du jour, demain, seuls tous les deux. Quand on aura changé.

Qu'on ne sera plus les mêmes.

Je trouve la nuit tiède et profonde comme les ténèbres des rêves. Les feuilles du peuplier sont d'un noir d'encre ; elles bruissent et ondulent sous la caresse du vent marin, doux et salé, et chantent comme un ruisseau printanier.

J'ai les jambes en plomb.

J'ai le cœur léger comme l'air.

– Salut ! me dit-il.

– Salut !

On s'étreint, on sourit en secret dans la pénombre.

– Ça va ?

– Super, je réponds.

On se met en marche tous les deux, seuls, dans le noir.

Hal. Maintenant.

Ce début de soirée doré est un peu ensommeillé ; le vent est tombé et tout le monde se dirige vers les rochers. La nuit va être plus que tiède : chaude – et la brise charrie un sentiment d'anticipation qui dérive, au gré de la fumée. Une nuit chaude, ici, c'est la musique, les corps absorbés par le sable et par les autres corps ; mais moi, tout ce que je vois, c'est qu'il fait sombre, que de temps à autre ma tête se tourne toute seule vers la photo de Charley – sauf là, tout de suite, parce que mon attention se fixe sur une drôle de sensation dans

mon ventre, un pressentiment de noirceur et de danger...
Alors me reviennent les derniers mots qu'on a échangés ce
soir-là, le soir où elle est partie pour ne plus revenir.

– Qu'est-ce qu'il y a ?

– Mais rien !

Sur le moment je ne l'ai pas crue, et je n'y crois toujours
pas. Qu'est-ce qui a bien pu se passer ?

Pourquoi n'est-elle pas revenue ?

Je vois Pete descendre du camping. Il n'a pas sa planche, ce
qui fait très, très bizarre – un peu comme si on voyait tout à
coup quelqu'un sans ses cheveux. Pete a TOUJOURS sa
planche avec lui – au cas où. Il se dirige vers les rochers où est
installé le barbecue permanent ; quelqu'un a déjà ravivé les
braises, et l'odeur parvient jusqu'à nous.

– Salut Pete ! s'écrient les uns et les autres, contents de le
voir.

Tout l'été il s'est tenu à l'écart ; il restait dans les vagues,
comme si être en contact avec les autres était au-dessus de ses
forces.

Em' se lève pour aller le serrer dans ses bras, un type lui
donne un petit coup de poing affectueux sur l'épaule. D'ici je
ne les entends pas mais je sens bien qu'ils se regroupent
autour de lui pour le protéger, en se réjouissant de son
retour.

Pourquoi ils l'aiment autant ?

Je frémis.

Quelqu'un marche sur ma tombe.

Les mains de Jackie sur mes yeux.

Elle est très belle ce soir, avec le bandana qui retient ses
cheveux et fait ressortir ses yeux, plus verts que jamais. Il y a

un espace très intéressant entre son tee-shirt et son jean... J'ai beau essayer, je n'arrive pas à lui en vouloir ; j'ai juste envie de m'enrouler autour d'elle et de rester cramponné.

– Salut ! je lui dis.

On se tourne vers le petit groupe.

– Comment il va ?

– Il est super nerveux. Tu as vu, il n'a pas sa planche.

– Ouais.

Elle s'assied près de moi et on reste là à contempler les autres qui bavardent debout. C'est bon d'observer sans rien faire, parfois. En plus, le recul nous permet de voir arriver Am' avant tout le monde. Mais quand, au pied des rochers, les autres la découvrent à leur tour, une sorte d'impulsion les traverse ; ils se retournent d'un même mouvement harmonieux, tel un banc de poissons, pour suivre sa progression. Puis ils reportent leur regard vers Pete.

Le sentiment d'anticipation porté par la fumée s'élève toujours plus haut dans les airs.

– On y va, décide Jackie.

En quelques secondes elle est aux côtés de son frère.

– Tu veux une bière, Pete ? propose Mark en lui tendant une canette.

– Ouais, merci.

Les bavardages effacent peu à peu les regards circonspects. Ses copains resserrent les rangs autour de lui – Em', Bella, Mark. Ils l'enveloppent dans les conversations, lui parlent surf... Mais on voit bien qu'il a la tête ailleurs. Il est dans le même état que Charley l'an dernier, ou que moi quand je suis à la maison. Il fait les gestes et prononce les paroles adéquats, mais ses yeux reviennent constamment se fixer sur Am', un peu plus loin sur la plage, là où les rochers se cachent juste sous les vagues, là où je l'ai trouvée.

– Ça ira ? chuchote Jackie en étreignant ma main.

– Ouais.

Tout le monde s'étonne à voix basse :

– Qu'est-ce qu'elle fait là, *elle* ?

– Elle pense qu'elle a sa chance, maintenant qu'il est de nouveau libre.

– Ça risque pas !

– T'en ferais pas autant à sa place ?

– Possible.

– Pauvre Pete...

– Ça fait quand même plaisir de le voir.

Ils se taisent en s'apercevant de ma présence. Ils ne peuvent pas s'en empêcher, c'est comme si j'étais systématiquement relié à un truc que je ne vois pas, que je ne comprends même pas, mais dont je connais les participants : Am', Pete, Charley. Les trois pointes d'un triangle. La même impression me reprend : ils connaissent tous l'élément qui relie les trois pointes pour former la figure complète. Malheureusement, ils la bouclent quand je suis dans les parages, ce qui m'attriste et m'inspire un sentiment de profonde solitude.

– Je vais lui dire d'aller se faire foutre ! s'exclame Em', ce qui me fait sourire.

– Non ! intervient Bella en la rattrapant par le bras. C'est justement ce qu'elle cherche : attirer l'attention.

– Ouais, mais elle a été tellement garce avec Charley...

Là-dessus, elle se retourne et m'aperçoit.

– Ah, salut !

– Salut ! je réponds en agitant vaguement ma boîte de bière.

– Tu veux un hamburger ?

Je secoue la tête. Je regarde Pete, bientôt imité par les autres : il vient de se mettre en marche. Au vu et au su de tous, il s'engage sur le sable profond, doré par les derniers feux du soleil.

Et se dirige droit vers Am'.

Le silence s'installe. Tous attendent la suite. Même les autres vacanciers se rendent compte que les conversations ont cessé de notre côté ; ils se tournent vers nous avant de revenir à leurs activités.

– Vas-y, Pete ! dit Em'. Il est temps de lui faire comprendre qu'on veut pas d'elle ici !

– C'est vrai, quoi ! renchérit une voix. Pourquoi elle vient là ?

– Je croyais qu'elle avait renoncé à nous, commente Bella, les yeux rivés au dos de Pete.

– Ouais, place Mark. On n'est pas assez bien pour elle, et de toute façon elle n'a plus l'âge de jouer avec des mômes comme nous.

– Elle ne tient pas de son père, alors ! intervient Simon.

– Tais-toi ! coupe sèchement Bella.

J'en suis tout retourné. Je repense à ce que m'a dit Jackie : qu'est-ce qu'elles font, les mains du papa ? J'ai la nausée. Je suis content que Bella soit intervenue. Il n'y a pas de quoi plaisanter.

Je cherche Jackie des yeux. Tout à coup, elle prend la parole.

– Vous ne pourriez pas le laisser un peu tranquille ? lâche-t-elle d'une voix douce et triste. S'il veut parler à Am', ça le regarde, non ?

Hein ? Quoi ? Mais enfin Jackie ! Il vient d'exposer ses sentiments au grand jour, là ! Devant tout le monde ! Tu as pensé à Charley, un peu ?

– Il a vécu des trucs pas marrants, alors fichez-lui la paix.

– Ouais mais quand même... dit Em'. Après ce qu'il a fait à cause d'elle... Quand il est sorti avec Charley, j'ai cru que ses goûts s'amélioraient...

Elle se tourne vers moi avec, toujours, ce sourire écœurant.

– Ça va, tu peux prononcer son nom, tu sais, je lui dis.

– Si ça se trouve, remarque Simon, il n'a rien fait « à cause d'elle », Em'. Peut-être qu'il a juste du mal à se contrôler quand il a envie de frapper.

Bravo, Simon !

– Impossible ! crie Em' en me regardant, comme si c'était moi qui venais de parler. Impossible qu'il ait levé la main sur elle... Enfin, se reprend-elle d'une voix qui trahit un début d'ivresse, pas pour lui faire du mal en tout cas. On l'a accusé à tort, exprès ! Vous avez bien su ce qui s'est passé, non ? Cette fille, c'est une vraie garce... Pete est tombé dans le piège et il est trop gentil pour...

– Hého, Em', tu te fais un film, là !

– Tu comprends, me braille-t-elle sous le nez, je l'aimais bien, moi, Charley !

J'acquiesce. Pourquoi les gens se sentent-ils tous obligés de me dire ça ?

Jackie s'en va et je lui emboîte le pas.

Pete et Am'.

Ils sont assis sur les rochers. En face d'eux, le soleil forme un magnifique disque de feu rouge sombre, parfait, et ils ne

298

lui accordent pas la moindre attention tant ils se dévorent des yeux.

On entend leurs échanges, entrecoupés de longs silences. Pete semble inquiet, on devine la colère contenue dans sa voix. Elle s'exprime clairement, fermement, mais on ne distingue pas les mots. Ce qui me rend fou, d'ailleurs ; le vent ne nous apporte que des bribes de temps en temps.

– Écoute, il faut que tu t'en ailles d'ici, Am'... Comme ça, plus rien ne pourra...

– Pas avant d'avoir fait le ménage dans...

– Am', ce n'est pas l'endroit lui-même qui a besoin d'être...

Il pousse un gémissement pénible, elle éclate de rire puis lui pose une question. Il se penche sur elle, de plus en plus près, jusqu'à passer ses bras autour de ses épaules. Leurs visages se touchent presque. Jackie me serre très fort le bras ; si ça continue, elle va me le casser. D'ici, ils ont l'air d'un couple normal qui flirte sur la plage.

– La salope !

Ça, c'est Jackie.

– Le salaud !

Ça, c'est moi.

– Qu'est-ce qu'ils font ? Ne me dis quand même pas qu'ils... marmonne Jackie.

Eh si. Ils sont bien en train de bavarder sous notre nez, aussi séduisants l'un que l'autre – de nouveau ensemble !

– Et Charley ? ai-je envie de crier à Pete.

La réponse ne se fait pas attendre : j'ai littéralement *mal* en les voyant faire. Comme si une lame incandescente tranchait la limite entre mon cœur et ses artères, juste à l'endroit où il prend vie. J'en ai le souffle coupé ; cette fois, la sensation de chute n'est plus dans ma tête, mais là, dans mon cœur ; on dirait qu'il tombe à mes pieds. Je ne suis plus arrimé à la terre ferme parce qu'il est trop occupé à chuter toujours plus bas, à travers la croûte terrestre elle-même dans sa hâte de rejoindre le noyau. D'un coup, mes pieds refusent de me porter et je me retrouve la figure dans le sable tandis que ma tête part en arrière en ricochant à la surface, avec une seule destination : Charley.

– *Charley !*

Charley. L'hôpital. Maintenant.

– *Hal !*

J'ai mal comme si on m'arrachait le cœur. Il s'écoule une seconde d'horrible vacillement juste avant de saisir ce qui vient de se produire ; puis s'enfle la brûlure affreusement douloureuse de la mutilation. Après, c'est le vide.

Pete et Am'... J'en étais sûre... j'en étais sûre... Je vois à mon poignet un bracelet qui dit « Pour toujours »... sauf que ces mots ne me sont pas adressés... ils étaient pour elle... c'est elle qui lui a donné ce bracelet... Il n'a fait que le transmettre... me le transmettre...

Hal. Maintenant.

– *Charley !*

C'est sa douleur à *elle* que je ressens, et elle dépasse le pouvoir de mon souffle.

Je la vois mentalement, allongée là-bas comme un cadavre ; pour moi elle *est* morte – et, en même temps, parcourue par cette douleur incandescente...

– Pourquoi, Charley ?

La réponse, c'est Pete et Am' ensemble sous mes yeux, enlacés sur la plage

Mais Charley, comment peut-elle les voir, elle ?

– Ici, Hal ! Je suis là !

J'entends sa voix en moi, et tout à coup je comprends : elle ne les voit pas *en ce moment* – ce qu'elle voit, c'est un souvenir, et il nous emplit tous les deux de terreur.

– Transpercée.

Je l'appelle :

– Où es-tu ?

Mais seule me parvient sa respiration, qui n'est plus régulière à présent, mais erratique, affolée.

– Pete !

Elle crie, en proie à une terreur absolue, mais ne reçoit pas de réponse. Le mot vire et tournoie dans le vide opaque avant de tomber comme une pierre.

– Charley ! Charley ! je chuchote dans le noir complet, ne m'adressant qu'à moi-même.

Je tends la main et, ce faisant, je la sens qui se rapproche... de plus en plus... en apportant avec elle l'obscurité et la peur... Je me force à ne pas bouger, ne pas me détourner...

– Hal ! appelle-t-elle.

Et puis elle... elle me cherche... elle se tend vers moi... au point que la peur et le froid menacent de m'envahir à mon tour... et puis...

Nos mains se rencontrent... et ses doigts sont fragiles comme du givre, aussi blancs, aussi immatériels. Leur murmure sur ma peau me glace et me rend livide à mon tour ; ils exigent la chaleur de mon corps mais je tiens bon. Je m'accroche, car je le sais : il n'y a qu'un moyen de découvrir la vérité. Celui-là.

On ne peut pas y arriver seuls.

Il faut qu'on s'y mette à deux.

– *Hal* ?

Un chuchotement interrogateur. La froideur qui émane d'elle s'insinue sous ma peau, comme de l'eau de mer.

Je suis terrifié. Et si j'y laissais ma santé mentale ?

Pourtant je murmure en retour un assentiment qui résonne comme son prénom. Immédiatement je ressens de sa part un soupir de soulagement, puis une impression d'émerveillement au moment où elle reprend vie à l'intérieur de moi ; l'espace d'un instant on est à nouveau ensemble – on ne fait plus qu'un, comme avant. Ensuite émerge peu à peu de notre frayeur et de notre aveuglement intérieur la vision... ou plutôt le souvenir... d'un lieu. C'est comme si Charley était avec moi pour de vrai, dans ma tête et dans mon corps.

Soudain, un éclair. Am' et Pete sont comme illuminés par un flamboiement de lumière. Sa main à lui est enfouie dans sa chevelure à elle.

Où se trouvent-ils ?

– *La maison,* soupire Charley. *Cette maison dans les bois !...*

Son esprit enroulé se déplie et s'étire tout en restant accroché à moi. Elle refuse de lâcher prise.

Je sens en elle, et bientôt en moi, le désir que lui inspire la chaleur de mon corps bien vivant. Je discerne l'image qu'elle dessine dans son esprit : une fleur rouge sombre, vivante et hors de portée.

Alors, quelque part au loin, mon *moi* pousse un soupir de soulagement : enfin elle me rend à moi-même et libère mon esprit.

Mon souffle précipité court après lui-même.

– *La maison...*

Je retiens ses paroles tout contre moi. Ses mains se dissolvent, le givre dur et blanc fond à mesure que ma chaleur corporelle revient.

Jackie crie.

– Hal ! Tu es dans les pommes ? Hé, Hal, ça va ? Qu'est-ce que t'as ?

Son ton est apeuré, pressant.

– Jackie...

Je reprends mes esprits. J'ai la tête sur ses genoux et elle me caresse les cheveux. Mais... on était assis derrière un rocher ! Comment suis-je arrivé jusqu'ici ?

– S'il te plaît, Hal !

Elle paraît affolée alors j'ouvre les yeux, juste pour la rassurer.

– Ils sont partis, annonce-t-elle.

Je me redresse.

– Je sais où.

– La maison dans les bois ?

– Comment tu as deviné ?

– Tu as demandé : « Où es-tu ? », puis tu t'es répondu à toi-même : « La maison dans les bois. » Tu avais drôlement la trouille, tu sais.

Elle ouvre de grands yeux, et pas seulement pour mieux y voir dans le jour qui décline : elle est effrayée elle aussi.

Je tremble encore.

– Jackie, je SENS sa présence.

– De qui tu parles ?

Mais on le sait tous les deux.

– Charley. Je la sens comme si elle était à l'intérieur de moi.

– Qu'est-ce qui s'est passé ?

– Je l'ignore. Je crois qu'elle était dans cette maison... une petite maison dans les bois où on allait s'amuser... et qu'elle cherchait quelque chose. Ou quelqu'un. Il me semble... Oui, il me semble que c'était Pete. Ou alors, elle avait aperçu quelque chose... Pete et Am', je crois. Elle avait peur, Jackie !

Mon cœur se remet à battre à tout rompre, irrigué par le sang de cette peur, et je recommence à trembler.

Jackie acquiesce en silence.

– Et toi, ça va ? je lui demande.

Elle hoche à nouveau la tête et on se raccroche l'un à l'autre.

– Ça me fiche une de ces trouilles quand tu fais ça ! Tu as l'air...

– Quoi ? je demande d'une voix impérieuse mais à demi étranglée.

– Possédé, à moitié mort ; comme... comme si tu n'allais plus jamais revenir.

Incapable de proférer un son, je l'étreins encore plus fort. Je sais très bien ce qu'elle veut dire. Elle décrit ce que je ressens quand je regarde Charley : l'impression qu'elle est partie pour toujours là où on ne peut la suivre, dans un endroit d'où elle ne reviendra plus.

– Et puis, tu te mets à respirer différemment, comme tu me l'as dit une fois – mécaniquement. Et je...

– Tu crains que je ne me réveille pas, je termine à sa place.

Là encore, elle fait signe que oui. Je cède à l'envie de la serrer contre moi tant elle est tiède, vivante, présente ; moi aussi, et je m'en réjouis.

– Ils sont partis par où ? je m'enquiers au bout d'un moment.

– Vers le sentier de la forêt.

– Merde.

Je n'ai aucune envie d'y retourner. L'idée même de l'obscurité qui règne là-bas sous les arbres me terrorise plus que jamais.

Une image bizarre me vient soudain à l'esprit : je suis étalé dans mon lit et la voix de Charley me traverse la tête.

– *Un ange qui fait sécher ses ailes.*

Est-ce qu'elle va me lâcher un jour ? Ou bien va-t-elle rester éternellement en moi ?

Je voudrais tellement être endormi dans mon lit, profondément endormi, avec dans les oreilles les ronflements de ma sœur et, plus loin, par la fenêtre, le cadence infinie de la mer qui afflue et reflue...

Malheureusement, je ne suis *pas* en train de dormir. Je me relève.

– Allez, viens.

Je tends la main à Jackie.

– Tu me dis tout le temps « Allez, viens » !

– On rentre. Ce soir, je me couche tôt. Je suis crevé.

Est-ce qu'elle va me croire ? Je bâille, pour achever de la convaincre, mais je n'ai pas à me forcer : je suis réellement épuisé. Jackie marche près de moi en silence jusqu'à ce qu'on atteigne le réverbère, pas loin du camping. Puis :

– Alors on ne les suit pas ? Tu m'étonnes, Hal.

– Qu'est-ce que j'en ai à foutre d'Am' et de ce qui peut lui arriver ? je réplique avant de lui asséner le coup final : À elle ou à Pete, d'ailleurs. Surtout s'ils ont effectivement joué à je ne sais quel jeu pervers avec ma sœur, tous les deux. Écoute. À mes yeux, ils se valent et ils font la paire. Quant à Charley et moi, ma mère dit qu'on a trop d'imagination. Elle a raison, je crois.

Elle ne semble pas convaincue.

– Franchement, j'en peux plus, là, Jackie. Bonne nuit !

Je la prends dans mes bras, j'enfouis mon visage dans ses cheveux et inspire son odeur comme si je pouvais la retenir éternellement dans mes poumons, comme si elle avait le pouvoir de me mettre à l'abri du danger.

– Je t'aime.

Aussitôt que j'ai prononcé ces mots, je me rends compte que c'est vrai. Je suis sincère. J'aime tout chez elle – ses cheveux si lisses, ses yeux qui ne changent jamais de couleur, sa façon de se gratter le bras quand elle réfléchit, de m'embrasser... J'aime qu'elle sache sculpter des formes dans le sable, et qu'elle se montre si courageuse alors qu'elle est terrifiée.

Comme en ce moment, par exemple. Un peu.

– N'aie pas peur, je lui souffle à l'oreille.

Mais elle se borne à me contempler, comme si elle attendait que j'ajoute quelque chose.

– Jackie ?

– Hmm ?

– Je viens de te dire : « Je t'aime. »

– C'est vrai ? répond-elle en me serrant brièvement dans ses bras, d'une étrange manière. Allez, à plus.

Elle disparaît en un clin d'œil, avalée par les ombres en bordure du champ. Je reste planté là un moment, attristé de la savoir en colère. Est-ce qu'elle va tenter de me suivre ? Je suis assez angoissé comme ça pour me faire en plus du souci pour elle. Il ne faut pas que je pense à elle pour le moment. J'ai déjà peur rien qu'en tentant de ne pas penser à ce que je m'apprête à faire.

Je traverse le parking du pub avant de m'engager sur le sentier qui passe sur le pont puis s'enfonce dans les bois. J'aimerais siffloter, prendre l'air dégagé, feindre d'être courageux comme Charley, mais ça ne sert à rien. Je ne ferais que me trahir. Et de toute façon, je sais bien que je ne suis pas courageux.

Charley. L'hôpital. Maintenant.

– *Hal...*

Je l'appelle, je l'appelle de tout mon corps. On éprouve encore, l'un et l'autre, la merveilleuse sensation de tout à l'heure, quand j'étais dans sa tête, quand j'étais à nouveau vivante... la tiédeur de l'air sur sa peau, chargée de mémoire... et avec elle ce sont d'autres souvenirs qui s'éveillent ; ils ne sont plus rigides, inamovibles, contrairement à mon corps... ils ne sont plus invisibles sous les eaux sombres à la surface baignée de lune ; ils frémissent, et l'eau se soulève sous leur poussée... on est en train de se réveiller, Hal.

Les souvenirs le suivent tandis qu'il nous ramène là où ils ont leur origine, au bout du sentier, au cœur de la forêt de plus en plus obscure... là où est la maison...

Charley. Avant.

Il fait très bon cette nuit ; même le vent qui, de temps en temps, apporte de la mer un air propre est tiède, presque chaud. Dans les bois, seuls les arbres qui chantent dans la brise marine viennent rompre le silence. Leurs hautes silhouettes noires dansent sur fond d'étoiles. De petits animaux bruissent dans le sous-bois, une chouette lance son appel puis, tout à coup, une bestiole pousse un cri dans un champ, au loin, dans le noir. Je fais un bond et m'accroche au bras de Pete.

– Tu sautes comme une puce, constate-t-il avant de s'immobiliser pour caresser mes cheveux d'une main apaisante. Tu es nerveuse ? Tu veux qu'on fasse demi-tour ? Qu'on aille s'asseoir un moment sur la plage ?

Je secoue la tête, mais il n'a pas tort : la forêt me rend claustrophobe, j'ai du mal à respirer, comme s'il n'y avait pas assez d'air sous les branchages serrés.

– Ça ira mieux sur place.

Ma voix rend un son plein d'assurance, mais je ne cesse de tressaillir et de me retourner ; pourquoi ai-je toujours l'impression d'entendre un murmure derrière nous ? Quel soulagement quand on arrive enfin à la maisonnette !

– Viens.

Pete me soulève et me fait passer par la fenêtre cassée. Une fois dedans, il prépare du feu et déballe son sac à dos à la lumière vacillante de la bougie. On rit parce que c'est comme le « Tardis » de *Doctor Who* : il n'arrête pas d'en extirper des objets en tous genres, jusqu'à ce qu'on soit littéralement entourés de victuailles – des olives, du vin, de la bière, des chips, du chocolat, et puis une grande couverture et deux super-matelas pneumatiques autogonflants. Pendant tout ce temps il me regarde en hochant la tête, un sourire jusqu'aux oreilles, l'air très, très content de lui. Enfin, il ne reste plus rien dans le sac.

– Ce n'est pas au port que tu as trouvé tout ça !

Il sourit toujours, ravi que j'aborde le sujet : ça lui permet de me donner des explications.

– Tu penses bien que non ! J'ai demandé à Brooke – tu sais, la fille qui bosse à la cafèt'? Elle m'a assuré que « ce vin ira très bien avec les olives ».

Je souris parce qu'il vient d'imiter Brooke – encore une qui ferait n'importe quoi pour lui plaire.

Il attrape la bouteille, puis adopte une expression atterrée.

– Zut !

– Tu as oublié le tire-bouchon, c'est ça ?

Je prends pleinement conscience de son charme infini, qui m'arrache un sourire et apaise ma nervosité.

– Héhé... Ruse ! C'est un bouchon qui se dévisse.

– C'est malin !

Il rit, puis s'ouvre une bière. Ça fait un grand bruit, dans le silence de la forêt, et je sursaute à nouveau. Il me tend un verre – un vrai, soigneusement emballé dans du papier. En le prenant à deux mains, je me demande comment j'ai pu douter UN INSTANT de Pete.

Le vin vient de Nouvelle-Zélande, comme Brooke. Du Withers Hill.

– Tu m'épates.

– C'est grâce à Brooke ! répond-il en riant.

Il fait tinter son gobelet en métal contre mon verre.

– À la tienne.

– À quoi on boit ?

– À toi ! « Bonsoir, vous venez souvent ici ? »

Il engloutit une longue gorgée de bière.

– « Tout le temps. Comment me trouvez-vous ? »

– Je ne t'ai pas encore trouvée, murmure-t-il.

J'en frémis. Ses lèvres dessinent un petit sourire énigmatique qui ne s'adresse qu'à lui.

Je chante comme les arbres. On y est, on y est enfin !

Seuls.

Ensemble.

Mon corps ne cesse de frissonner. Pourquoi ?

– Une olive ? propose-t-il.

– Oui, merci.

Il en prend une et la porte à mes lèvres.

– C'est gentil.

Je la mange, et il m'embrasse jusqu'à ce que le noyau passe dans sa bouche à lui.

– C'est dégoûtant !

– C'est vrai, mais en même temps, c'est bon.

Charley. L'hôpital. Maintenant.

Les souvenirs se succèdent si rapidement que je n'arrive pas à leur donner forme, à les maîtriser.

Charley. Avant.

C'est dingue ! J'ai l'impression d'être sur un toboggan : une fois la glissade entamée, impossible de m'arrêter. La sensation de ses mains qui glissent sur ma peau comme des vagues me soulève de plus en plus haut, jusqu'à ce que je cherche mon souffle... Je ne saurais expliquer comment, on s'ajuste parfaitement l'un à l'autre. Comme un couple de danseurs. Je veux le toucher moi aussi... mais j'interromps mon geste.

Incroyable. La réalité vient de réapparaître d'un coup, là, derrière l'épaule de Pete, et ma raison se met en travers : ce n'est pas possible, ça ne peut pas arriver, ça fait trop peur. Je vois Am' danser dans les airs au-dessus de moi en riant.

– C'est facile ! dit-elle.

Je me dégage.

Il pousse un grognement affreux et s'écarte de moi en se recroquevillant.

– Pardon, pardon, pardon, Pete ! je murmure.

– Quoi ? me demande-t-il, les pupilles dilatées, noires comme s'il avait avalé tout le ciel nocturne. Qu'est-ce que tu as ?

– Je ne peux pas. Je ne sais pas ce que j'ai.

Il se redresse et se prend la tête à deux mains et, immobile et muet, réfléchit une éternité avant d'articuler :

– Pourquoi ? Tu as peur ?

– Oui.

– De moi ?

– Un peu.

– On t'a raconté des choses ?

– Mais non !

– Sur Am' et moi, je veux dire.

– Mais non, je t'assure ! C'est juste que je l'imagine, tu comprends ? Et elle est tellement mieux que moi... ça me paralyse. J'ai l'impression bizarre qu'elle est là à nous observer...

311

Il relève vivement les yeux, puis rit.

– T'es drôlement douée pour casser l'ambiance, tu sais ! Finalement, il vaut peut-être mieux que tu saches, Charley... Si ça se trouve, tu sens que toute cette histoire est là, quelque part en moi, et que ça me bouffe... ?

On dirait qu'il s'interroge à voix haute... Sa façon de prononcer mon nom me fait un coup au cœur – ce cœur qui bat si vite, si fort, soudain, parce que j'en suis sûre, maintenant : il s'est bel et bien passé quelque chose, et il s'apprête enfin à me raconter, m'expliquer ce miroitement bizarre qui électrise l'air entre eux.

Am' et Pete.

– J'ignore ce qu'on a pu te confier sur moi, mais jamais je ne te ferais de mal, tu m'entends ?

– Comment ça ? Qu'est-ce que tu veux dire ?

Ce n'est pas ce que j'attendais !

Il me secoue par le bras.

– Quoi que les gens puissent raconter, jamais, jamais je ne te ferai le moindre mal, Charley ! Jamais...

– De quoi tu parles ? je répète.

Il ne répond pas. J'ai l'impression que les dernières vapeurs du vin s'échappent de moi et s'en vont flotter dans l'air – un air brusquement glacial. Maintenant, j'ai vraiment, vraiment la trouille. Pourquoi me parle-t-il de lui ? Je croyais qu'il était question d'Am'?

Je me sens soudain très loin de chez moi. Personne ne sait où je suis... Et lorsqu'il tend ses doigts vers mon visage, j'ai un léger mouvement de recul. Je ne peux pas m'en empêcher.

Grave erreur.

– C'est ça ! On t'a raconté des choses sur moi !

Je secoue la tête mais :

– C'est faux, Charley ! Je n'ai *jamais* levé la main sur elle !

– Mais de quoi tu parles ?

Je suis incapable de prononcer d'autres mots, comme si mon cerveau tournait en rond sans pouvoir s'échapper du cercle infernal, incapable d'absorber les informations nouvelles. Qu'est-ce qu'il sous-entend par là ?

Je suis transie de peur et de froid. Je tends la main vers mon tee-shirt. Je redoute que Pete essaie de m'en empêcher mais il enchaîne :

– Ce n'est pas moi qui l'ai frappée, c'est son père ! Il la traite comme un chien ! Charley, écoute-moi...

Et là, il me déballe tout en vrac. On dirait un epouvantail éventré qui se vide de sa sciure. Ses mots forment peu à peu une image et, horrifiée, je commence à comprendre. Par exemple, ils ont dû se planquer aux quatre coins de la péninsule pour ne pas que le père d'Am' apprenne qu'ils étaient ensemble, et c'est pour cette raison que maintenant, Pete connaît toutes ces cachettes.

– Beurk ! Tu m'as emmenée là où tu étais déjà allé avec elle ! je glapis malgré moi.

– Seulement il a tout découvert – son père, je veux dire. J'ai cru pouvoir lui parler, tu comprends... l'arrêter, l'empêcher de... Mais rien à faire. Elle ne m'avait pas tout avoué. Je le croyais simplement... violent... mais ça ne s'arrêtait pas là... Charley, si tu savais... Dès qu'il a jugé qu'elle était assez grande il l'a... Et ça lui fait HORREUR, tu sais, d'être aussi belle... C'est vrai ! Parce que ça n'a fait que...

Ses yeux sont pleins d'effroi, de souvenirs. Ce n'est pas du tout ce que je croyais, en fin de compte. Entre eux, ce n'est

313

pas le couple de rêve, la beauté parfaite, le désir absolu... C'est le viol, l'épouvante. J'en ai la nausée. Littéralement. Le contenu de mon estomac me remonte dans la gorge.

– Non ! Je ne veux pas savoir !

Il se détourne d'un coup, comme s'il était lui aussi sur le point de vomir, mais il ne peut plus s'arrêter de parler ; les mots se succèdent, inlassablement... Il a cru qu'il pourrait la sortir de là... Moi, j'entends le ruisseau couler sur les rochers et j'ai envie d'être couchée dedans sous les étoiles froides. Je voudrais que le bruit de l'eau noie la voix de Pete.

– Charley, je crois que les gens d'ici étaient au courant. Et pas seulement qu'il la battait. Aussi qu'il la...

–... violait, j'achève à voix basse, car comment prononcer ce mot autrement ?

– Je crois que la mère de Simon savait, je suis pas sûr... En tout cas, quelqu'un a fini par le dénoncer. Et quand il nous a trouvés il est devenu fou de rage ! C'était la première fois qu'il la frappait devant témoin, et je crois que c'est pour ça que les gens ont fini par parler. Mais Am' a affirmé que c'était *moi* qui l'avais frappée... Si tu avais vu son expression... Jamais je ne pourrais faire une chose pareille ! Et pourtant, d'une certaine manière, je me suis dit que oui, c'était ma faute... parce que si on ne s'était pas rencontrés... si je n'étais pas sorti avec elle...

– Quoi !? Mais pourquoi elle ne l'a pas fait jeter en prison ?

– Elle avait trop peur. Et elle disait... que c'était quand même son père, poursuit-il, au bord des larmes, et qu'elle n'en avait qu'un. C'est bizarre, mais tu sais, elle l'aime quand même. Vraiment. C'est son père. Alors elle m'a accusé, moi, pour le protéger.

314

– Mais c'est dégueulasse ! Pourquoi tu as marché dans sa combine ? Incroyable... Je ne savais pas... j'ajoute pour moi-même. Et moi qui la trouvais fascinante, belle, moi qui étais jalouse !

À mesure que je parle, le puzzle se reconstitue ; cette attitude ouvertement je-m'en-foutiste... ce n'était pas parce qu'elle était sûre de Pete, mais parce qu'on lui avait déjà fait tellement de mal... Et ce que j'ai perçu entre eux, c'est en fait de l'horreur, de la souffrance, de la culpabilité et du désir gâché.

Mais pas de l'amour ! Il n'y a pas eu d'amour !

– Tu comprends maintenant, Charley ? Je ne voulais pas que tu... te sentes obligée de... Tu ne vois pas que j'ai très, très envie d'être avec toi ? Que ça me fait un bien fou de fréquenter quelqu'un de normal ? Alors je ne voulais pas... je ne veux toujours pas... précipiter les choses entre nous. Y a pas le...

Je lui prends la main, puis je serre sa tête dans mes bras et pendant un moment on se balance doucement en respirant à fond, à intervalles réguliers. Et on parle, on parle, on parle.

– J'avais juré de garder le secret, chuchote-t-il. Chaque fois que tu as l'impression que Jackie nous suit, je me dis que c'est peut-être Am'...

Je lève les yeux sur lui, saisie d'un frisson.

– T'en fais pas, elle ne connaît pas cette maison.

– À moins qu'elle ne nous ait suivis jusqu'ici, justement.

– Je lui ai dit beaucoup de choses, tu sais. Qu'on pouvait s'enfuir ensemble, que je voulais la sauver... Que jamais, jamais je ne raconterais ça à personne...

S'enfuir où ? Au Mexique ?

– Ne t'en fais pas, je le rassure. C'est comme si tu ne m'avais rien dit.

315

Si seulement !

Pete se lève pour aller chercher un couteau de poche, puis grave nos deux noms sur le manteau de la cheminée, en ajoutant la date. Il procède lentement, avec talent, de sorte que bientôt, on est entrelacés sous forme de lettres, lui et moi. Je passe le bout de mes doigts sur son œuvre ; pendant qu'il l'achève, on discute de tout et de rien, on boit, on se frôle.

Et bientôt – on ne peut s'en empêcher – on s'embrasse.

– Si je savais modeler des choses dans le sable comme Jackie, me dit-il soudain, je te ferais, *toi*.

Je me rends compte que je tremble de froid. L'aube ne doit plus être bien loin.

– Tu as toujours peur ? me demande Pete.

Je fais signe que oui.

– Mais pas de toi.

Quelqu'un marche sur ma tombe à pas lents et mesurés, je le sens... Et les pas se rapprochent... Je serre Pete contre moi, je grelotte et me raccroche à lui comme si le temps lui-même ne pouvait nous séparer.

Pete émet un petit rire ; on dirait qu'il a lu dans mes pensées.

– On a le temps, m'assure-t-il. On pourra s'arranger avec tes parents, se téléphoner, s'attendre. Tiens, je vais bosser à la ferme jusqu'à ce que j'aie assez d'argent pour ton hôtel chic, voilà ! s'esclaffe-t-il.

Je ne peux plus m'arrêter de trembler.

– Tu as froid !

Il me reprend dans ses bras et me berce.

– Non, Pete, je m'entends dire sur un ton ferme et froid. On n'a *pas* le temps.

Les pas se rapprochent... je les entends... je les sens...

On reste collés l'un contre l'autre à s'embrasser, et au bout d'un moment je me détends, je me sens au chaud et en sécurité ; alors le désir se met à me lécher les os et à allumer des feux en moi.

– Qu'est-ce qu'on ressent ? je lui demande. Et pourquoi ça fait si peur ?

– Qu'est-ce que j'en sais, moi !

Il rit, un son merveilleux à mes oreilles.

– Dis-le-moi quand même, s'il te plaît, je reprends tout bas. Dis-moi ce qu'on ressent.

Telles sont les paroles que je prononce, mais ce que je n'arrive pas à dire c'est que j'ai froid, j'ai peur, et j'ai besoin qu'on me raconte une histoire. Que je sens la nuit se déplier en nous détachant l'un de l'autre et qu'il me faut absolument entendre sa voix... régulière et posée, comme les histoires qu'on raconte aux enfants le soir au coucher, et qui se déroulent à l'infini, sans jamais se conclure.

– Pour moi... c'est un peu comme surfer, explique-t-il enfin. Tu sais : pendant une éternité on s'ennuie à garder sa planche bien droite et à ne prendre que des vagues minables là où on a pied ?

– Ouais.

– On reste là quand même, parce qu'on a l'espoir que ça vienne, non ?

– Si.

Je souris.

– Et tu t'acharnes parce que dans ta tête, tu imagines « la » vague ?

J'acquiesce.

317

– Eh ben... C'est exactement pareil, pour moi. Sauf qu'on met très longtemps à comprendre comment il faut s'y prendre, achève-t-il en souriant.

Il hausse les épaules, bras écartés, paumes offertes.

– Pour que ça soit *bien*, précise-t-il.

J'ai droit à son fameux petit sourire en coin un peu gêné, celui qui paraît regretter d'être là... celui que j'aime tant.

– Et donc, il faut guetter la bonne vague, enchaîne-t-il. Mais en attendant, on se casse souvent la figure. Enfin, c'est ce que je pense, en tout cas.

Toute son attitude montre qu'il s'étonne lui-même de tenir un aussi long discours, de réfléchir si longtemps. D'où lui viennent ces idées, tout à coup ? Où étaient-elles cachées jusqu'à maintenant ? Ou alors, est-ce moi qui n'étais pas prête à les entendre ?

– Alors si je comprends bien, c'est pas super – je veux dire, au début ? Pas comme dans les films, flou artistique et oreillers en plume d'oie ?

– Non, confirme-t-il en secouant la tête.

– Et c'est tout ce que tu as à en dire ?

– Ouais, c'est l'impression que j'ai. Sauf peut-être que...

– Que quoi ?

Mon espoir renaît, douloureux et dur dans mon cœur noué.

– Que c'est différent quand on a un peu d'entraînement... et quand... quand on est amoureux.

Hal. Maintenant.

Debout sur le pont qui enjambe la petite rivière, je regrette que Jackie ne soit pas avec moi. Si je franchis ce pont et que j'emprunte le sentier, j'aurai les dernières maisons du village sur ma gauche, et le temps du voyage, elles auront déjà une lueur orange aux fenêtres, derrière les rideaux tirés. Le soleil se couche tôt parce qu'il disparaît derrière les collines, dont l'ombre s'étendra jusqu'au fond de la vallée.

Après les maisons, la route goudronnée devient chemin de poussière et de gravier. La vallée semble s'élever et enfermer les arbres. Puis le chemin s'arrête. Et là, il y a un portail, un vieux portail rouillé à cinq barreaux que personne n'utilise, apparemment, sauf Charley et moi. On ne l'a jamais ouvert. Pas une seule fois. On a sauté par-dessus, on s'est faufilés entre les barreaux ou on l'a escaladé, mais on ne l'a jamais poussé. De l'autre côté, sous les arbres, je vais me retrouver dans la pénombre. Il n'y aura plus d'éclairage urbain, rien que le vent dans les feuillages et cette obscurité grandissante où on se sent si seul.

– Aucune envie, je m'entends marmonner tout seul à cette perspective.

Puis j'entends Charley, comme si elle m'appelait depuis le passé :

– *Allez, Hal !*

Agacée, comme toujours, parce que je la ralentis. Elle veut encore que je me dépêche. Je fais un pas en direction de la route.

– *Plus vite !*

Sa voix disparaît entre les arbres, comme si elle partait en courant avec une bonne avance sur moi, concentrée sur ses propres préoccupations, tandis que je reste en arrière. Je meurs d'envie de la suivre. Je ne veux pas me sentir seul, avoir peur, je veux être avec Charley. Je fais encore un pas...

– *Non !*

Sa voix claque, soudaine, immédiate, matériellement présente, et mon cœur manque s'arrêter.

– Elle n'est pas là, je murmure pour me rassurer. Elle est dans un lit d'hôpital à Oxford.

Un bruissement dans le sous-bois, au bord de la rivière. J'aimerais que ce soit une loutre ou un mulot, une chouette ou une hermine – n'importe quoi, n'importe qui sauf moi, Hal Ditton, moi qui cherche le courage d'entrer dans la forêt et d'affronter les ténèbres seul, sans ma grande sœur.

Qu'est-ce qu'ils sont en train de faire ? je me demande. Car j'ai la certitude que c'est là qu'ils sont. Eux. Pete et Am'. Si je pouvais pénétrer dans ces ténèbres, je saurais pourquoi. J'en suis sûr.

Je me remets en marche.

Les chiens continuent d'aboyer alors que j'ai dépassé la cour de ferme depuis un bon moment pour remonter le sentier à flanc de colline. Ça me donne l'impression d'être suivi mais lorsque je me retourne, il n'y a personne. Il fait encore un peu jour ici, mais le chemin descend à pic et bientôt les arbres masquent le soleil couchant. Ils soupirent sous la brise ; les petites branches craquent et grincent comme si elles laissaient s'échapper à regret la chaleur et la lumière de la journée, tristes de devoir s'accommoder du froid et de la nuit qui vient.

Je ne sais pas où je vais. Le sentier est de plus en plus difficile à discerner à mesure qu'il s'enfonce dans la vallée. Je m'arrête pour tenter d'entendre la rivière, mais je ne perçois que le vent dans les arbres et des animaux invisibles qui font bruisser les feuilles.

Un renard sort du sous-bois et passe à toute allure juste devant moi. J'en ai un coup au cœur. Ses yeux jaunes se fixent sur moi, brillent une seconde, puis disparaissent.

– Ben mince alors ! je lâche dans un souffle.

J'entends dans les hauteurs des oiseaux et des chauves-souris prendre leur essor ou se poser. Ce ne sont que des ombres fugaces dans le pan de ciel encore visible, et qui s'assombrit rapidement. Un oiseau se met à chanter ; les notes, soudaines et bien détachées, sont agréables à l'oreille. La forêt est animée d'une vie propre, mais je ne suis pas chez moi parmi ses créatures. En avançant à pas pesants sur le sentier, je dérange cet ensemble bien ordonné. Il faut un long moment pour que le silence retombe après mon passage, comme si mon ombre – à moins qu'autre chose ne me suive – s'étirait trop loin, en semant la confusion, alors que moi, je ne suis déjà plus là.

Puis je crois distinguer une lumière, sans en être bien sûr. Elle apparaît et disparaît au gré des tournants entre les grands arbres, mais toujours elle revient. Elle m'effraie, parce qu'elle signifie que je ne me suis pas trompé, qu'il y a bien quelqu'un dans la maison, là-bas. D'un autre côté, elle prouve que je suis sur le bon chemin, que je sais où je vais, finalement.

Bientôt le bruit du torrent me parvient. La petite lumière instable disparaît une fois de plus au moment où j'atteins la rive. Elle est masquée par la maison.

Je m'immobilise.

J'y suis.

Je ne sais pas quoi faire.

Que ferait Charley ?

321

Elle serrerait ma main, tout excitée, et foncerait en m'entraînant dans son sillage.

Je pars en sens inverse, grimpe à travers le sous-bois et entre dans le jardin. De cette façon-là – *ma* façon à *moi* – je peux arriver jusqu'au mur de la maison en restant à couvert. J'inspire profondément en me disant que, même dans la pénombre, je pourrai toujours trouver une demi-douzaine de cachettes, que je connais le terrain mieux que personne – à l'exception de Charley.

Plaqué contre la brique tiède, j'entends des voix qui portent dans l'air immobile.

– OK, Am'? demande Pete. On y est, maintenant. Alors, qu'est-ce qu'il faut encore que tu fasses avant de t'en aller ?

Am' marmonne, presque comme s'il n'était pas là.

– Et si jamais elle se réveillait, qu'elle se souvenait de tout ? Je suis sûre qu'elle va s'en souvenir ; alors ils viendront ici. Et ils verront ! Il faut qu'on nettoie tout, Pete ! Qu'on récure à fond.

Ses paroles rendent un son étrange, comme déconnecté.

– Mais QUI va venir ? réplique-t-il. Pourquoi on devrait récurer ? Il n'y a rien à voir, ici.

– Qu'est-ce que ça signifie, cet endroit, pour toi ? lance-t-elle, sarcastique. Allez, dis-le. Qu'est-ce que tu vois, ici ?

Un silence. Je retiens mon souffle et mon cœur lui-même s'arrête pour écouter. Qu'est-ce qu'il va répondre ?

– Tu sais déjà pourquoi je viens, Am'. Parce que c'est le dernier endroit où... Oh, et puis après tout, ça ne te regarde pas.

Sa voix exprime une grande lassitude, il me semble ; et une grande tristesse. Mais celle d'Am' s'anime. Elle reprend :

– C'est super ici, en fait, déclare-t-elle, comme si elle se trouvait dans une belle maison chic, et non dans une ruine désertée en plein bois.

En percevant son changement de ton, j'ai un mauvais pressentiment ; il m'évoque la folie et le danger. Pete ne se donne pas la peine de répondre. J'essaie de me les représenter mentalement. Lui doit se tenir près de la fenêtre parce que sa voix me parvient clairement, et elle plus loin. Mais elle parle beaucoup plus fort.

– Vous veniez ici jouer au papa et à la maman, c'est ça ? Nous aussi, on pourrait.

Je ne comprends pas ce que sous-entend son ton charmeur, enjôleur, et en même temps sec, avec quelque chose de désespéré. Tout ça mélangé. Il me donne mal au cœur, il m'attriste, et je me sens tout bizarre à l'intérieur.

– Non, Am', lâche enfin Pete.

Comment fait-il pour garder son calme ? Puis je me rends compte qu'en fait, sa voix n'est pas calme mais *morte*, comme si plus rien au monde ne pouvait l'intéresser. Jamais.

– Pourquoi pas ? demande-t-elle, radoucie.

C'est elle qui est sereine maintenant ; sereine et sincère. Je suis à nouveau désarçonné.

– Am', s'il te plaît...

– Mais pourquoi ? gémit-elle. Pourquoi tu lui as raconté ? Tu m'avais promis, Pete ! Tu m'avais juré que tu n'en parlerais jamais à personne. Que tu serais toujours là pour moi...

– J'ai déclaré beaucoup de choses, Am', et sur le moment je les pensais. Mais dans la vie il arrive que les choses changent, et j'ai été obligé de tout lui dire. Tu le sais très bien !

Elle s'éloigne de lui. Puis sa voix s'élève à nouveau et cette fois elle est glaciale, dure, venimeuse.

– Alors quand tu reviens ici, c'est pour retrouver tes souvenirs, c'est ça ? Ça doit être de *bons* souvenirs ! Ça t'excite, hein ?

Il garde le silence ; on dirait que l'air lui-même retient son souffle.

– Il faut qu'on parte maintenant, Am'. Tu m'as promis de t'en aller si on revenait ici une dernière fois. Eh bien c'est fait.

– Si je m'en vais tu iras lui rendre visite, hein ?

– Qu'est-ce que ça peut te faire ? Et même si Charley se réveille et se souvient de tout, qu'est-ce que ça peut faire ? Du moment que tu n'es plus là ?

– Cette maison se souvient ! lâche-t-elle brusquement. Pete, il faut nettoyer à fond avant que la maison elle-même ne raconte toute l'histoire.

– Allons ! Il n'y a que quatre personnes au courant et les deux seules qui pourraient parler, c'est toi et moi, alors...

– Aide-moi ! Aide-moi à nettoyer la maison et après, j'irai où tu voudras, promis !

Mais sa voix est sournoise et pleine de mystère.

– Am', reprend-il, l'air de chercher à la convaincre quel qu'en soit le prix. Tu peux passer la nuit à vaporiser du produit sur toutes les surfaces, tu n'effaceras pas pour autant ce qui est arrivé. Alors viens, on y va.

– Mais *qu'est-ce* qui est arrivé ? demande-t-elle soudain. Dis-le-moi !

Mon rythme cardiaque s'accélère. Je vais enfin savoir.

– Tu crois peut-être que je ne suis pas au courant, pour vous deux ? Que je ne vous ai pas vus ?

– Tu te fais des idées, l'interrompt aussitôt Pete.

– Ah oui ? s'esclaffe-t-elle. Je m'imagine des choses, c'est ça ? Comme Charley ! Elle aussi imaginait ce qui s'est passé ?

Elle éclate à nouveau de rire et ça me glace jusqu'aux os parce qu'elle est manifestement folle – complètement dingue. Pourtant, Pete lui répond avec calme et tristesse :

– Tu sais très bien que non. Tu nous as suivis. Et justement, si tu nous avais pas suivis, aujourd'hui elle...

Il se tait, comme s'il lui était insupportable d'imaginer ce qui aurait pu être. Un bon moment s'écoule avant qu'il poursuive :

– Tu te rends compte, si tu nous avais pas suivis, elle serait peut-être encore là ?

Il s'exprime avec une patience bizarre, comme s'il s'adressait à une enfant, comme quand j'explique à Sara qu'elle a fait une bêtise. Mais il ne réussit pas à se faire entendre ; Am' fonce tête baissée, comme s'il n'avait rien dit.

– C'est toi qui m'as quittée, Pete ! Toi qui lui as raconté ! Alors que tu m'avais promis, *promis* !

Même moi je devine qu'elle se raccroche de toutes ses forces au souvenir de cette promesse, au point de ne pas entendre un mot de ce qu'il lui répète.

– Le problème, c'est ce qui lui est arrivé, Am'! Pas que j'en aie parlé ou non !

Où trouve-t-il la patience de recommencer alors qu'elle n'arrête pas de louvoyer, de changer d'angle d'attaque ?

– Est-ce qu'ils te réveillent la nuit, Pete, ces souvenirs ?

– Assez !

Il a fini par craquer. Le mot claque comme un coup de fouet, et il est suivi par un silence aussi soudain que pénible.

Je sens l'air se déplacer, comme s'il s'adaptait aveuglément à la lente courbure du temps pour s'étirer et décrire un cercle sans fin au-dessus de l'été dernier, un cercle qui finit par se fermer.

Charley. L'hôpital. Maintenant.

– Hal ! Il est là-bas... là où les souvenirs attendent... dans le noir... là où est Pete. Pete !... Ah, Hal est tout près de lui maintenant, tout près, et mon cœur se met à chanter... mes bras se tendent vers Hal... je voudrais tant avoir ses yeux, ses bras et ses doigts à lui, pour pouvoir palper, toucher... alors mes doigts s'étirent peu à peu...

– Oh, Hal !

Je m'enroule autour de lui comme une écharpe de fumée, en le suppliant de m'aspirer dans ses poumons...

Hal. Maintenant.

– Oh, Hal !

Elle est là. Charley est là, et elle articule mon nom à voix basse. Elle cherche à m'atteindre, à me toucher du bout de ses doigts minces et froids, elle effleure mon cerveau avec ses désirs et ses souvenirs.

– Oh, Pete ! murmure-t-elle.

Je sens son besoin de lui osciller en moi. Je vacille sur place.

– Non, Charley ! je hurle.

Mais déjà les images se déversent pêle-mêle dans ma tête malgré mes efforts pour la repousser, me raccrocher au contact de la brique tiède dans mon dos... Tout échappe à mon emprise, les images s'entrechoquent. J'y vois Pete dans le bosquet de chênes l'an dernier, ou dans les vagues, sous les étoiles ou sur le sable tiède... le désir qu'il inspire à Charley murmure jusque dans mes os... vient me lécher comme des vaguelettes... et je me retrouve perdu dans les volutes de brume qui, subitement, m'entourent et m'emplissent les poumons d'air humide et froid... à moins que ce ne soit de l'eau ?

– *Oh, Hal ! Je t'en prie... oh, Pete...* chuchote Charley.

– *Pete !*

J'ai poussé un cri, et pourtant, ce n'est pas ma voix que j'entends. Je m'aperçois en éprouvant un choc brutal et froid comme l'eau de mer que ce qui sort de moi, c'est celle de Charley.

– *Pete !* je m'entends à nouveau crier par la voix de ma sœur.

Il surgit à la fenêtre, hagard, livide. Brusquement, dans la pénombre, il paraît tout petit.

– Hal ? On aurait dit la voix de...

Il tend les bras pour m'aider à passer par la fenêtre. Sous le choc, Am' garde le silence. Elle aussi s'attendait à découvrir quelqu'un d'autre, et me fixe pour s'assurer que c'est moi.

– *Je t'en prie, Hal, je t'en prie...* murmure Charley dans ma tête. *Laisse-moi entrer,* supplie-t-elle.

Mon esprit m'échappe, s'écarte pour faire place au sien, comme il l'a toujours fait d'ailleurs, et voilà que mon corps me lâche à son tour. Je tombe, je tombe...

– *Oh, Hal ! Merci...*

Elle se glisse sous ma peau et bientôt c'est son sang glacé qui frissonne dans mes veines. J'ai juste le temps de sentir la force étrange des bras de Pete, la chaleur de son corps au moment où il me – non, où il *nous* – rattrape... avant de m'affaler sur le plancher.

Charley. Maintenant.

Je suis dans le corps de Hal, tout près de Pete... si près... aussi proche de lui que le souffle de ses mots sur ma joue, et sa présence me ramène à l'été dernier, au lieu où guettent les souvenirs, tapis dans les murs de cette maison. De l'intérieur de Hal, je me tends de toutes mes forces vers son esprit qui, lui, n'est pas perdu seul dans le noir, et vers son corps qui n'est pas inamovible, contrairement au mien, prisonnier d'un lit d'hôpital.

Sa chaleur est exquise...

– Oh, Hal !

C'est aussi bon que de flotter dans la Méditerranée.

– Merci !...

Son corps s'éloigne de lui pour se rapprocher de moi, devenir mien... et sa bouche se modèle sur mes mots à moi. C'est de ma mélodie que vibrent ses cordes vocales, ma propre voix, mes propres paroles... et, enfin, je suis à même de parler...

– Je vais te raconter une histoire... dis-je.

Je m'entends parler grâce aux oreilles de Hal, mais la voix... la voix m'appartient ! Je me souviens : ce sont les paroles que j'ai prononcées ici même, dans cette maison, l'année dernière, quand je nous croyais seuls.

– Raconte-moi une histoire, je lui chuchote. Une histoire sans fin...

Je sais maintenant que j'ai parlé à voix basse parce que cette nuit-là, je sentais ma propre fin toute proche... même si j'ignorais pourquoi...

À présent je suis enfin de retour à ses côtés, à l'endroit même où a commencé notre longue nuit, notre dernière nuit ensemble... et les souvenirs me reviennent... surgissent des ténèbres muettes...

Je sens les bras de Pete qui m'entourent ; il tremble de stupeur en m'entendant parler par la bouche de Hal, mais il tient le coup. Dans le corps de Hal, je me sens en sécurité ; ici les souvenirs vont enfin pouvoir être partagés... remémorés...

Enfin les images se forment devant mes yeux ; tout d'abord ce ne sont que des taches rouges et noires aux contours irréguliers derrière mes paupières, des fragments d'existence... Puis ils se stabilisent, se fluidifient, et finissent par se détacher très nettement, achevés... J'étais ici, dans cette maison, et je...

Je souriais... Oui, c'est bien ça !

J'ai une voix... ma voix... je suis prête à raconter mon histoire.. mais pour l'instant, je me perds dans la perfection du moment...

Pete !

Charley. Avant.

Je souris. Je souris et frémis à la fois, ébranlée mais ravie par tout ce qui m'arrive. Je plonge mon regard dans celui de Pete et je le trouve liquide, léger. Ses yeux s'approchent de plus en plus : il m'embrasse. Puis ils prennent du recul pour qu'on puisse contempler ce qu'il y a sous la surface, au plus profond de lui et de moi.

– Différente comment ? je demande.

Il me fait cadeau de son sourire, sans retenue – que je trouve si beau. Je lui souris à mon tour.

– LA vague, répond-il tout bas.

Je bats des paupières. Je suis très fatiguée. Fin de partie. Je rentre à la maison.

Voilà ce que j'ai ressenti.

– Charley.

Il murmure mon prénom dans mes cheveux, dans mes oreilles, dans ma peau même, et le répète inlassablement. Le son finit par se confondre avec les battements de mon cœur et je m'endors dans notre chaleur.

Absence.

Air.

Ce sont les premières choses que je ressens.

J'ai froid.

Je suis seule.

Il est parti.

Mon cœur se brise, tressaille. Je me rappelle que les histoires ne finissent pas toujours bien...

Je tends la main dans le noir mais il ne reste plus à mes côtés que l'ombre de sa chaleur et un silence alerte, à peine un frémissement dans l'air.

Danger.

Charley. Maintenant.

– Pete !

Je lance son nom, je le retiens près de moi, je le veux réel ; il lâche un hoquet en entendant ma voix et me serre plus fort.

– Charley ?

Il me regarde dans les yeux. Je regarde dans les siens.

– Charley ! *répète-t-il après un silence interminable.*

Mais cette fois ce n'est plus une question. C'est une réponse. Il me reconnaît. Même revêtue du corps de Hal.

Je souris.

– Qu'est-ce qui s'est passé ? *me demande-t-il.* De quoi tu te souviens ?

J'ai un mal fou à détourner mon regard de lui pour le reporter sur le passé. Je m'étire dans le corps de Hal, je contemple Pete, j'effleure son visage. Je voudrais tant que le bref et unique moment que nous avons à passer ensemble soit comme une vague pétrifiée, sans passé ni avenir, rien que le présent... Mais en vain. Le passé déferle sur nous, nous submerge, exige d'être raconté.

– Dis-moi, me presse-t-il encore.

Alors je ferme les yeux, une marée de souvenirs jaillit en moi, accompagnée par le besoin de les exprimer. Je sens les yeux de Pete et d'Am' rivés sur moi, et les mille questions qui peuplent l'esprit de Hal. Hal qui s'est battu de toutes ses forces pour nous ramener en ce lieu où ça a commencé, et qui continue d'attendre des réponses.

Que s'est-il passé cette nuit-là ?

Je prends la parole.

Le récit de Charley

Quand je me suis réveillée, j'ai tout de suite su que tu étais parti, Pete. J'étais seule dans le noir. Et là, je t'ai entendu prononcer son nom à elle... « Am'? » tu as dit.

J'ai cru que mon cœur tombait comme une pierre, traversait mon corps tout entier pour ressortir par mes pieds et s'enfoncer au plus profond de la terre.

Je me suis assise dans l'obscurité. Et j'ai attendu, immobile.

Pas de réponse. Pas le moindre son, excepté le vent dans les arbres.

J'ai tendu l'oreille.

J'ai tendu l'oreille comme je l'avais fait tout l'été pour m'entraîner en vue de ce moment précis, comme si j'avais su par avance qu'il était inévitable, comme si je savais tout depuis le début. Un été entier à guetter les brindilles qui craquent et les branches basses qui se balancent, à écouter les bruits au-dehors en sachant que, non loin de là, quelqu'un m'écoutait, moi.

C'était au cœur de la nuit. Tu te souviens, Pete ? Et les nuages massés recouvraient la lune.

– Reviens, ai-je murmuré.

Mais seul m'a répondu un bruissement sourd près de la fenêtre. Mon cœur battait si fort que j'avais envie de hurler et de partir en courant. Ou d'éclater de rire.

– Je veux ma maman ! ai-je crié, histoire de rompre le silence, de faire rire la personne tapie tout près, de retrouver un semblant de normalité.

Mais aussitôt j'ai su que j'avais commis une erreur. J'avais fait trop de bruit dans ce silence, toute cette obscurité. Mon exclamation n'était pas drôle du tout ; en fait, elle sonnait vrai.

La lune est sortie juste au moment où tu me rejoignais. Tu as tendu la main, bien plus proche que j'avais cru, dans le noir... et derrière toi, une ombre – une ombre immense – s'étirait en travers du mur, jusqu'à la fenêtre vide. Le nuage est revenu mais j'avais eu le temps d'apercevoir le visage d'Am' par la fenêtre.

J'ai hurlé son nom.

– Am' !

Et la lune a disparu.

Noir complet.

Il faut que je m'arrête maintenant, que j'ouvre les yeux et me dise : non, je ne suis pas prise au piège du passé. J'examine la pièce. J'ai du mal à croire qu'il s'agit de la même. L'éclat des bougies et des lampes électriques illumine le visage d'Am', aussi froid et blanc que la lune. Elle craque une allumette, allume une cigarette. Elle ramasse des bouts de papier et ses doigts nerveux les lacèrent. Elle ne quitte pas des yeux le corps inerte de Hal dans les bras de Pete. Elle écoute ma voix l'air de rien, comme si je racontais une histoire, une histoire comme une autre, sans rapport avec elle, comme si son nom, articulé par ma voix, n'avait aucune signification particulière... mais on sait bien, elle et moi, qu'il n'en est rien, que maintenant je raconte toute l'histoire, c'est-à-dire la vérité. Elle a le regard fixe... elle attend... aux aguets... comme toujours... tel le cobra prêt à mordre...

Je me détourne d'elle. Je fais face à Pete. Et je poursuis...

Tu te souviens des ténèbres, Pete ? Tu te souviens de la peur ?

– Chut ! m'as-tu intimé.

Puis tu m'as soulevée de terre. Tu as contourné la table en traînant les pieds et en vacillant légèrement. Tu ne voulais pas que je fasse de bruit. Je l'ai compris tout de suite : je le sentais dans tes bras, tes mains, et même ton souffle ; j'avais peur, mais en même temps j'étais heureuse qu'on puisse se parler aussi de cette nouvelle façon, par nos cœurs seuls.

La main de Pete se crispe dans la mienne. Oui, il se souvient... et Am' aussi... Une étincelle de colère écarlate flamboie en moi pour mourir aussitôt. Elle était là tout le temps, à nous surveiller, à attendre, à nous suivre... On n'a jamais été véritablement seuls, Pete et moi... Et puis, à la lumière intermittente de la lampe électrique, je me rappelle le reste, et ma rage s'éteint peu à peu.

On se tenait immobiles dans le noir, n'est-ce pas, Pete ?

Il acquiesce.

On a écouté ensemble, pour essayer de repérer le moindre déplacement d'air. Jusque-là, je n'avais jamais remarqué combien le noir pouvait être noir au cœur de la forêt, au cœur de la nuit. Si noir que je ne distinguais pas ma propre main. Je savais qu'elle était là, mais je ne la voyais pas du tout.

Sans te presser, sans faire de bruit, tu m'as doucement déposée à terre. Tu voulais que je me cache sous la table, en sécurité. J'avais peur, très peur, parce que je voyais bien que tu avais peur aussi. J'avais envie de remettre la main sur la torche et de tout éclairer autour de nous. J'étais persuadée que, dès que je ferais de la lumière, ce jeu dément cesserait. On en rirait, on aurait honte de nous. Am' triompherait : « Ha ! Je vous ai bien eus ! », on répondrait « Tu nous as foutu une de ces trouilles ! » et ce serait fini, on n'en parlerait plus.

Et là, je me suis retrouvée seule sous la table, Pete. Soudain, tu n'étais plus là. Il y avait un trou froid dans les ténèbres où, un moment plus tôt, régnait encore ta chaleur. J'étais isolée dans le noir et le silence. J'ai écouté de toutes mes forces, les sens en éveil. J'ai détecté un mouvement près de la porte. Je l'ai davantage senti qu'entendu. Une légère perturbation de l'air en mouvement. Trop légère pour que ce soit toi, Pete. C'était Am', et elle était là-bas, près de la porte.

Près de la porte, j'ai émis mentalement à ton intention, de toute ma volonté.

Je t'ai entendu reculer d'un pas.

Aïe. Tu avais fait trop de bruit.

Les pensées se succédaient précipitamment dans ma tête.

Qu'est-ce qu'elle fait là ? Qu'est-ce qu'elle veut ? Pourquoi on a si peur ?

334

J'en avais la peau qui picotait de terreur. Je me suis rappelé la bouteille de vin vide, sur la table. On y avait enfoncé une bougie. Dans ces ténèbres impénétrables, j'avais l'impression que plus rien n'existerait jamais. Aux aguets, j'ai réussi à bouger tout doucement. Ma main est remontée le long d'un pied de la table. J'ai tâté le rebord jusqu'à sentir le verre propre et froid de la bouteille sous mes doigts. Lentement, silencieusement, je l'ai soulevée et ramenée vers moi.

J'ai poussé un soupir de soulagement.

Quelque part dans la pièce obscure, un son s'est déplacé en direction du léger bruit que j'avais dû faire sans m'en rendre compte. Je me suis souvenue alors que je n'avais pas d'allumettes pour enflammer la bougie. Pas même de briquet.

Et je me suis rappelé que j'étais nue.

À sa façon de me tenir dans ses bras en cet instant précis, je sens qu'il voudrait remonter dans le temps et me rhabiller.

J'ai effleuré le bracelet que tu m'avais donné, Pete ; puis je l'ai enserré au creux de ma main et l'ai entortillé. Il a mordu ma paume et m'a fait suffisamment mal pour m'empêcher de crier.

Je m'interromps car j'ai une question à lui poser. J'ouvre les yeux pour plonger mon regard dans le sien.

– Pourquoi me l'as-tu donné, Pete ?

Mais il secoue la tête. Je comprends alors qu'Am' ne lui a rien dit. Il ne sait toujours pas qu'il a commis une erreur en me donnant ce bracelet.

Assise sur la table, Am' change de position, allume une autre cigarette, nous regardant fixement à travers la fumée.

– Il était à moi, *dit-elle.*

On s'observe d'un bout à l'autre de la pièce. Ses mains se mettent a trembler. Je ferme les yeux, je me force à continuer, à passer au chapitre suivant, à savoir ce que j'ai fait...

Une voix a crié un prénom. Elle est entrée par la fenêtre, comme un gémissement animal.

Ce n'est pas Pete, ai-je songé. Je sais que ce n'est pas Pete. Et mon cœur s'est arrêté de battre.

Quelque chose a fait craquer les branches, dehors.

Un animal ?

– Am'! Am'? Mais où t'es, merde !

Une voix d'homme. Le faisceau d'une torche en plein visage m'a aveuglée. Mon cri a tout assourdi, même le silence. Puis la lumière s'est déplacée, et là, je vous ai aperçus tous les deux, piégés contre le mur, aveuglés aussi. Am' était collée contre toi et tu la serrais très fort. En ce court instant, j'ai tout vu avec une netteté absolue. Tes longs doigts enfouis dans sa chevelure, et sur son visage à elle, la nostalgie et la peur.

J'ai cru que vous étiez à nouveau ensemble.

Ou toujours ensemble.

Alors...

– Non ! s'est mis à hurler Pete, qui maintenait Am' derrière lui tout en se protégeant les yeux de la lumière.

D'où venait-elle, cette lumière ? Derrière elle se profilait une ombre gigantesque.

– Ici tout de suite ! a ordonné l'ombre comme si elle rappelait son chien.

Mais c'est toi, Am', qui as bougé. Et tu as répondu d'une petite voix, effrayée et contrite :

– Je viens, papa, je t'en prie, arrête, je viens...

– Toi, te mêle pas de ça ! a dit l'homme comme si tu n'étais qu'un déchet, Pete.

Il a eu tort.

– Non ! a de nouveau crié Pete en te retenant toujours, Am', alors qu'il tremblait de peur, et que tu te dégageais pour rejoindre cet homme.

– Toi ! Ici ! Tout de suite !

Tu t'es efforcée d'échapper à Pete tout en suppliant ton père, mais il te tenait bien, même s'il tremblait autant que la torche frémissante et ivre.

– Tu nous as sauvé la vie, Charley, *dit Pete.*

Ah oui ? Et pour quoi ? Je ferme à nouveau les yeux et je retourne en arrière lentement, à contrecœur. Je vois la scène, je la raconte, je me souviens de l'acte que j'ai commis... dans toute son horreur...

L'espace d'un moment, tout s'est figé.

Égalité.

Puis le père d'Am' est entré en mouvement. Il t'a empoigné, secoué. La lampe électrique est tombée par terre. Un choc contre le mur, un choc violent...

– Je t'avais dit de ne plus t'approcher de ma fille ! a hurlé le père.

Il soulignait chaque mot en te cognant la tête contre le mur.

Les mains levées, tu essayais de le repousser pendant qu'Am' gémissait des mots inutiles, à peine audibles.

– Papa ! Je t'en prie ! Non !

Terrifiée.

337

Et toi, tu étais réduit à l'impuissance.

Sentant le verre froid dans mes mains, je me suis souvenue de la bouteille. Alors je suis sortie de sous la table et je l'ai abattue de toutes mes forces sur la tête de l'ombre. Elle s'est cassée. Je ne tenais plus rien. J'avais les mains vides et pourtant, j'essayais encore de frapper.

– Papa ! a crié Am'.

– Am'? Am'? a-t-il lancé.

C'était un cri égaré, aveugle, pareil au bruit du sang qui battait à mes oreilles.

Je rouvre les yeux. Silence dans la pièce.

– Eh bien dis donc, murmure Hal en moi. Bien joué, Charley !

Et soudain, malgré le souvenir de la terreur, de l'horreur, il y a de la place pour un sourire.

– Et après ? demande-t-il comme à son habitude.

Hal et moi on se tourne vers Am' d'un même mouvement, mais elle ne dit toujours rien. Muette et tremblante, elle allume une cigarette au mégot de la précédente. Elle déchire des morceaux de papier entre ses doigts, en faisant des lambeaux. Elle aimerait donner le même sort aux mots que je prononce, ça se voit. Comme si elle aspirait à en étrangler le son posé, assuré, tel qu'il s'échappe des lèvres de Hal pour rester en suspens dans le silence, en attente... Mais elle écoute... elle comprend que nous aussi, on avait peur de lui... alors je poursuis.

Pete, qui me tenait dans ses bras, murmurait des paroles incohérentes.

– Oh merde... oh putain... Charley !

On se raccrochait l'un à l'autre dans l'obscurité, en se détournant du cercle dessiné par la torche tombée par terre, et de l'ombre qui gisait immobile.

– Il est mort ? j'ai murmuré. Et toi, tu n'as rien ?

– Non, mais Charley ! C'est dingue ? !

On s'est agrippés de plus belle l'un à l'autre et je ne sais pas combien de temps on est restés dans cette position. Jusqu'à ce que nos deux cœurs affolés, arrêtés, nous semblent sur le point d'éclater ensemble. Jusqu'à ce qu'on cesse de trembler, qu'on n'ait plus besoin de se soutenir mutuellement.

On est restés là jusqu'à ce que ton père ressorte tant bien que mal par la fenêtre en poussant des jurons. Il a disparu et je n'ai pu retenir mes larmes. Suspendue au cou de Pete, j'ai pleuré comme je ne m'en serais jamais crue capable. Il m'a serrée dans ses bras, m'a rendu mes habits et m'a aidée à les enfiler en me murmurant des choses apaisantes et drôles.

– C'est fini maintenant, Charley, il est parti. Tu l'as mis au tapis ; super, ton crochet du gauche ! Bien joué, superwoman !

J'ouvre mes yeux-Hal et me tourne vers Pete.

Je les regarde alternativement, tous les deux.

– Toi aussi, Am', tu sais quel effet ça fait, hein ? À toi aussi, Pete te fait du bien, non ?

Elle pousse un soupir – un petit soupir. Je suis sûre qu'elle n'en a même pas conscience.

Il a le goût de la nostalgie.

Pete me serre encore plus fort. Je souris. Il sait ce que j'essaie de faire. Aider Am'. Il le sait sans rien dire, à sa manière à lui...

Je tremble. La tentation est de plus en plus forte. Ah, si seulement je pouvais sombrer délibérément dans la tiédeur des lèvres de Hal et les approcher des siennes... Je pourrais sentir le contact de sa joue... Hal disparaîtra et il n'y aura plus que Pete et moi... moi et Pete... pour toujours... et à jamais... ni Hal... ni Am'... Voilà ce que je désire, voilà l'histoire que j'ai envie de raconter, mais non, ce n'est pas la direction que prend mon récit...

À ce moment-là, on s'est rendu compte que tu n'étais plus là, Am'.

– Mais où elle est passée ? on a dit en même temps.

On a cherché partout, en se coulant dans les pièces, une bougie tremblotante à la main, et en prononçant ton nom à voix basse... mais tu avais disparu.

– Pete, ai-je dit en grelottant. Je ne supporte pas de la savoir entre les mains de ce type. Tu crois qu'il la tient ?

J'imaginais la scène, Am'. Je le voyais t'entraîner de force vers le sommet de la colline, j'avais dans les oreilles tes gémissements terrifiés.

– Pete, il faut qu'on aille à son secours ! Je vais chercher mon père, et toi, tu les suis !

Il me retient fermement.

– Pas question. Je ne te laisse pas seule.

– Ce n'est pas après moi qu'il en a ! Il t'en veut à toi. À toi et à Am'! Il faut qu'on sache où ils sont allés, mais surtout, ils ne doivent pas te voir ! Ensuite, tu nous attends, moi et mon père, OK ?

J'ouvre les yeux. En me regardant, Am' est saisie d'un frisson mais ses doigts ont enfin cessé de s'agiter ; de fait, elle est pétrifiée, comme si elle voulait passer inaperçue.

– C'est la seule idée qui me soit venue, Am'. Mon père, barbant mais sécurisant. Mon père, avec ses blagues foireuses. J'avais tellement envie qu'il soit là. J'avais besoin de m'assurer qu'il était aussi réel que le tien. J'aurais voulu qu'il m'enveloppe dans ses bras et qu'il arrange tout – comme toujours.

Am' continue à me fixer sans rien dire. Seul signe de vie : le bout incandescent de sa cigarette, qu'elle tient entre deux doigts immobiles, sans tirer la moindre bouffée. Alors j'enchaîne.

– OK, OK. Je vais essayer de les retrouver, mais d'abord je te ramène chez toi.

Après être sortis par la fenêtre, on est restés un moment dans la nuit, adossés au mur du cottage, tremblants. En fait, je frissonnais si fort que c'était comme si mes bras et mes jambes ne m'appartenaient plus. On a attendu comme ça que les arbres – silhouettes opaques balançant leurs tentacules en direction du ciel – aient de nouveau un sens. Ensuite, on est partis en courant par le sentier qui longeait le torrent en se tenant par la main, chacun écartant un bras pour garder son équilibre. Oui, on a couru côte à côte en trébuchant çà et là, en s'attendant à tout instant à devoir s'arrêter, à percuter quelque chose – ou à tomber.

Quand on est enfin arrivés au village, on ne comprenait pas que le réverbère puisse encore être allumé ou que les maisons assoupies sous sa faible lueur orangée soient inchangées.

Comme si on s'apercevait en se réveillant d'un coup que notre vie entière n'avait été qu'un rêve – un beau rêve – et que le cauchemar ne faisait que commencer.

J'avais failli tuer quelqu'un. Ces mots tournaient en rond dans ma tête, à la fois irréels et vrais.

341

Et là, j'ai aperçu la blancheur de l'écume briller dans l'obscurité, telle une promesse... la promesse d'un lieu où n'existait rien d'autre que la houle, l'attente de la vague.

Ni passé ni avenir. Rien que le présent.

J'ai pensé à toi qui dormais encore, Hal, comme un ange qui fait sécher ses ailes ; j'ai pensé à cette impossible vérité : on venait de vivre la même nuit, les mêmes heures, sous le même ciel. J'essayais de penser à tout sauf au son que fait une bouteille en s'écrasant sur un crâne. Tout sauf le spectacle de ton visage, Am', tandis que tu te cachais derrière Pete. L'écume propre et blanche m'appelait, promesse de changement, de renouveau.

– Je reste là jusqu'à ce que tu sois devant la porte de chez toi, m'a affirmé Pete.

J'ouvre les yeux.

– C'est ce que tu as dit, Pete, et si je pouvais revenir en arrière, modifier le cours du temps, réécrire l'histoire, c'est ainsi que j'agirais. Je marcherais jusqu'à la vieille porte en chêne de la maison, je pousserais le battant... Mais ce n'est pas ce que j'ai fait, je crois ?...

Pete secoue la tête et me serre si fort contre lui que j'ai peine à respirer.

Tu as voulu aller dans l'eau, *souffle-t-il, un sourire dans la voix.* C'est ce que tu as toujours voulu.

Les vagues m'appelaient, promettaient de me nettoyer de toute cette horreur ; quelques minutes, pas plus – c'est juste ce que je désirais, ce qui me paraissait nécessaire, quelques minutes seulement...

342

– Eh bien vas-y, alors, espèce de malade ! tu m'as dit en riant. Et si tu dois te bagarrer, attends que je sois là, OK ?

On a échangé un baiser... un petit baiser rapide... comme quand on croit qu'on a du temps devant soi – un jour, une semaine, des années...

J'ouvre les yeux. Je me trouve à un carrefour dans mon histoire ; bientôt Pete va me quitter, remonter la falaise pour partir à la recherche d'Am', comme je le lui ai demandé, et je ne le reverrai plus, du moins pas de mes propres yeux, jusqu'à cet instant.

– On ne s'est pas dit au revoir, *je chuchote.*

– Et je ne t'ai pas dit que je t'aimais, *ajoute-t-il.*

– Tu n'avais pas besoin de me le dire.

Je continue.

Les vagues luisaient dans la nuit comme des signaux lumineux, fines lignes blanches combattant l'obscurité par la promesse qu'elles renfermaient : bientôt le jour se lèverait... Je les entendais m'appeler, comme toujours, en susurrant mon prénom. Je me suis lentement dirigée vers elles. La mer paraissait tiède dans le froid de l'aube naissante, tiède comme un sourire, chaude comme l'impression d'avoir trouvé sa place. Je suis entrée dans l'eau en marchant et, une fois franchi le rouleau de bord, je m'y suis allongée. Elle m'a soulevée dans ses bras, puis laissé retomber, doucement, inlassablement, sans jamais me lâcher. Comme toujours.

Jusqu'à maintenant.

Un mouvement rythmique.

Au gré des vagues successives.

Qui me rappelait le rythme qui nous avait emportés, toi et moi, Pete.

Quand on était ensemble.

Je suis restée là longtemps. Jusqu'à ce que je sente la marée s'inverser, le rythme des vagues changer à mesure qu'elles tournaient le dos à la terre. Tout à coup elles étaient énormes, grises, bizarrement irrégulières, et j'ai eu peur d'elles, de leur aisance et de leur pouvoir.

À cet instant précis, une lumière s'est allumée chez nous, là-haut sur la falaise ; un phare, un signal rassurant, porteur de sécurité. Et c'est là que je t'ai vue.

Tu étais debout sous le réverbère, Am', et tu ne me quittais pas des yeux.

Puis la lumière s'est éteinte.

Depuis les vagues, je t'ai regardée sortir de l'ombre de ce réverbère et traverser la plage, seule.

Je me suis dit : « Tu es seule ! Tu t'en es tirée ! » Voilà ce que j'ai pensé, Am'.

Tu t'es assise dans le sable et tu as essayé d'allumer une cigarette ; je te regardais craquer l'une après l'autre des allumettes qui émettaient un bref flamboiement sans jamais s'enflammer. Je suis allée te rejoindre. Il faisait froid, dans les vagues. Tu avais l'air toute petite sur la plage, petite et solitaire. J'avais envie de dire : « Je suis désolée que la vie ait été si merdique pour toi », mais lorsque je suis arrivée à ta hauteur, tu t'es bornée à me fixer ; alors j'ai pris ta cigarette, je l'ai allumée et je te l'ai rendue.

– Am', t'ai-je demandé tandis qu'on frissonnait toutes les deux. Où est Pete ?

– Parti.

– Et ton père ?

Pas de réponse.

– Am', on va t'aider. Mes parents peuvent t'aider si tu veux. Il... il ne faut pas que tu restes avec lui. C'est un être malfaisant !

Seulement, tu as continué à me contempler en silence... comme tu le fais en ce moment. Tu poses sur moi ton regard clair et assuré, tu tires sur ta cigarette comme si elle avait le pouvoir de te sauver, alors qu'au contraire, elle te tue un peu à chaque bouffée, comme ton père.

– Quoi !? *s'étonne Pete.* Vous vous êtes vues, toutes les deux ?

On s'abstient de répondre ; on s'observe, comme cette nuit-là, comme toujours, en se demandant laquelle détournera les yeux en premier. Et je me souviens de ce que tu as dit.

– Qu'est-ce que t'en sais, toi ? Tu sais rien de tout ça.

– Ce que je sais, c'est que ton père est un sale type !

– Tu ne sais rien du tout.

– Tu as besoin d'aide.

– Qu'est-ce que tu peux connaître de moi, de Pete, de mon père ou de quoi que ce soit, d'ailleurs ? Et puis m'aider comment ? Maintenant que tu es au courant, est-ce que ça te dissuade de sortir avec Pete ? Non ! Est-ce que ça change quelque chose au fait que je suis ici sans lui ? Non plus ! Est-ce que ça empêche mon salaud de père de se comporter comme un dingue ? Alors ?

J'ai voulu te prendre dans mes bras.

– Mais va te faire voir à la fin ! Si tu parles, ils viendront le chercher, c'est tout ! Ou bien ils viendront me chercher, moi !

345

Et alors, non seulement j'aurai plus de mère, mais j'aurai plus de père non plus !

Là-dessus, tu t'es tue et tu es entrée dans l'eau.

C'est bien, je me suis dit. C'est bien, toi aussi ça va te nettoyer.

Mais c'est toi qui avais raison, Am'. Je ne savais rien de rien, parce que tu n'as même pas fait mine de nager, tu as continué à marcher tout droit, jusque sous les vagues, comme si elles n'existaient pas, jusqu'à ce que ta tête ne soit plus qu'un petit point noir. Et je me suis rendu compte que je ne te distinguais plus.

J'ai couru vers l'eau, mais les vagues se dressaient dans la lumière grise et soudain, l'une d'entre elles m'a frappée de plein fouet avant de m'entraîner au fond. Je me suis heurtée à quelque chose de dur. Toi. Je t'ai agrippée et on est remontées à la surface. Je n'avais pas lâché ton bras. Tu paraissais morte, dans la pénombre, mais bientôt tu t'es mise à tousser et cracher, puis tu as ouvert les yeux. Et tu m'as aperçue.

Tu t'es mise dans une rage folle.

Mais je ne savais pas, Am'! Je n'imaginais même pas qu'on puisse avoir envie de mourir.

Tu étais blême, tu te débattais... Les vagues nous entraînaient vers le large et je ne comprenais plus si c'était contre toi ou contre elles que je luttais ; ça revenait au même, pour moi. Puis tu as pris appui sur moi, tu m'as carrément grimpé dessus, et là, une vague nous a soulevées et ma tempe a heurté un rocher.

Dès que je suis retombée, j'ai su que j'étais blessée.

– Oh, non... Charley, Charley, Charley... *crie Pete comme s'il était là avec nous, à se débattre dans la mer.*

Enfin Am' se penche, éteint sa cigarette et saisit des deux mains le bord de la table...

– Charley, qu'est-ce qui s'est passé après ? *me demande Pete.*

– Après, elle a vu le bracelet.

Quand j'ai levé la main pour qu'elle m'aide, le bracelet blanc a brillé à mon poignet dans le petit jour.

« Pour toujours », disait-il. « Et à jamais. »

Mon petit bout de toi, Pete. Seulement voilà. Ce n'est pas vraiment à moi qu'il appartenait, ce bracelet, n'est-ce pas ?

– Il était à moi, *murmure Am'.* C'est moi qui te l'avais donné, Pete.

Il me quitte des yeux pour se tourner vers elle. Puis :

– Je t'écoute, Charley.

Je me noyais dans la mer. J'ai attrapé la main d'Am', qui a tenté de m'aider, de me ramener à la surface en me tirant par le poignet, pendant qu'on luttait ensemble contre la marée.

Et là, elle a vu mon bracelet.

Elle a crié des mots que je n'ai pas entendus à cause du bruit des vagues et du bourdonnement dans mes oreilles. Elle a lâché ma main et tiré sur le bracelet pour me l'arracher, mais en vain. Alors elle a tiré de plus en plus violemment, par saccades ou en s'arc-boutant, et finalement il a cédé. Il s'est envolé dans les airs et moi, je suis retombée sur le rocher.

Le bracelet a disparu dans l'eau.

Là, Am' a craqué. Elle a complètement perdu la tête. Une vraie furie. En proie à une rage brute, une rage de tonnerre et d'éclairs, qui s'abattait comme une averse tout autour de moi.

Une rage que rien n'aurait pu stopper.

Et moi, je ne pouvais pas bouger, me défendre. Je ne fonctionnais plus, quelque chose en moi était cassé, j'en étais réduite à crier son nom pour lui rappeler que j'existais, que c'était à moi qu'elle faisait du mal.

– Am'! Am'!

Mais elle ne m'entendait pas.

Alors je t'ai appelé toi, Pete, et c'est là qu'elle s'est enfin arrêtée.

– Son prénom ! *intervient Am'.* Tu as prononcé son prénom !
Je poursuis.

J'ai senti que cette fois elle tentait de me relever, de me tirer de là, de m'arracher à cette eau soudain trop froide et à la dureté du rocher. Une sacrée bagarre, sans que je puisse coopérer ; on faisait front ensemble contre les vagues dans la lumière grise et froide, mais j'ai fini par lui échapper, lui glisser des mains et me cogner à nouveau la tête, violemment, contre le rocher.

– J'y arrive pas ! a-t-elle dit. J'y arrive pas !

Puis, à son tour, elle a crié ton nom, mais... pas de réponse. Et la marée montait, menaçait de nous engloutir.

– Pete ! a-t-elle hurlé à la houle et aux brisants.

Le temps s'est figé. Elle a disparu un moment sous la surface, puis elle est remontée.

– Tu as la cheville coincée. Tire, Charley, tire !

Mais c'est à peine si je l'entendais. Les mots me paraissaient lointains et s'affaiblissaient à mesure que le froid s'emparait de mes os ; les lignes blanches tracées par l'écume, loin derrière nous, avançaient vers la plage et je m'élevais puis redescendais au gré de la houle. J'ai levé la tête vers l'ombre qui se profilait au-dessus de moi, et dont les yeux étaient d'un bleu sombre – un bleu meurtri. Son visage a empli la totalité de mon univers. Puis plus rien, rien que les ténèbres.

Et quand j'ai voulu relever la tête, j'étais seule.

Toute seule.

– Pete !

J'ai voulu crier ton nom mais aucun son n'est sorti de mes lèvres. Seuls m'ont répondu les signes avant-coureurs du soleil. En voyant ses rayons m'éclairer j'ai eu l'impression qu'il pouvait me libérer de mon piège et, en me prodiguant sa chaleur, pénétrer jusqu'au creux de mes os et me sauver la vie.

J'ai tourné la tête vers notre maison qui brillait, blanche, éclatante et neuve, dans ce premier regard du soleil levant ; mais la fenêtre est restée obstruée, sombre, vide.

J'étais seule.

Quand je rouvre les yeux, le silence règne dans la pièce.

– C'est vrai ? s'enquiert Pete.

Am' hoche la tête.

– Pourquoi tu n'es pas allée chercher de l'aide ?

J'attends. Car c'est la réponse que je suis venue chercher, et j'ai fait un long, long chemin pour l'entendre.

– J'ai eu peur que tu m'accuses.

Pete me tient toujours dans ses bras tremblants.

– C'est fini, Pete, dis-je à voix basse.

Je sens que Hal se remet à respirer en moi ; car nous sommes parvenus au bout de l'histoire, nous sommes là où passé et présent se rejoignent, et le futur reste une inconnue.

Et j'ai peur.

– Je suis là, Charley, dit Pete. Tu n'es plus seule, maintenant.

Sur ces mots, Hal reprend la parole, avec sa voix à lui.

Hal. Maintenant.

Elle a très peur – peur du froid et de l'engourdissement qui s'emparent peu à peu de son corps, peur de mourir avec pour seul soutien le ciel et la mer. Peur de ce qu'elle va trouver quand elle sortira de moi.

– Tu n'es plus seule, on est là, tout va bien, dis-je en entendant aussi mon père et ma mère dans mon murmure.

– *Hal !* chuchote-t-elle aussi. *Pete !*

Son souffle gagne en vigueur et en régularité en moi, il se confond avec le son du vent dans les feuilles, dehors, dans la nuit noire. Il coule droit vers le rivage pour s'aligner sur la cadence infinie des vagues. Son souffle nous amène à la toute fin de notre histoire, les rochers où je l'ai trouvée. Je ferme les yeux et ses souvenirs surgissent, nets et propres, à l'intérieur de nous. Ils s'enflent comme des vagues qui n'attendraient qu'une chose : qu'on les chevauche. Et c'est là, enfin, parmi ses tout derniers souvenirs, que nous voyons la scène ensemble, en même temps, par ses yeux mourants qui ont le plus grand mal à s'ouvrir.

– *Ne me laissez pas !* murmure-t-elle.

Non seulement on ne la laisse pas, mais on la serre bien fort, on la retient. On contemple avec elle l'aube qui envahit peu à peu le ciel pour se muer en matin. Et les images fugitives qui traversent son esprit très affaibli. Elle voit le visage de maman dans le dessin mouvant des nuages et sent les bras de papa se refermer sur elle, sa barbe lui picoter les joues. Elle me voit moi comme « un ange qui fait sécher ses ailes ». Elle s'efforce de visualiser un souvenir de Sara. Et elle la discerne, l'air concentré, penchée sur une étendue d'eau et observant une anémone de mer rouge-fleur qui déplie lentement ses pétales, prête à avaler sa proie.

Le ciel est rose et or, et l'espace d'un bref instant, sa beauté emplit l'esprit de Charley en maintenant la douleur à distance ; il n'y a plus que l'impulsion et l'attraction alternées des vagues qui se forment puis se retirent, la serrent contre elles puis la relâchent tour à tour.

Charley. Maintenant.

Ils sont avec moi dans les vagues, Hal et Pete, me serrant contre eux, m'empêchant de frissonner, de sombrer à nouveau dans la zone noire au-delà de la mémoire.

Hal. Maintenant.

Maintenant qu'on est avec elle, elle peut se tendre vers le soleil, en ressentir la beauté rouge sombre. Elle se rappelle avoir désiré une fleur rouge vif ; la fleur était hors de portée, et pourtant sa main se tend vers elle, s'étire de plus en plus loin contre les nuages jusqu'à ce que ses doigts paraissent

351

effleurer le soleil. Quelque part dans nos esprits une fleur rouge sombre tombe du haut d'un arbre, ou du ciel, droit dans sa paume tendue.

Charley. Maintenant.

Je vais mourir en dressant la tête vers le soleil qui se lève pour imprégner une journée de plus... je prends mon souffle... je prends mon souffle et me tends vers lui, le soleil, la chaleur et la vie qu'il dispense, je m'étire vers la fleur rouge sombre, toujours hors de portée.

Et puis.

L'obscurité est partie. La porte du placard est ouverte, un clair sillon de soleil s'attarde sous mes pieds, hors de moi, loin de moi, à l'autre bout de la mer.

Je fais un pas.

Je suis tout là-haut sur un fil de funambule composé de lumière pure.

Ils me tiennent les mains.

Hal et Pete.

Je fais un autre pas et, lentement, très lentement, je lâche leur main et j'écarte les bras, j'embrasse la mer, l'air, la clarté du soleil.

Je cherche un équilibre.

Entre la vie et la mort.

Dans ma paume gauche repose la fleur rouge. Je la porte à mes lèvres, si près que je hume ma propre envie de sa chaleur rouge sombre... et de toutes les histoires qui restent à raconter, qui gisent au creux de chacun de ses pétales resserrés... elle est la vie, mais pas ma vie à moi. Elle est la vie de Hal.

Ma vie à moi, mon histoire, se trouve dans mon autre main.

Je tourne la tête pour la regarder. Elle ne tient rien. Mais est-ce bien sûr ?

Je l'observe de plus près ; les lignes de ma main... Je fais encore un pas...

et je m'aperçois qu'elles débordent d'inconnu.

Pendant un long moment je reste d'aplomb, je fais pleinement face à l'air tiède, jusqu'à ce que j'aie une certitude ; alors je fais un nouveau pas en avant... sans aide...

Enfin, enfin je sens mon corps prendre une inspiration dans son lit d'hôpital. Une vraie inspiration pleine d'air suave – pleine de trous et de lutte désordonnée.

Et je me laisse tomber.

Toutes les histoires ont une fin...

Hal. Maintenant.

Quelque chose fait pression sur l'air lui-même en occupant un espace défini, je le sens. Moi ! Mon corps ! Je le sais parce que Jackie le manipule en tous sens, pousse, tire et s'agrippe comme si elle désespérait de me récupérer. Elle m'a suivi !

J'ouvre les yeux. Pete me soutient.

On échange un sourire.

Très bizarre, ce qui vient de se passer.

Puis je prends conscience d'un vide nouveau en moi.

Elle n'est plus là.

Je pleure. Les larmes roulent sur mon visage sans interruption.

Pete hoche la tête ; chez lui, les larmes sont inattendues. C'est comme si un rocher se mettait à sangloter comme si une falaise de granit se fissurait pour laisser échapper des pleurs, restant dressée tandis que le torrent dévale son flanc.

Am' nous fixe en silence, l'air méfiant.

– Où est Charley ? demande-t-elle en regardant autour d'elle comme si elle s'attendait à la voir traverser les murs.

– Partie, je réponds.

Les yeux d'Am' perdent leur surface vitreuse et s'emplissent d'eau. C'est fou comme ils sont bleus ; la nuance est indéfinissable – turquoise mêlée de poussière de saphir.

– Pardon, murmure-t-elle. Qu'est-ce que j'ai fait ?

Pete et Jackie m'observent. Tous m'observent comme si je détenais la réponse. Si tel est le cas, j'ignore où la chercher.

– Je ne sais pas, Am'. En tout cas, tu as essayé de la sauver. C'était un accident, m'entends-je ajouter.

Finalement, ma mère a peut-être raison : il arrive que les gens meurent, un point c'est tout. On meurt pour toutes sortes de raisons – parce que quelqu'un s'est mis en colère ce matin-là, ou qu'on est entré dans l'eau au mauvais moment, ou qu'on a traversé sans regarder. Il n'y a pas de logique, rien à comprendre, inutile de se torturer. C'est comme ça.

Les histoires ont une fin.

– Allons-y, dit Jackie avant de me serrer dans ses bras.

Am' est la dernière à sortir. Elle se retourne pour regarder fixement par la fenêtre, puis craque une allumette et la jette à l'intérieur ; tous les bouts de papier qu'elle a déchirés projettent une vive clarté rouge et stable puis s'embrasent. Am' se retourne vers nous ; son beau visage est éclairé et rougi par les flammes qu'elle a créées.

– Je ne reviendrai jamais, Pete, dit-elle, le visage luisant. Jamais, répète-t-elle comme si elle-même avait du mal à y croire. Qu'il rôtisse en enfer ! Sans moi, conclut-elle avec un sourire.

Pete lui tend la main. Elle la serre avec force.

On traverse le bois par le sentier que Charley a emprunté l'an dernier, vers la mer ; lorsqu'on gagne la plage, sous la voûte étoilée, les vagues sont d'énormes ombres qui s'enflent. On s'assied sur les rochers, sous le choc, muets, et on regarde la mer.

Tous ensemble.

Seuls.

Peut-être tous les quatre *la* voit-on danser sur les vagues ; peut-être suis-je le seul. Une ombre plus opaque que les autres, suspendue sous la frange incurvée des brisants, une ombre qui semble se retourner, agiter la main, puis faire volte-face et disparaître dans les profondeurs obscures de la mer et du ciel.

– Hal ?

Une voix très douce, bienveillante, qui semble sécrétée par les ténèbres elles-mêmes émerge discrètement des vagues et du vent pour venir à ma rencontre. Elle se fond si bien dans le décor qui m'entoure que d'abord, c'est à peine si je l'entends.

– Hal ? répète-t-elle derrière moi.

Bizarre, je ne m'étais jamais rendu compte que ma mère et Charley avaient presque la même voix.

– Maman ? je lâche tout bas.

Je me détourne des vagues, du vent et des nuages noirs qui filent dans le ciel, baignés de lune, pour faire face à ma mère.

– Hal, insiste-t-elle.

Sa main se pose sur mon épaule comme pour me retenir doucement, me préparer, me dire quelque chose avant même que les mots ne fassent leur œuvre.

– Il est l'heure de rentrer, maintenant.

Je hoche la tête et me relève tant bien que mal.

Je passe devant Jackie et Pete, qui m'effleurent sans parler.

Am' demeure immobile et muette ; dans le regard qu'elle pose sur ma mère et moi, je lis quelque chose comme de l'envie.

Je sens la boucle d'oreille de Charley dans ma poche. Je la donne à Pete. Il l'enfouit au creux de sa paume, là où il sait qu'elle ne risque rien. Je me retourne vers ma mère et me mets en marche.

Épilogue

Chez nous, ça ressemble à une maison des années trente. C'est une maison qui surgit de l'obscurité comme les bateaux surgissent des vagues. Oui, un bateau qui tangue puis se redresse dans le vent, un navire bâti pour durer.

Dans la cuisine il y a des photos de nous à tous les âges. Je regarde la dernière photo de Charley, alors qu'en fait, je n'en ai plus besoin tant je porte d'images d'elle en moi, là où survit son souvenir.

Ma mère me prend dans ses bras. Mon père nous étreint tous les deux et ferme les yeux.

– Hal... murmurent-ils en même temps. Hal...

Je sens qu'on me tire doucement par le poignet. C'est Sara qui cherche à s'immiscer dans le cercle des bras de papa sans le rompre.

– Oui, je sais, je réponds.

Je ne veux pas les entendre le *dire*. Je ferme les yeux pour repousser ce qui est imminent.

– Hal...

Leurs bras me soutiennent, me soulèvent du sol. Je me sens en suspension, tenu, maintenu ; en sécurité. Prêt.

– Elle est morte, Hal, disent-ils.

Ma tête retombe sur ma poitrine sous l'effet de la lassitude et du soulagement ; ils me portent jusque dans ma chambre et me mettent au lit dans le noir.

Mon esprit s'arrête ; j'ai la sensation de m'élever au-dessus du corps inerte et sans vie qui repose sur les draps, saturé d'apaisement et de fatigue. Je ne sais comment, je suis à la fois éveillé et endormi, et je regarde mes parents me veiller ensemble. Papa et maman. J'essaie de leur expliquer ce qui s'est passé, mais j'ignore s'ils peuvent m'entendre.

Ne vous en faites pas, dis-je tout bas, elle ne pourra jamais mourir vraiment parce qu'elle est en nous, et moi, je sais où elle est, je sais à quelles ténèbres elle fait face, mais elle n'est pas seule, parce que nous aussi on est en elle.

Je regarde de là-haut papa et maman se tenir les mains au-dessus de mon corps assoupi, et essuyer mutuellement les larmes qui coulent en silence sur leur visage, à la fois isolés et ensemble.

– Mon fils, murmure maman. Mon seul et unique fils.

– On dirait un ange qui fait sécher ses ailes, dit papa.

Je souris ; savent-ils d'où leur vient cette expression ? Sentent-ils, eux aussi, le petit filet d'air et de souvenir qui entre par la fenêtre, en provenance de la mer, et résonne jusque dans l'oreille de mon père ?

Je vois le visage de Charley ; ses yeux sont grands et bleus comme un ciel d'été, et ses lèvres douces comme le ventre des nuages me chuchotent :

– Merci, grosses fesses !

– Bye-bye, ma sœur.

Alors, tout au fond de moi, je la sens enfin s'estomper, s'effacer au loin, très loin dans l'inconnu, là où je sais que désormais, je ne peux plus la suivre

D'autres livres

Sherman ALEXIE, *Le premier qui pleure a perdu*
Jay ASHER, *Treize Raisons*
Norma FOX MAZER, *Le Courage du papillon*
Gregory GALLOWAY, *La Disparition d'Anastasia Cayne*
Jenny HAN, *L'Été où je suis devenue jolie*
Joyce Carol OATES, *Un endroit où se cacher*
Meg ROSOFF, *Maintenant, c'est ma vie*
Gabrielle ZEVIN, *Une vie ailleurs*
Gabrielle ZEVIN, *Je ne sais plus pourquoi je t'aime*

Alice KUIPERS, *Ne t'inquiète pas pour moi*, Albin Michel

www.wiz.fr
Logo Wiz : Cédric Gatillon

Composition Nord Compo
Impression CPI Bussière en janvier 2011
à Saint-Amand-Montrond (Cher)
Éditions Albin Michel
22, rue Huyghens, 75014 Paris

ISBN : 978-2-226-20858-3
ISSN : 1637-0236
N° d'édition : 18801/01. – N° d'impression : 103778/4.
Dépôt légal : février 2011.
Loi n° 49-956 du 16 juillet 1949 sur les publications destinées à la jeunesse.
Imprimé en France.